À PREMIÈRE VUE

© Colleen Hoover, 2017
Tous droits réservés
Première publication par Atria Paperback edition, 2017
Atria Paperback est un label de Simon & Schuster, Inc
Titre original : Without Merit

Couverture : Laywan Kwan
PlainPicture : Anja Weber-Decker
Dessins réalisés par Brandon Adams

Collection créée par Hugues de Saint Vincent
Ouvrage dirigé par Sylvie Gand

Collection dirigée par Franck Spengler
Pour la présente édition
© 2019 Hugo Poche, département de Hugo Publishing
34-36, rue La Pérouse
75116 PARIS
www.hugoetcie.fr

ISBN : 9782755644227
Dépôt légal : octobre 2019
Imprimé au Canada par Marquis Imprimeur

Traduit de l'anglais par Pauline Vidal

À PREMIÈRE VUE

COLLEEN HOOVER

*Ce livre est pour Cale Hoover.
Parce que je suis ta mère
et que je t'aime, il m'arrive d'éprouver
une irrésistible envie de t'envelopper
dans une bulle pour te protéger du reste
du monde. Mais j'ai aussi l'irrésistible
envie d'envelopper le monde
dans une bulle pour le protéger de toi.
Car un jour tu finiras par le retourner
sens dessus dessous.
J'ai trop hâte.*

CHAPITRE 1

Je possède une impressionnante collection de trophées que je n'ai pas gagnés.

Pour la plupart, je les ai achetés dans des brocantes ou des vide-greniers. J'en ai reçu deux de mon père pour mon dix-septième anniversaire. Je n'en ai volé qu'un.

C'est sans doute celui que j'aime le moins. Je l'ai pris dans la chambre de Drew Waldrup, juste après qu'il a rompu avec moi. On est sortis ensemble pendant deux mois et c'était la première fois que je le laissais passer la main sous mon tee-shirt. Je trouvais ça très agréable, jusqu'au moment où il a baissé les yeux sur moi et a laissé tomber :

– Je crois que je n'ai plus envie de sortir avec toi, Merit.

Alors que j'appréciais sa caresse sur mes seins, il ne pensait qu'à une chose : ne jamais recommencer. Stoïquement, je me suis levée. Après avoir rajusté mon tee-shirt, je me suis dirigée vers sa bibliothèque pour y prendre le plus gros de ses trophées. Il n'a pas dit un mot. J'estimais qu'après m'avoir larguée, la main sur mon cœur, il me devait bien ça.

Ce trophée du championnat régional de football a lancé ma collection. Depuis, j'en choisis au hasard dans les brocantes, chaque fois qu'il m'arrive des trucs nuls.

Lorsque j'ai raté mon permis de conduire ? J'ai acquis le trophée du vainqueur du lancer de poids.

Lorsque je n'ai pas été invitée au bal de promo ? Je me suis procuré celui de la plus brillante distribution pour une pièce en un acte.

Lorsque mon père a demandé sa maîtresse en mariage ? J'ai trouvé la coupe des Champions de l'équipe junior.

Voilà deux ans que j'ai volé ce premier trophée. J'en ai douze, maintenant, même s'il m'est arrivé bien plus de douze trucs nuls depuis que Drew Waldrup a rompu avec moi. Mais il est étonnamment compliqué de dénicher des trophées. Voilà pourquoi je me retrouve dans cette brocante locale, à examiner celui du septième rang que je désire depuis que je l'ai aperçu, il y a six mois. Il fait dans les cinquante centimètres de haut et remonte à 1972 pour un concours appelé Bottes et Beautés de Dallas.

Je l'aime à cause de ce nom ridicule, et je l'adore à cause de la femme en plaqué or qui le surmonte. Elle porte une robe de bal, un diadème et des bottes western à éperons. Tout y est absurde, à commencer par le prix : quatre-vingt-cinq dollars. Pourtant, je me suis mise à économiser dès que j'ai posé les yeux dessus, et j'ai enfin l'argent pour me l'offrir.

Je l'attrape et me dirige vers la caisse lorsque j'aperçois un type à l'étage, accoudé à la balustrade, en train de m'observer. Il a le menton appuyé sur une main, comme s'il se tenait ainsi depuis un moment. Il sourit dès que nos regards se croisent.

Je lui rends son sourire, ce qui ne me ressemble pas. Je ne suis pas du genre à flirter et encore moins à savoir comment répondre lorsque quelqu'un flirte avec moi. Mais son sourire est plaisant et puis, il ne se tient pas au même niveau que moi, ainsi, je ne risque pas de me retrouver dans une situation gênante.

– Qu'est-ce que tu fais ? lance-t-il.

Bien entendu, je jette un coup d'œil derrière moi pour vérifier s'il ne parle pas à quelqu'un d'autre. En fait, ce n'est peut-être pas du tout moi qu'il observe ; mais, à part une mère prête à affronter le magasin en compagnie de son petit garçon, il n'y a personne d'autre dans les parages. Et la femme et son enfant sont tournés dans la direction opposée, donc il doit bien s'adresser à moi.

Je me retourne de nouveau vers lui, il m'observe toujours avec la même expression.

– J'achète un trophée !

Peut-être que je pourrais aimer son sourire, mais il se trouve un peu trop loin pour que j'en sois sûre. Son assurance à elle seule le rend séduisant. Il a les cheveux noirs en bataille, ce que je ne critiquerai pas, dans la mesure où je ne me suis moi-même pas recoiffée depuis hier matin. Il porte un sweat gris aux manches remontées jusqu'aux coudes, laissant apparaître un tatouage sur le bras qui retient son menton, quoique je ne distingue pas d'ici ce que ça représente.

À première vue, il me paraît un peu trop jeune et trop tatoué pour explorer une brocante le matin d'un jour de semaine, mais qu'est-ce que j'en sais, au fond ? Moi aussi, je devrais être au bahut, à cette heure-ci.

Je me détourne, l'air affairée, pourtant je sens son regard peser sur moi. J'essaie de ne pas en tenir compte, cependant je ne peux m'empêcher de jeter de temps à autre un coup d'œil dans sa direction. Il est toujours là.

Peut-être qu'il travaille ici, ce qui expliquerait tout, sauf le fait qu'il continue de m'observer. Si c'est ainsi qu'il compte flirter, je trouve ça plutôt bizarre. Sauf que, malheureusement, je suis plutôt attirée par les attitudes non conformistes. Si bien que, tout le temps que je passe dans cette boutique, je dois m'efforcer de jouer les indifférentes, alors qu'en fait je suis très troublée. Je perçois sa présence à chacun de mes pas ; en principe, elle ne devrait pas me peser ainsi, mais le seul fait que je le sache suffit à rendre mes pas plus lourds, à me serrer le cœur.

J'ai déjà tout examiné dans le magasin, pourtant, je n'ai pas encore envie de partir, car ce jeu m'amuse trop.

Je fréquente un petit lycée dans une ville minuscule. Et quand je dis « petit lycée », c'est généreux de ma part. Il y a cette année vingt élèves par niveau. Pas par classe. Par *niveau*.

En terminale, on est vingt-deux. Douze filles, dix garçons. Je connais chacun d'entre eux depuis l'âge de cinq ans. Ce qui rétrécit singulièrement le potentiel de futurs petits amis. Difficile de trouver quelqu'un attirant quand on a passé avec lui pour ainsi dire tous les jours de sa vie depuis l'âge de cinq ans.

Pourtant, je n'ai aucune idée de l'identité de ce type qui a l'air de tant s'intéresser à moi. Autrement dit, il m'attire déjà plus que n'importe qui d'autre dans toute mon école, juste parce que je ne le connais pas.

Je m'arrête dans une allée parfaitement visible de l'endroit où il se trouve, faisant mine de m'intéresser à une pancarte, un vieil objet avec le mot Queue inscrit dessus, surmonté d'une flèche dirigée vers la droite. À côté, une autre, qui semble provenir tout droit d'une station-service, avec le mot Lubrifiant. Du coup, je me demande si quelqu'un ne les a pas placées là ensemble, histoire de faire des petites suggestions salaces. À moins que ce ne soit un pur hasard. Si j'avais assez d'argent, je les achèterais afin de me lancer dans une collection de pancartes à connotation sexuelle pour mettre dans ma chambre. Mais ma chasse aux trophées me revient déjà assez cher.

Le petit garçon qui visitait le magasin avec sa mère se tient à deux pas de moi. Il doit avoir dans les quatre, cinq ans. Le même âge que mon jeune frère, Moby. Sa mère lui a dit au moins dix fois de ne toucher à rien, mais il prend le cochon de verre sur l'étagère devant lui. Pourquoi les enfants sont-ils si attirés par les objets fragiles ? Il l'examine d'un œil brillant. J'apprécie qu'il attache plus d'importance à sa curiosité qu'aux ordres de sa mère.

– Maman, je peux avoir ça ?

Dans l'allée voisine, celle-ci est en train de feuilleter une pile de magazines. Sans se retourner, elle répond :

– Non.

L'enthousiasme de l'enfant s'éteint instantanément et, les sourcils froncés, il va remettre l'objet à sa place. Mais sa petite main peine à atteindre l'étagère et le cochon lui échappe pour venir exploser à ses pieds.

– Ne bouge pas, lui dis-je, en me précipitant avant sa mère.

Je me penche et commence à ramasser les morceaux.

Sa mère le soulève pour le déposer à l'écart des dégâts.

– Je t'avais dit de ne rien toucher, Nate !

Et lui considère le désastre comme s'il venait de perdre son meilleur ami. Sa mère se passe une main sur le front, l'air épuisé, avant de se pencher pour m'aider à ramasser les morceaux.

– Il n'a rien fait, lui dis-je. C'est moi.

Elle se retourne vers son petit garçon en train de me dévisager comme s'il cherchait le piège. Je lui adresse un clin d'œil puis précise à sa mère :

– Je ne l'avais pas vu. Je l'ai heurté et il a laissé tomber ça.

Elle paraît surprise, peut-être un rien gênée d'avoir cru que c'était lui.

– Oh !

Elle continue de m'aider à ramasser les plus gros morceaux. L'homme qui tenait la caisse à mon arrivée surgit soudain, armé d'un balai et d'une pelle.

– Je m'en occupe, annonce-t-il.

Puis il nous indique une pancarte affichée au mur : « Vous cassez, vous payez. »

La femme prend son fils par la main et s'en va. Mais le gamin tourne la tête vers moi pour me gratifier d'un sourire qui rend toute sa valeur à mon initiative. Je tourne à nouveau mon attention vers l'homme au balai.

– Combien coûtait-il ?

– Quarante-neuf dollars. Je vous le fais à trente.

Je pousse un soupir. Je ne sais plus trop si le sourire du petit garçon vaut bien trente dollars. Je repose mon trophée à sa place, en choisis un beaucoup moins cher, beaucoup moins beau. Je l'emporte vers la caisse et paie le cochon cassé ainsi que mon trophée de bowling. Une fois mon sac et ma monnaie récupérés, je me dirige vers la porte. Alors que je vais l'ouvrir, je me rappelle le garçon qui me regardait depuis le premier étage. Je lève les yeux juste avant de sortir, mais il n'est plus là. Cela me navre encore plus.

Je sors du magasin, traverse la rue, pour me diriger vers l'une des tables près de la fontaine. Toute ma vie j'ai vécu dans ce comté, pourtant, je me rends rarement dans ce square. Je ne sais pas pourquoi, dans la mesure où l'amour que je lui porte s'est encore renforcé quand ont été installés d'étranges panneaux de passages pour piétons, montrant un homme en train de traverser la rue, mais la jambe levée si haut que ça lui donne une allure ridicule genre Monty Python.

Il y a également deux toilettes installées il y a quelques années par la ville. Vu de l'extérieur, on dirait un grand cube de miroirs mais, de l'intérieur, on peut voir ce qui se passe dehors. C'est gênant de regarder passer les voitures quand on est assis sur le trône. Sauf que je suis attirée par les trucs bizarres, si bien que je fais partie des rares personnes qui apprécient ces toilettes saugrenues.

– Il est pour qui, ce trophée ?

Quand on parle de trucs bizarres...

Le garçon de la brocante se tient près de moi et je peux affirmer maintenant qu'il est des plus attirants. Avec ses yeux d'un bleu extraordinairement clair, qu'on remarque immédiatement. Ils ont l'air presque déplacés, avec sa peau mate et ses cheveux noir foncé. Je ne crois pas en avoir jamais vu d'aussi sombres avec des yeux aussi bleus. C'est un peu déroutant. Pour moi, en tout cas.

Il me sourit encore, comme tout à l'heure, depuis la balustrade. Au point que je me demande s'il ne sourit pas constamment. J'espère que non. Je préférerais penser qu'il me sourit parce qu'il ne peut s'en empêcher. Il penche la tête vers le sac dans ma main et je me rappelle soudain qu'il m'a posé une question sur le trophée.

– Oh ! C'est pour moi.

Il prend un air amusé, ou peut-être étonné. Je ne sais pas trop, mais les deux me vont.

– Tu collectionnes des trophées que tu n'as pas gagnés ?

Je hoche la tête et ça le fait rire doucement, comme s'il ne voulait pas que je m'en aperçoive. Il glisse les mains dans ses poches arrière.

– Tu n'as pas cours, à cette heure-ci ?

Cela saute donc tant aux yeux que je suis encore au lycée ? Je pose mon sac sur la table la plus proche, ôte mes sandales.

– Il fait beau, je n'avais pas envie de me retrouver enfermée dans une salle de classe.

Je me dirige vers la fontaine en ciment, en fait pas une fontaine du tout mais une espèce d'étoile plaquée au sol. L'eau jaillit de trous qui l'entourent et coule vers le centre. Je pose mon pied sur l'un d'eux, en attendant le jaillissement.

C'est la dernière semaine d'octobre, il fait déjà trop froid pour que les gosses jouent dans l'eau comme en plein été, mais pas assez pour m'empêcher de me mouiller les pieds. Et c'est ce que je peux espérer de mieux puisque je n'ai pas les moyens de payer une pédicure.

Le garçon me regarde un instant mais, franchement, je commence à m'y habituer. Il me fait l'effet de mon ombre, en plus séduisant, peut-être. Je ne l'examine pas ostensiblement lorsqu'il se met à ôter ses propres chaussures. À côté de moi, il appuie un pied sur les trous.

Maintenant que je le vois de plus près, je peux examiner son tatouage. J'avais raison, il n'en porte que sur le bras gauche. Mais ce n'est pas ce à quoi je m'attendais. On dirait plutôt une série de dessins sans lien précis entre eux. Il y a là un petit grille-pain avec une tranche, à l'extérieur de son poignet. Près de son coude, je vois une étoile, et les mots « Ton tour arrive, Docteur » s'étalent sur son avant-bras. Je relève un peu les yeux, juste assez pour constater qu'il contemple ses pieds. Je suis sur le point de lui demander son nom lorsque l'eau jaillit brusquement sur ma cheville. Je recule en riant et on s'amuse à regarder le jet cracher vers le centre.

Puis le flot revient vers son pied, mais il ne réagit pas, observant juste le mouvement de la vague jusqu'à ce qu'elle passe au trou suivant. Il relève la tête vers moi mais, cette fois, il ne sourit pas. Quelque chose, dans son expression soudain sérieuse, me serre le cœur. Quand il ouvre la bouche pour parler, je guette avidement chacun de ses mots.

– Il y a tellement d'endroits où on pourrait se trouver, dit-il, mais non, on est là, en même temps.

Son intonation est empreinte d'amusement, mais son expression frise la perplexité. Il se rapproche en secouant la tête, lève son bras tatoué et glisse les doigts sur une mèche de mes cheveux qui s'est échappée. Geste intime, inattendu, comme tout ce qui se passe en ce moment, mais je suis tout à fait d'accord. Je voudrais qu'il recommence, cependant, son bras retombe le long de son corps.

Jamais personne ne m'a dévisagée comme ça. À croire que je le fascine. On ne se connaît pourtant pas et, quel que soit le lien qui nous unisse en ce moment, il risque de disparaître à notre première vraie conversation. Là, je m'apercevrai sans doute que j'ai affaire à un abruti, ou c'est lui qui me trouvera absurde, et tout deviendra grotesque, alors on sera trop contents de repartir chacun de son côté. En général, c'est comme ça que se déroulent mes relations avec les garçons. Sauf que, pour le moment, sans rien connaître d'autre que l'intensité de son expression, je peux me permettre d'imaginer qu'il est parfait, me dire qu'il est intelligent, respectueux, drôle, artiste. Car il faudrait tout ça pour que je le trouve parfait. Le temps qu'il reste là, devant moi, je me plais à imaginer qu'il possède ces qualités.

Il se rapproche et j'ai soudain l'impression d'avoir avalé son cœur qui se met à battre dans ma poitrine. Ses yeux se posent sur ma bouche et là, je suis certaine qu'il va m'embrasser. Chose pour le moins étrange puisque je lui ai à peine adressé deux phrases, mais j'ai envie qu'il m'embrasse tant que je peux m'imaginer qu'il est parfait, car ça voudrait dire que son baiser serait sans doute parfait lui aussi.

Ses doigts effleurent mon poignet mais j'ai plutôt l'impression que ses mains enserrent mes poumons. Bientôt, mes frissons me valent une caresse dans le cou.

Je ne sais pas comment je parviens encore à tenir debout quand mes jambes peuvent à peine me porter. J'ai la tête renversée en arrière, et sa bouche se trouve à quelques centimètres de la mienne, comme s'il hésitait. Il murmure en souriant :

– Tu m'enterres.

Je ne vois pas du tout ce qu'il veut dire, mais ça me plaît. Et j'aime comme ses lèvres se posent doucement sur les miennes après avoir dit ça. J'avais raison. C'est parfait. Tellement parfait que ça me rappelle les films du bon vieux temps où le personnage principal posait la main dans le dos de la femme qui se cambrait sous la pression de son baiser. Ça me donne exactement cette sensation.

Il m'attire contre lui tout en parcourant mes lèvres de sa langue. Et, comme dans les films, mes bras restent ballants jusqu'à ce que je saisisse à quel point j'ai envie de lui rendre son baiser. Il sent la glace à la menthe, et c'est parfait car ce moment occupe une place importante dans l'échelle de mes préférences, avec les desserts. C'en est presque comique, cet inconnu, qui m'embrasse comme si on était tout ce qui restait sur sa liste de choses à faire avant de mourir. Je me demande ce qui l'y a poussé.

Ses deux mains enserrent mon visage, maintenant ; à croire qu'on n'a rien d'autre à faire aujourd'hui. Il n'est pas pressé d'en finir et se moque visiblement des gens qui pourraient nous voir, car on est en pleine ville et qu'on a déjà eu droit à deux coups de klaxon.

J'entoure son cou de mes bras, bien décidée à le laisser continuer aussi longtemps qu'il en aura envie, puisque je n'ai nulle part où aller maintenant. Et quand bien même, je serais prête à changer tous mes projets pour lui.

Alors qu'il me caresse les cheveux, l'eau revient arroser la plante de mon pied. Je couine un peu car je ne m'y attendais pas. Il rit, mais sans cesser de m'embrasser. À présent, on est trempés car j'ai appuyé sur l'orifice, provoquant une véritable douche alentour. Mais on s'en fiche. Ça ne fait qu'ajouter au ridicule de cette situation.

La sonnerie de son téléphone en rajoute encore car, bien sûr, il fallait qu'on soit interrompus à cet instant. Évidemment. C'était trop beau.

Il recule, le regard à la fois avide et assouvi, sort son appareil de sa poche, le regarde et demande, l'air interloqué :

– Tu as perdu ton téléphone ou c'est une plaisanterie ?

Je hausse les épaules car je n'ai aucune idée de ce qu'il peut prendre pour une plaisanterie. Moi, le laisser m'embrasser ? Quelqu'un qui l'appelle au beau milieu dudit baiser ? Il rit un peu, le plaque contre son oreille.

– Allô ?

Son sourire disparaît, il a l'air de ne plus comprendre.

– Qui ça ?

Il attend deux secondes puis l'écarte pour contempler l'écran, relève la tête vers moi.

– Sérieux. C'est une blague ?

J'ignore si c'est à moi qu'il parle ou à son interlocuteur, alors je hausse de nouveau les épaules. Il s'éloigne un peu et relance la conversation :

– Qui ça ? répète-t-il.

Puis il éclate d'un rire nerveux et frotte sa nuque.

– Mais… Tu es juste là, devant moi.

Je me sens blêmir. Toutes les couleurs de mon corps – en cet instant grotesque avec ce mec inconnu – s'effondrent à mes pieds, me laissant l'impression de n'être plus qu'une pâle copie d'Honor Voss, ma sœur jumelle. Forcément, c'est elle qui se trouve à l'autre bout du fil.

Je me couvre le visage de la main, me retourne, attrape mes chaussures et mon sac. J'espère mettre assez de distance entre nous avant qu'il ne se rende compte que la fille qu'il vient d'embrasser n'est pas Honor.

Je n'arrive pas à y croire. Je viens d'embrasser le petit ami de ma sœur.

Bien sûr, je ne l'ai pas fait exprès. Je me doutais qu'elle sortait avec un type depuis quelque temps, car elle n'était plus souvent là, cependant, comment aurais-je pu me douter qu'il s'agissait précisément de celui-là ? Je continue à courir, mais pas assez vite pour ne pas l'entendre bientôt surgir derrière moi.

— Hé ! crie-t-il.

Voilà pourquoi il me dévisageait comme ça dans le magasin. Il me prenait pour elle. Voilà pourquoi il m'a demandé si je n'avais pas cours ; s'il connaît assez Honor pour l'embrasser, il sait également que jamais elle ne manquerait le lycée.

Tout me paraît logique, à présent. Il ne s'agissait pas d'une rencontre fortuite entre deux inconnus. C'était juste que ce mec me prenait pour sa copine et que j'étais assez idiote pour ne pas saisir aussitôt le fin mot de l'histoire.

Je sens sa main m'attraper le coude. Je n'ai d'autre choix que de me tourner vers lui pour expliquer qu'Honor ne doit surtout pas apprendre ce qui vient de se passer. Lorsque nos regards se croisent, il ne paraît plus du tout fasciné ; il ne fait qu'aller et venir entre son téléphone et moi.

— Désolé, lâche-t-il. Je vous prenais pour…
— Vous vous êtes trompé.

Mais comment le lui reprocher ?

Honor et moi sommes identiques, sauf que s'il connaissait un peu ma sœur, il saurait qu'elle n'aurait jamais accepté de se montrer en public telle que je suis en ce moment, sans maquillage, décoiffée, avec mes vêtements de la veille.

Il range son appareil dans sa poche mais la sonnerie retentit de nouveau et, quand il le ressort, je vois le nom d'Honor apparaître sur l'écran. Je le lui arrache des mains pour répondre :

– Salut !

– Merit ? s'esclaffe-t-elle. Qu'est-ce qui se passe ? Tu es avec Sagan ?

Sagan ? Même son nom est parfait.

– Non. Je… je suis tombée sur lui par hasard. Il m'a prise pour toi jusqu'à ce que tu appelles et… on va dire qu'il était paumé.

Je lâche tout ça en le fixant. Il ne se détourne pas, ne cherche pas non plus à récupérer son appareil.

Honor se remet à rire.

– Marrant ! J'aurais bien aimé voir sa tête.

– Marrant, dis-je, pince-sans-rire. Mais tu ferais mieux de prévenir ton copain que tu as une sœur jumelle.

Là-dessus, je rends son téléphone à Sagan puis recule de quelques pas. Il semble incapable de détacher ses yeux de moi. Alors je lui souffle :

– Ne répète pas à ta copine ce qui vient d'arriver. À personne. Jamais.

Il hoche la tête, quoique un rien hésitant. Une fois certaine qu'il n'en dira rien à Honor, je me détourne et m'éloigne. Je n'ai jamais connu un moment aussi embarrassant. Jamais.

CHAPITRE 2

Je suis trop bête.

Aussi, ça ressemblait tellement à une belle surprise de la vie... Il était si empressé que ça m'a troublée mais, à l'instant où il m'a embrassée, j'étais fichue. Il sentait la menthe, en même temps il était si tendre... et puis quand l'eau a jailli sur nous, ça a provoqué en moi une surcharge sensorielle qui virait à l'overdose. Je désirais tout, tout de suite. Ce baiser inattendu m'a permis de me sentir vivante pour la première fois depuis... en fait, je ne suis pas certaine d'avoir jamais vécu ça.

Ce qui explique pourquoi je n'ai pas tout de suite compris qu'il croyait embrasser Honor. Alors que ce baiser imprévu signifiait tant pour moi, il n'avait rien d'extraordinaire pour lui. Il doit tout le temps embrasser ma sœur comme ça.

Ce qui a quelque chose de troublant car il m'a paru... sain. Pas le type d'Honor, en principe.

À propos d'Honor...

J'actionne mon clignotant et attrape mon téléphone à la seconde sonnerie. Bizarre qu'elle m'appelle. Ça ne nous arrive jamais. Arrivée devant le stop, je m'arrête et réponds d'un paresseux :

– Salut.

– Tu es toujours avec Sagan ?

Fermant les yeux, je pousse un léger soupir. Je n'ai pas grand-chose à lui raconter après ce baiser.

– Non.

– C'est drôle. Il ne me répond pas, là. Je vais essayer de le rappeler.

– D'accord.

Je m'apprête à raccrocher quand elle ajoute :

– Au fait, pourquoi tu n'es pas au lycée ?

– Bah, ça n'allait pas trop bien alors je suis partie.

– Ah, bon. À ce soir.

– Honor, attends. Que… Il y a quelque chose qui ne va pas, avec Sagan ?

– Comment ça ?

– Tu sais. Tu es avec lui parce que… il est mourant ?

J'ai d'abord droit à un silence, puis à une réponse irritée :

– Merit, arrête ! Bien sûr que non ! Ce que tu peux être nulle, parfois !

Elle raccroche.

Je ne voulais pas l'insulter. Je suis franchement curieuse de savoir pourquoi elle sort avec lui.

Elle n'a plus eu de petit ami avec une espérance de vie normale depuis qu'elle a commencé à sortir avec Kirk, à treize ans. Elle a encore le cœur brisé par cette relation qui lui a laissé l'impression de s'étouffer sur des cicatrices.

Kirk était un gentil garçon de la campagne. Il conduisait un tracteur, s'occupait du foin, savait réarmer un disjoncteur ; une fois, il a été jusqu'à relancer la transmission d'une voiture que mon père lui-même n'avait pas su réparer.

Environ un mois avant nos quinze ans, deux semaines après qu'Honor a perdu sa virginité avec lui, son père l'a trouvé gisant au beau milieu de leur prairie, ensanglanté et à demi-inconscient. Il était tombé du tracteur qui lui avait roulé dessus, lui mutilant le bras. La blessure n'avait rien de mortel, cependant, le médecin a voulu savoir pourquoi ce gamin était tombé sans raison apparente. Il a ainsi découvert que Kirk avait été victime d'une crise provoquée par une tumeur qui se développait dans son cerveau.

– Sans doute depuis l'enfance, a-t-il précisé.

Kirk a encore vécu trois mois, durant lesquels ma sœur n'a pour ainsi dire pas quitté son chevet. Elle a été son premier et son dernier amour, mais aussi la dernière personne qu'il ait vue avant de rendre l'âme.

En conséquence, elle s'est refermée sur elle-même, à peu près incapable de s'intéresser à un autre garçon aux chances de vie normales. Elle passe tout son temps à chatter sur des forums réservés aux malades en phase terminale, et elle tombe folle amoureuse de garçons qui ont six mois à vivre au mieux. Bien que notre ville soit un peu trop petite pour lui fournir assez de soupirants mal en point, Dallas est à moins de deux heures de route. Avec le nombre d'hôpitaux consacrés aux maladies incurables, elle a déjà rencontré deux garçons à qui elle pouvait rendre visite régulièrement. Durant leurs dernières semaines sur Terre, elle a passé son temps avec eux, déterminée à être l'ultime personne qu'ils voyaient, l'ultime fille qu'ils aimaient.

À cause de cette obsession d'un amour éternel avec des malades en phase terminale, je me demande ce qui a bien pu l'attirer chez ce Sagan. J'avais de bonnes raisons de le croire malade, pourtant ; et voilà que cette supposition me rend nulle.

Je me gare dans l'allée de la maison, soulagée de n'y voir aucun autre véhicule. Il ne doit y avoir encore personne, sauf au sous-sol, bien sûr. J'attrape mon sac avec son trophée. Si j'avais pu me douter, dans la brocante, que j'allais vivre l'expérience la plus humiliante de mes dix-sept ans, j'aurais acheté tous leurs trophées. Il aurait fallu que j'utilise la carte de crédit d'urgence de papa, mais ça en aurait valu la peine.

En traversant le jardin, je jette un coup d'œil sur le panneau d'affichage. Pas une fois, depuis qu'on est installés ici, mon frère, Utah, n'aura manqué de le mettre à jour avec la même promptitude, la même précision qu'il consacre à chaque aspect de sa vie.

Il s'éveille à peu près à 6 h 20 tous les jours, prend sa douche à 6 h 30, prépare deux smoothies verts, l'un pour lui, l'autre pour Honor à 6 h 55 (sauf si elle les a préparés avant). À 7 h 00, il est habillé et se dirige vers le panneau pour inscrire le message quotidien. Vers 7 h 30, tous les matins, il fait un discours ennuyeux à notre petit frère, puis part pour l'école ou, le week-end, pour la salle de gym afin de s'entraîner sur un tapis de jogging pendant trois quarts d'heure, avant de passer à ses cent pompes puis à ses deux cents abdos.

Utah n'a pas de goût pour la spontanéité, il ne cherche pas à prévoir l'imprévisible. Il ne s'attend qu'aux probabilités. Il n'aime pas les surprises.

Il n'a pas aimé le divorce de nos parents, voilà quelques années, pas plus que le remariage de notre père, et encore moins l'annonce de la grossesse de notre nouvelle belle-mère.

Finalement, il aime bien notre demi-frère, et ce serait difficile de ne pas aimer Moby Voss. Pas à cause de sa personnalité proprement dite, mais parce qu'il a quatre ans. Les enfants de quatre ans sont en général appréciés par tout le monde.

Aujourd'hui, le message sur le panneau indique : « On ne peut fredonner en se pinçant le nez. »

Bien vu. J'ai essayé ce matin, en le lisant, et j'essaie encore en me dirigeant vers la porte d'entrée à double battant.

Je peux affirmer sans me tromper qu'on vit dans la maison la plus extraordinaire de toute la ville. Je dis bien *maison*, car ce n'est en rien une demeure, un chez-nous. Or cette maison est occupée par sept habitants plus incroyables les uns que les autres. Nul ne saurait deviner, de l'extérieur, que notre famille inclut un athée, une briseuse de ménage, une ex-femme atteinte d'une forme sévère d'agoraphobie, et une adolescente affectée d'une obsession frisant la nécrophilie.

Nul ne pourrait non plus le deviner à l'intérieur de la maison. On sait garder les secrets, dans cette famille.

Nous vivons en bordure d'une route pétrolière, dans une minuscule bourgade, dans le nord du Texas. Le bâtiment que nous occupons était, à une époque, l'église la plus fréquentée de la région, mais c'est devenu notre maison depuis que notre père, Barnaby Voss, l'a rachetée, encore assez récente, pour en fermer définitivement les portes à ses fidèles. Ce qui explique pourquoi nous avons un panneau devant l'entrée.

Mon père est athée, bien que ce ne soit pas pour cette raison qu'il ait acheté ce lieu de prière qui avait été saisi, l'arrachant ainsi aux mains des fidèles. Non, en l'occurrence, Dieu n'y était pour rien.

Il a racheté cette église et en a fermé les portes tout simplement parce qu'il haïssait avec la plus grande ferveur le chien du pasteur Brian et, en conséquence, le pasteur Brian lui-même.

Wolfgang était un énorme labrador noir qui aboyait très fort mais manquait totalement de bon sens. S'il existait une coterie des chiens, celui-là ferait partie des pires boulets. Cette fichue bestiole passait bien sept des huit précieuses heures de sommeil de mon père à aboyer.

Il y a quelques années, alors qu'on vivait dans la maison derrière l'église, on a connu l'improbable honneur d'être les voisins de Wolfgang. La fenêtre de la chambre de mes parents donnait sur l'arrière, qui se trouvait être le terrain de chasse de Wolfgang. Et celui-ci se livrait à ses exercices de préférence quand mon père dormait, mais n'aimait pas qu'on lui dise que faire ni quand dormir. En réalité, il faisait exactement le contraire de ce que tout le monde attendait de lui.

Le pasteur Brian l'avait acheté alors qu'il n'était qu'un chiot, une petite semaine après qu'un groupe d'ados du coin était entré par effraction dans son église pour y voler la collecte hebdomadaire. Il estimait qu'un chien dans les parages ne pourrait qu'éloigner d'éventuels voleurs. Cependant, il ne s'y connaissait pas vraiment en matière de dressage, à plus forte raison d'un chien à l'intellect digne de celui d'un footballeur lycéen. Si bien que, durant la première année de son existence, Wolfgang n'eut que de rares contacts avec les humains en dehors de son maître. Dès lors, il consacra toute sa vigoureuse énergie, toute sa curiosité sur la victime innocente qui occupait la propriété derrière l'église. Mon père, Barnaby Voss.

Dès le premier jour, il n'a pas aimé ce chien, et il nous a interdit, à moi et à mes frères et sœurs, de nous en approcher ; on a fini par s'habituer à l'entendre jurer entre ses dents qu'un jour il tuerait cette bestiole ; il a fini par le hurler.

Il ne croit peut-être pas en Dieu, mais il est convaincu de l'importance du karma. Alors, il avait beau rêver de tuer Wolfgang, il ne tenait pas à être responsable du meurtre d'un animal, même du pire qu'il ait jamais rencontré.

Et Wolfgang lui rendait la pareille, du moins donnait-il cette impression en passant le plus clair de sa vie à aboyer et à grogner après mon père, de jour comme de nuit, en semaine comme les week-ends, sauf à courir après un écureuil solitaire.

Papa a tout tenté pour mettre fin à ce harcèlement constant, des boules Quiès aux injonctions et autres mises en demeure, en passant par ses propres aboiements trois heures durant après avoir passé un vendredi soir à boire bien au-delà de son verre de vin quotidien. Tout cela en vain. En fait, mon père cherchait tellement à obtenir enfin une paisible nuit de sommeil qu'il alla jusqu'à passer tout un été à essayer d'amadouer Wolfgang dans l'espoir que ses aboiements allaient cesser.

Peine perdue.

Rien ne fonctionna et il semblait qu'aucune solution n'existait car le pasteur Brian accordait plus d'attention à son chien qu'à son voisin. Malheureusement, les finances de son église étaient au plus bas, tandis que le parc de voitures d'occasion de mon père et sa soif de vengeance étaient au plus haut.

Mon père fit une offre que la banque ne pouvait refuser et que le pasteur Brian ne pouvait compenser. Il faut dire aussi qu'il racheta une fortune la vieille Volvo du gestionnaire de crédit chargé de la saisie de l'église.

Lorsque le pasteur Brian annonça à sa congrégation qu'il avait perdu contre la surenchère de mon père et que celui-ci allait fermer les lieux au public pour s'installer avec sa famille dans l'église, les bavardages allèrent bon train. Et ne se sont pas arrêtés depuis.

Après avoir signé les papiers, voilà près de cinq ans, mon père a donné au pasteur Brian et à Wolfgang deux jours pour quitter les lieux. Il leur en a fallu trois. Mais, la quatrième nuit, une fois que notre famille s'était installée dans l'église, mon père a dormi treize heures d'affilée.

Le pasteur Brian a dû déménager en hâte vers un autre endroit pour ses sermons du dimanche mais, certainement grâce à une intervention divine, il ne lui a pas fallu plus d'une journée pour trouver un nouveau local. Une semaine plus tard, il rouvrait dans une grange haut de gamme qui avait servi à un diacre pour abriter sa collection de tracteurs. Au cours des trois premiers mois, les paroissiens ont dû s'asseoir sur des bottes de foin tandis que le pasteur prêchait du haut d'une estrade improvisée à base de palettes de contreplaqué.

Durant six bons mois, il s'était donné pour mission de prier en public le dimanche à la fin de l'office pour l'âme rebelle de mon père.

– Puisse-t-il comprendre ses erreurs et nous rendre notre lieu de culte... à un prix raisonnable.

La nouvelle qu'il faisait partie des principaux sujets de prière du pasteur Brian perturba quelque peu mon père, car il ne pensait pas avoir une âme, qui plus est, rebelle. Il n'avait donc aucune envie que les paroissiens prient pour elle.

Environ sept mois après que cette ancienne église avait été transformée en résidence familiale, on vit le pasteur Brian parader dans une Cadillac décapotable inconnue. Le dimanche suivant, comme par hasard, Barnaby Voss disparut de ses prières passives-agressives.

J'étais sur le parc de voitures le jour où mon père fit affaire avec le pasteur Brian. J'étais nettement plus jeune qu'aujourd'hui, pourtant je me rappelle leur transaction comme si c'était hier :

– Vous arrêtez de prier pour mon âme inexistante et je vous baisse de deux mille dollars le prix de cette Cadillac rouge cerise.

Voilà plusieurs années que nous subissions tous les aboiements de Wolfgang la nuit, et que mon père ne se levait plus le matin l'esprit léger. La famille a effectué de nombreuses transformations dans l'église, pourtant il reste trois éléments qui empêchent cette demeure de ne plus ressembler au lieu de culte qu'elle a été :

1) Les vitraux.

2) Le crucifix de deux mètres cinquante accroché au mur du living.

3) Le panneau ecclésiastique sur la pelouse du devant.

Ce même panneau qui demeure à sa place depuis tant d'années, longtemps après que mon père en a changé le nom, passant de « Église luthérienne du carrefour » à « Dollar Voss ».

Il a choisi d'appeler la maison *Dollar Voss* car l'église est divisée en quatre quartiers, soit quatre pièces d'un quart de dollar, et que notre nom de famille est Voss. J'aurais aimé trouver une explication plus intelligente.

J'ouvre la porte d'entrée pour pénétrer dans le Quartier Numéro Un, autrement dit l'ancienne chapelle transformée en living-room accolé à une assez grande cuisine, tous deux rénovés pour remplir leur nouvelle fonction ; il ne reste que l'énorme crucifix, toujours accroché au mur. Utah et mon père ont passé un été entier à essayer de le démonter, sans succès. Il s'est avéré, après des jours d'infructueuses tentatives, que cette croix faisait partie de la structure du bâtiment et ne pouvait être délogée sans que l'on attaque les montants de la charpente.

Mon père n'avait aucune envie de s'attaquer à ce mur. Autant il aime les jolis paysages, autant il estime que l'intérieur d'une maison doit se trouver nettement séparé de l'extérieur. Alors il a décidé que cette croix de deux mètres cinquante devrait rester où elle était.

– Et puis ça donne du caractère au Quartier Numéro Un, conclut-il.

Comme il est athée, ce crucifix ne représente qu'une décoration, rien de plus. Néanmoins, je m'assure que Jésus-Christ est toujours vêtu en fonction des fêtes du moment. Ce qui explique pourquoi Il est actuellement recouvert d'un drap blanc. Comme un fantôme.

Le Quartier Numéro Deux, qui rassemblait à une époque trois classes de catéchisme, s'est vu ajouter quelques murs et se retrouve divisé en six petites chambres, juste assez larges pour contenir un lit et une penderie. Avec mes frères et ma sœur, nous en occupons quatre. La cinquième sert de chambre d'amis et la sixième de bureau à mon père. Encore que je ne l'aie jamais vu s'en servir.

Le Quartier Numéro Trois est l'ancien réfectoire, transformé en suite parentale ; c'est là où dort mon père, au moins huit heures par nuit, avec Victoria Finney-Voss. Victoria habite Dollar Voss depuis à peu près quatre ans et deux mois, soit trois mois avant que le divorce de mon père n'ait été finalisé, et six mois avant la naissance du quatrième et, espérons-le, dernier enfant, Moby.

Le Quartier Numéro Quatre est le plus isolé, le plus controversé de la maison.

Le sous-sol.

Il est aménagé un peu comme un studio, avec une salle de bains équipée d'une douche, une minuscule cuisine et une pièce contenant un canapé, une télévision et un lit à une place.

Ma mère, Victoria Voss, à ne pas confondre avec l'actuelle épouse de mon père, qui porte le même nom, occupe le Quartier Numéro Quatre. Pas de chance, mon père a divorcé d'une Victoria pour aussitôt en épouser une autre, et il se trouve que toutes les deux vivent sous le même toit.

L'amour de mon père pour l'actuelle Victoria Voss ne tenait pas tant d'une relation de passage que d'un double emploi, qui reste aujourd'hui encore la principale source de discorde entre les trois adultes.

Il est rare que ma mère, Vicky, émerge de son Quartier Numéro Quatre, pourtant tout le monde ressent sa présence. Quoique personne ne soit aussi sensibilisé par ce mode de vie que l'épouse actuelle de mon père, Victoria. Elle n'a jamais supporté que ma mère occupe le Quartier Numéro Quatre.

Je ne doute pas qu'il soit compliqué de partager sa demeure avec l'ex-femme de son mari. Mais ce n'est sans doute pas aussi dur que pour ma mère lorsque, atteinte d'un cancer, elle a découvert que mon père couchait avec l'infirmière qui la soignait.

Cela remonte à plusieurs années, maintenant et, avec mes frères et ma sœur, ça fait un bail qu'on ne s'occupe plus du mal que notre père a fait à notre mère.

En fait, si. C'est encore très présent.

Quand même, il a fallu beaucoup de travail ces dernières années pour retaper Dollar Voss afin de la rendre habitable pour toute la famille, mais mon père est patient, pour le moins.

En dépit de tout, nous, la famille Voss, ressemblons beaucoup à une famille normale, et Dollar Voss ressemble beaucoup à une maison normale, malgré ses vitraux, le crucifix et le panneau ecclésiastique.

Le pasteur Brian le mettait à jour avec ferveur tous les samedis, en y inscrivant des phrases telles que : N'AYEZ PAS L'ESPRIT OUVERT À EN PERDRE LA RAISON, et SERMON DE CETTE SEMAINE : CINQUANTE NUANCES DE PRIÈRES.

Parfois je me demande ce que les citadins pensent en passant devant les citations quotidiennes d'Utah. Comme hier, quand il a écrit : LE REVERS DE LA MÉDAILLE DU PRIX NOBEL DE LA PAIX REPRÉSENTE TROIS HOMMES NUS.

Il m'arrive de trouver ça drôle mais, en fait, ça me gêne. La plupart des habitants de notre petite ville trouvent qu'on n'a rien à faire ici. Et nos actes ne font que renforcer cette impression. Je crois que mon père a tenté de s'adapter, l'année dernière, pour que notre maison ressemble plus à un foyer qu'à une ancienne église. Il a passé deux semaines à installer une jolie clôture blanche autour de la propriété.

Ça n'a pas changé grand-chose. À présent, on a l'air d'habiter dans une ancienne église encerclée par une clôture blanche totalement déplacée. Enfin, bravo pour cet effort.

J'entre dans ma chambre, ferme la porte derrière moi, jette ma sacoche par terre et m'installe sur le lit. Il est presque quinze heures, donc Moby et Victoria vont bientôt rentrer. Suivis d'Honor et Utah. Puis de mon père. Ensuite ce sera le dîner. Ô joie !

La journée a été longue, je ne suis pas sûre de pouvoir en supporter davantage.

Je vais chercher des cachets pour dormir dans la salle de bains. Normalement, je n'en prends que quand je suis malade, mais la seule chose qui puisse m'empêcher de me laisser obsédée toute la nuit par ce baiser avec le copain d'Honor, ce sont ces somnifères. Que je trouve sous le lavabo.

J'en prends une dose puis envoie un texto à mon père dès que je me suis glissée sous les couvertures.

Je ne me sens pas bien. Quitté bahut
plus tôt pour me coucher.
Vais sans doute manquer le dîner.

Je coupe mon téléphone, le range sous mon oreiller, ferme les yeux, ce qui ne m'empêche pas de voir Sagan derrière mes paupières closes. Avec Honor, on n'est plus aussi proches qu'auparavant, alors, quelque part, il est normal que je ne sois pas au courant de ses dernières amours. J'ai remarqué qu'elle s'absentait plus souvent que d'habitude mais je ne lui ai même pas demandé pourquoi. Pour autant que je sache, elle ne l'a jamais amené à la maison, alors je ne risquais pas de savoir qui c'était quand je l'ai aperçu, aujourd'hui.

Si seulement j'avais vu son visage avant l'incident du square, on aurait pu éviter cette énorme gaffe. J'aurais tout de suite su qui c'était. Alors s'il lui reste un minimum de décence, il va rompre avec elle et ne remettra jamais les pieds ici. Ils ne sont pas amoureux, non plus. Ils se connaissent à peine ; ça ne dure que depuis quinze jours. Il faudrait être dingue pour s'embrouiller entre deux sœurs. Surtout des jumelles.

Mais, une fois de plus, je doute qu'il ait la moindre intention de me revoir. C'était une erreur compréhensible. Il m'a prise pour Honor. S'il avait su que j'étais sa sœur, il n'aurait jamais prononcé ces paroles mielleuses et déroutantes telles que « Tu m'enterres » juste avant de plonger sa langue au fond de ma bouche. Cette confusion a dû le faire bien marrer. Et qui sait s'il n'a pas fini par tout raconter à Honor pour en rire avec elle.

Et mieux se moquer de cette pauvre Merit qui croyait naïvement que ce beau gosse était pour elle.

Ça m'énerve de me sentir si gênée à cette idée. En fait, j'aurais dû le gifler quand il m'a embrassée. Si j'avais fait ça, maintenant ce serait moi qui en rirais avec lui. Mais non, il a fallu que je me jette dans ses bras et me gave de ses baisers. J'aimerais retrouver cette sensation, en même temps, c'est ce qui me dérange le plus. Il ne manquerait plus que je me mette à envier ma sœur. Quand je pense à Sagan en train de l'embrasser comme il l'a fait aujourd'hui avec moi, je suis verte de jalousie.

En fait, j'ai toujours eu peur qu'il n'arrive un jour ce genre de chose. Qu'on me prenne pour elle et que je me ridiculise. Une seule chose nous différencie : elle porte des lentilles de contact et moi pas. J'ai eu beau faire tout ce que je pouvais pour me distinguer d'elle, à commencer par me couper et me teindre les cheveux, m'affamer pour mincir, ou au contraire me gaver, on a toujours l'air de peser le même poids, on se ressemble toujours et on garde la même voix.

Pourtant, on est très différentes.

Je ne ressemble en rien à ma jumelle qui, aux cœurs battants, préfère les cadavres pétrifiés.

Je ne ressemble en rien à mon père, Barnaby, qui a bouleversé nos vies, tout ça à cause d'un chien.

Je ne ressemble certainement pas à mon frère, Utah, qui passe chaque instant à vivre dans une apparence de temps présent parfaitement précis, parfait et ponctuel, afin de mieux masquer toutes les imperfections internes qui marquent son passé.

Et, sans le moindre doute possible, je suis totalement éloignée de ma mère, Vicky, qui passe ses jours et ses nuits dans le Quartier Numéro Quatre, à regarder Netflix, en léchant le sel sur ses chips, qui vit de sa pension d'invalidité et refuse de quitter la maison où son ex-mari et sa nouvelle épouse, Victoria, continuent de vivre, à l'étage au-dessus, essentiellement dans les Quartiers Numéro Un et Trois.

Le somnifère commence à produire son effet lorsque j'entends s'ouvrir la porte d'entrée. La voix de Moby retentit, suivie de celle de Victoria qui lui dit d'aller se laver les mains avant de prendre son goûter.

J'attrape mes écouteurs sur ma table de nuit. Mieux vaut m'endormir en écoutant Seafret que les bruits de ma famille.

CHAPITRE 3

J'espérais ne jamais revoir Sagan. J'espérais qu'ils rompraient avant qu'elle ne songe à le présenter à la famille. Cet espoir a duré vingt-quatre heures avant d'être anéanti. Voilà deux semaines, maintenant.

Durant cette quinzaine de jours, Sagan est venu à la maison plus souvent que je n'aurais su le compter. Il dîne ici tous les soirs, prend le petit déjeuner tous les matins, et y passe le plus clair de son temps.

Je ne lui ai pas dit un seul mot depuis le matin où il s'est pointé chez nous pour la première fois, quelque vingt-quatre heures après que sa langue a exploré ma bouche. Je sortais de ma chambre, encore en pyjama, quand je l'ai trouvé, assis à table. Dès que nos regards se sont croisés, je me suis retournée vers le réfrigérateur, le cœur virevoltant comme une boule de flipper dans ma poitrine. Ce matin-là, j'ai réussi à avaler mon petit déjeuner sans dire un mot. Dès que les autres ont commencé à se lever et à rassembler leurs affaires, j'ai poussé un léger soupir de soulagement, jusqu'au moment où je me suis rendu compte qu'il était encore dans la cuisine et ne paraissait pas décidé à s'en aller. J'ai entendu Honor lui dire au revoir. Comme je n'étais pas devant eux, je me suis demandé s'ils s'embrassaient mais n'ai pas osé me retourner pour vérifier. Je me suis demandé pourquoi il ne s'en allait pas avec elle. Étonnant qu'il traîne comme ça dans une maison où il n'habitait pas, alors même que sa copine est partie au bahut ; pourtant, c'est exactement ce qu'il a fait.

Une fois tout le monde disparu sauf lui, j'ai attrapé un chiffon pour nettoyer le comptoir. Il n'en avait pas besoin mais je ne savais que faire de mes mains ni de mes yeux. Sagan s'est levé pour ramasser trois verres qui traînaient sur la table, les a emportés dans la cuisine, restant à côté de moi tandis qu'il les vidait dans l'évier.

Un silence de plomb régnait dans la pièce. Ce qui n'en rendait l'atmosphère que plus pesante.

— Tu veux qu'on en parle ? m'a-t-il demandé.

Il a ouvert le lave-vaisselle, comme si c'était à lui de s'en occuper. Il a déposé les trois verres sur le panier du dessus, puis refermé la porte. Après quoi, il s'est essuyé les mains dans une serviette qu'il a ensuite jetée sur la table en attendant ma réponse. C'est à peine si j'ai secoué la tête pour lui signifier que non, ça ne m'intéressait pas.

— Merit, a-t-il alors soupiré.

Je l'ai regardé. Grave erreur, car il me fixait d'un air trop navré pour me laisser exprimer ma colère.

– Vraiment désolé, dit-il. Je... je t'ai prise pour elle. Si j'avais su, je ne t'aurais jamais embrassée.

Il semblait sincère, mais j'avais beau essayer de m'accrocher à sa sincérité, je ne pouvais m'empêcher d'analyser sa dernière phrase : « Si j'avais su, je ne t'aurais jamais embrassée. »

Quelque part, ça ressemblait plus à une insulte qu'à une excuse. Pourtant je savais que tout ça n'était qu'une bourde sans conséquence. Honor n'était pas au courant, donc, je ferais mieux d'en rire. Sauf que je ne pouvais pas. Difficile de rire d'une chose qui m'affectait à ce point. Cependant, je faisais de mon mieux.

– C'est bon, dis-je en haussant les épaules. Vraiment. De toute façon, c'était trop bizarre. Je suis contente que tu ne l'aies pas fait exprès car j'étais à deux secondes de te gifler.

Son expression s'est altérée. Je suis parvenue à m'arracher un sourire avant de regagner ma chambre sans me retourner.

C'est la dernière fois qu'on s'est parlé.

Maintenant, on ne dit rien ni au petit déjeuner, ni au dîner, ni même quand on traîne dans le salon devant la télé.

Néanmoins, je sens ses yeux sur moi. J'essaie constamment de contrôler mon pouls car je m'estime coupable du seul fait d'être attirée par lui. Je n'aime pas me sentir envieuse d'Honor. J'essaie de me dire que ce n'est pas lui qui m'attire ; je m'accroche à l'idée qu'un inconnu puisse me désirer avec autant de passion qu'il en a mis l'autre jour. Voilà ce que je convoite. Juste cette notion. Rien à voir avec Sagan, la personne qu'il est. Je ne le connais pas assez pour savoir si je peux apprécier cette personne. Et je ne veux pas le savoir, raison pour laquelle je ferais mieux de l'éviter.

Tout ce que je sais, c'est qu'il n'est pas le genre d'Honor. Il n'existe aucune alchimie entre eux. Ou alors, je prends mes désirs pour des réalités.

J'ai fait de mon mieux pour accepter cette situation, mais je me sens nulle. En même temps, j'ai l'impression que mon acceptation ne sera désormais plus aussi inacceptable car la nullité aime la compagnie, et ce que je vois est assurément nul.

Bien qu'il soit minuit passé, j'ouvre la porte d'entrée et découvre le regard effrayé de Wolfgang. Ce même chien qui a terrorisé mon père durant une bonne partie de mon enfance.

Quelle délicieuse surprise !

Mon père ne s'en est pas aperçu, pourtant voilà un moment que je ne suis plus retournée au bahut, au point de confondre le jour et la nuit. Je me suis réveillée il y a quelques minutes, alors que tout le monde dort. Je me suis rendue vers le Quartier Numéro Un, pour manger quelque chose mais, avant d'arriver à la cuisine, j'ai entendu une sorte de grattement contre la porte d'entrée. Comme on n'a pas d'animaux à quatre pattes, j'aurais sans doute dû commencer par prévenir mon père de la présence d'un éventuel intrus. Au lieu de quoi, j'ai aussitôt ouvert pour voir ce qui se passait. Si ma vie était un film d'horreur, je serais la première à mourir.

Wolfgang gémit à mes pieds, couvert de boue, tremblant sous la pluie et, apparemment, complètement perdu. On a bien entendu quelques coups de tonnerre qui m'ont réveillée à plusieurs reprises au début de l'orage. Il a peut-être eu peur et se sera mis à courir vers le seul autre endroit qu'il connaissait.

Jusqu'à maintenant, je n'avais jamais touché ce chien, puisque, enfants, on avait reçu l'ordre de ne pas l'approcher. Je tends vers lui une main hésitante. Un jour, notre père nous a raconté comment il l'avait vu dévorer une jeune scout tout entière. Je me rends compte à présent que ce n'était pas vrai, bien sûr, mais avec la visite de Wolfgang cette nuit, rendue encore plus sinistre par l'obscurité, je redoute un instant qu'il ne croie que je cache des biscuits dans ma poche.

Sauf qu'il ne me dévore pas, même pas un peu. C'est tout à fait le contraire, à vrai dire.

Il me lèche.

D'un bref coup de langue il m'attrape le petit doigt, puis le lâche, geste de paix plutôt que mise en bouche. J'ouvre un peu plus grand la porte et Wolfgang y reconnaît un geste de bienvenue ; il se précipite à l'intérieur, traverse aussitôt le Quartier Numéro Un pour se diriger vers la porte du fond qu'il se met à gratter, comme s'il voulait accéder au jardin.

Moi qui l'avais toujours considéré comme un idiot, je suis surprise de le voir retrouver son chemin vers ses anciens terrains de chasse. Mais je suis encore plus étonnée de constater qu'il préfère retourner sous la pluie plutôt que rester à l'abri. Je lui poserais bien la question, sauf que c'est un chien...

Je lui ouvre et il émet un nouveau geignement avant de pousser la porte grillagée d'un coup de truffe, comme s'il était attendu dehors. J'allume la lampe du perron et le laisse descendre les marches puis se précipiter vers la niche qui n'a pas bougé de sa place depuis des années qu'il s'en est fait virer.

J'ai envie de le prévenir qu'il pourrait y trouver des araignées ou d'autres occupants, mais ça n'a pas l'air de l'inquiéter. Il disparaît à l'intérieur et je guette un instant sa sortie, sauf qu'il ne bouge plus.

Je ferme la porte grillagée, puis je verrouille l'autre. Je le rendrai demain matin au pasteur Brian. Du moins s'il ne trouve pas tout seul le moyen d'escalader la clôture pour rentrer de lui-même.

Je me prépare un sandwich, allume la télé et, le temps que j'aie fini de manger, je n'ai toujours rien trouvé d'intéressant à voir. J'ai tellement dormi la nuit dernière que je suis en pleine forme, au point de ne presque plus penser à Honor et à son petit ami. Je décide de mettre à profit cet inhabituel regain d'énergie pour nettoyer ma chambre.

Je prends mes écouteurs et me mets à l'œuvre. Étonnant le nombre de chansons qui parlent d'amour interdit ou de baisers volés. Je change de titre chaque fois que mon esprit se met à vagabonder. Finalement, je tombe sur Ocean et attrape alors un vieux tee-shirt pour nettoyer tous mes trophées. Chaque fois que j'en achète un nouveau, je les essuie tous et change leur disposition. Celui du bowling, acquis il y a quinze jours, va se retrouver sur le devant. Puis je récupère dans le fond celui du football, volé à Drew Waldrup. Je le mets de côté, pour quand je changerai la tenue de Jésus-Christ, plus tard dans la nuit.

Je passe les heures suivantes à profiter de ces moments de solitude, quand tout le monde dort. Je prends une longue douche sans être dérangée par personne. Je regarde les dix premières minutes de huit séries différentes sur Netflix. Je dois souffrir d'un problème d'attention car je n'arrive jamais à suivre une émission entière sans m'ennuyer très rapidement. Je fais un mot croisé et demi avant de caler sur un mot en trois lettres pour *mot*. Lorsque j'aperçois la première lueur du soleil à travers un vitrail, je décide de changer la tenue de Jésus-Christ avant que quiconque ne s'éveille.

Je rassemble tout le matériel dont j'ai besoin. Une fois que l'échelle est dressée dans le salon, j'y grimpe avec mon trophée de football volé et le place dans la main droite de Jésus, puis je le fixe avec du ruban adhésif que j'avais collé à mon poignet. Je rajuste la casquette-gruyère sur sa couronne d'épines. Quand j'ai fini, je descends de l'échelle et recule pour admirer ma création.

En règle générale, je donne un surnom temporaire à Jésus, selon le thème de ses tenues. Le mois dernier, c'était « Saint-Esprit », à cause de son allure fantomatique. Là, avec son maillot de joueur de foot et son trophée, ce serait plutôt « Jésus-Christ Football Club ».

— Papa et Victoria seront furieux quand ils verront ça.

Je me retourne pour apercevoir une Honor douchée et habillée. Ça me fait sourire parce que je me rends compte que c'est pour ça que je me suis donné tout ce mal. Mon père est un fan de l'équipe des Cowboys de Dallas, et, pas de chance, j'ai revêtu Jésus d'un maillot des Packers du Wisconsin.

Victoria, quant à elle, sera furieuse que j'aie seulement songé à faire un truc pareil. Contrairement à mon père, elle croit en Dieu et accorde de l'importance à la religion. Elle déteste me voir habiller Jésus. Elle dit que c'est un manque de respect et un sacrilège.

Je ne suis pas d'accord. Ce serait un manque de respect si le vrai Jésus-Christ se trouvait dans notre salon et que je Le forçais à changer tout le temps de vêtements. Mais celui-ci est faux, en bois et en plastique. J'ai essayé de l'expliquer à Victoria. Je lui ai rappelé qu'un des Dix Commandements prescrivait de ne pas se prosterner devant des idoles.

En fait, lorsque je déguise cette idole à tête de Jésus, plutôt que de l'adorer, je suis ce commandement.

Elle n'a pas saisi en quoi. En tout cas, ça ne m'a pas empêchée de continuer.

Je vais ranger l'échelle au garage. Papa devrait se réveiller d'une minute à l'autre, autant virer les preuves de mon intervention, encore que je sois la seule dans la maison qui se donne la peine d'habiller Jésus-Christ. Voilà plusieurs années qu'Honor ne semble plus se soucier de la vie éternelle, en fait depuis qu'elle est obsédée par les malades en phase terminale.

Peut-être qu'on se ressemble, toutes les deux, qu'on partage les mêmes manières, pourtant on ne pourrait être plus différentes. La plupart des vrais jumeaux terminent les phrases de l'autre, savent ce que l'autre pense, s'intéressent aux mêmes choses. Tandis qu'Honor et moi ne faisons que nous embrouiller. On a bien essayé de jouer nos rôles de jumelles en société mais, dès la puberté, on a laissé tomber.

Et puis, elle est sortie avec Kirk, dont la mort a creusé un fossé encore plus large entre nous car, jusque-là, on avait à peu près tout traversé ensemble. Ensuite, elle s'est mise à vivre des expériences que je n'ai pas connues, en tombant amoureuse, en perdant sa virginité, en éprouvant du chagrin. Depuis, on ne se sent plus au même niveau. Du moins, elle estime être parvenue à un autre niveau que moi. Et, plus le temps passe, plus on s'éloigne l'une de l'autre.

En regagnant la cuisine, je ralentis le pas à la vue de Sagan.

Il me tourne le dos, assis à table. Chez nous. À cette heure invraisemblable. Qui rend visite à sa petite amie à sept heures du matin ? Il est en train de prendre racine à Dollar Voss, au point que j'envie de moins en moins ma sœur. En plus, il faut être malade pour avoir envie de revenir dans cette maison. Comme s'il ne connaissait pas ma famille ! C'est son amour pour Honor qui l'aveugle à ce point ?

Penché en avant, il semble complètement concentré sur son carnet de croquis. Le jour où je me suis rendu compte que c'était un artiste, j'ai rigolé d'avoir une telle chance. Je l'avais espéré bien avant qu'il ne m'embrasse, mais ça ne fait que mieux coller à mon impression que plus je le connais, plus il me semble parfait. Quel est ce karma qui me fait craquer pour le copain de ma sœur jumelle ?

Moby entre dans la cuisine et se précipite vers la table. C'est sans doute le seul membre de la famille qui m'apporte de la joie, mais il a encore tout le temps de me décevoir.

– Salut, mon pote ! lance Sagan, en lui frottant la tête.

Sauf que Moby n'est pas du matin, malgré son âge. Il s'écarte de lui avant de se hisser sur une chaise. Sagan arrache une page blanche de son carnet et la place devant le gamin avant d'y ajouter un crayon, meilleur moyen de se faire bien voir. Tous les enfants de quatre ans adorent les papiers et les crayons. Moby essaie inlassablement de copier les dessins du copain de ma sœur. Ce qui est plutôt comique si l'on songe aux thèmes morbides qui inspirent le copain en question. Hier encore, j'ai trouvé un portrait qu'il avait fait d'elle, assise devant une tombe vide, en train de se mettre du rouge à lèvres. Au dos, il avait écrit « Jusqu'à ce que la mort nous sépare ».

Je ne sais jamais ce qu'il veut représenter au juste, mais ça me fascine. Tout ce qui compte, c'est qu'il n'en sache rien. Je ne veux pas non plus qu'il sache que, chaque fois qu'il fait un dessin pour Honor et qu'elle le laisse tomber comme si elle n'en avait rien à faire, je le vole. J'en possède plusieurs, maintenant, enveloppés dans un peignoir lui-même rangé au fond du tiroir de ma commode. Parfois je les examine en me disant que ce sont des portraits de moi, non d'Honor.

Je suis sûre que celui qu'il exécute en ce moment va finir encore au fond de mon tiroir, puisqu'elle n'a rien à faire de ses dons artistiques.

Moby me jette un regard et, cachant sa bouche derrière sa main, il marmonne quelque chose apparemment destiné à moi seule. Il fait toujours comme ça quand il veut confier un secret, au lieu de recourber sa paume autour de ses lèvres. C'est trop adorable et personne n'a le courage de lui dire qu'on ne comprend rien de ce qu'il dit. Encore que je n'aie rien à comprendre puisque je sais exactement ce qu'il veut.

Dans un clin d'œil, je prends la boîte de donuts sur le réfrigérateur. Il en reste deux, alors j'en mets un dans ma bouche et tends l'autre à Moby. Il le prend avant d'aller se planquer sous la table pour le manger. Pas besoin de lui dire de se cacher de sa mère. Il sait déjà que les bonnes choses sont toujours défendues, selon Victoria.

— Tu te rends compte que tu lui apprends à stocker la malbouffe ? lance Utah, toujours moralisateur, en entrant dans la cuisine. S'il est ensuite atteint d'obésité morbide, ce sera ta faute.

Je ne suis pas d'accord avec cette théorie, mais je ne cherche pas à me défendre. Ça gâcherait mes trois jours de silence. Pourtant, malgré mon manque d'objection, Utah a tort. Si Moby doit devenir obèse, ce sera la faute de Victoria. Elle a éliminé des groupes entiers d'aliments de sa nourriture. Elle ne le laisse pas manger de sucres lents ni rapides, de gluten ni aucun ingrédient qui se termine en *ose*. Le malheureux gamin n'avale que des flocons d'avoine au petit déjeuner. Sans gras ni sucre. Ça ne peut pas être bon pour lui.

Au moins, je lui offre de petits plaisirs à dose raisonnable.

Utah passe devant moi pour récupérer son smoothie dans la main d'Honor et se penche pour la remercier d'un rapide baiser sur le front. Il sait que mieux vaut ne pas m'approcher avec son affection mielleuse de frangin.

Si notre ADN ne prouvait pas le contraire, je dirais qu'Utah et Honor semblent plus jumeaux qu'elle et moi. Ce sont eux qui achèvent les phrases de l'autre, partagent des blagues et passent le plus de temps ensemble.

Utah et moi n'avons rien en commun, à part d'être les seuls, de toute la famille Voss, à connaître son plus sombre secret. Mais comme il s'agit d'une chose dont nous n'avons jamais parlé depuis le jour où elle s'est produite, on ne peut pas dire que ça nous relie en quoi que ce soit.

Et puis on ne se ressemble pas du tout. Honor et moi tenons plutôt de notre mère, du moins quand elle était jeune, avec ses cheveux d'un blond plus doré. Sauf que voilà si longtemps qu'elle n'a plus vu le soleil que les siens sont devenus ternes. Utah ressemble à notre père, avec ses cheveux blond cendré et son teint pâle. Honor et moi aussi sommes très claires de peau, mais pas autant qu'Utah. Il doit mettre de la crème chaque fois qu'il sort plus d'une demi-heure. Finalement, on a de la chance, avec ma sœur, car on bronze bien en été.

Moby se situe à peu près entre nous. Parfois il ressemble à notre père, parfois à Victoria, mais, la plupart du temps, il me fait penser au petit canard de la pub du liquide vaisselle Dawn. Trop mignon.

Utah s'assied puis se penche pour regarder sous la table.

– Salut, gamin. Tu sais ce qui t'attend, aujourd'hui ?

Moby s'essuie la bouche avec sa manche puis hoche la tête.

– Oui !

– Alors, content ?

– Complètement ! dit le petit avec un large sourire.

– C'est tout ?

– Trop complètement ! couine Moby.

Il ne va rien se passer de spécial, aujourd'hui, c'est juste ce qu'ils se disent tous les jours. Utah estime important de motiver un enfant pour la journée, même s'il ne s'y passe rien. Il dit que cela favorise un environnement neurologique positif, quoi que cela signifie…

Il voudrait devenir professeur et il a déjà programmé toutes ses études universitaires. Dans six mois, dès qu'il aura terminé le lycée, il s'offrira un week-end avant d'entamer ses cours à la fac locale, le lundi suivant. Honor aussi s'est inscrite pour commencer deux jours après son diplôme.

Moi ? J'hésite encore à reprendre mes cours d'aujourd'hui, alors l'université dans six mois…

Ce n'est pas très courant d'avoir trois enfants en terminale en même temps. Ma mère a mis Utah au monde en août et, un mois plus tard, elle tombait enceinte de ma sœur et moi. Apparemment, la théorie selon laquelle l'allaitement maternel empêcherait une femme d'ovuler n'est qu'une rumeur infondée.

Toujours est-il que, lorsque Utah a atteint l'âge de commencer l'école, nos parents ont décidé de le retarder d'un an, de façon qu'on soit tous les trois dans la même classe. Pourquoi se taper différents emplois du temps quand on peut en avoir un pour les trois enfants à la fois ?

Je ne crois pas qu'ils aient réfléchi assez loin pour songer à devoir un jour payer les frais de trois rentrées universitaires simultanées. Encore que ça n'ait pas grande importance. Mes parents n'ont pas les moyens de payer une rentrée universitaire, à plus forte raison, trois. Une fois qu'on commencera nos études supérieures, perso, il me faudra un prêt étudiant, sinon rien. Honor et Utah n'auront pas à s'inquiéter pour ça car, en l'occurrence, ils sont tous les deux largement en tête des autres élèves et ne rivalisent que pour savoir qui sera major et qui sera deuxième de promotion. Il y aura forcément deux enfants Voss aux deux premières places et ils se verront accorder les bourses équivalentes. Seule question : qui des deux arrivera en tête ? Je voterais plutôt pour Utah, dans la mesure où il se laissera moins préoccuper par les malades en phase terminale avant de passer son diplôme.

Je n'ai pas le sens de la compétition, les notes comptent moins pour moi que pour eux. Je me situerais plutôt dans la moyenne des élèves, encore que la mienne ait dû singulièrement baisser depuis deux semaines. Je ne suis pas retournée au bahut depuis le jour où j'ai fait le détour par le square. Je pourrais reprendre les cours maintenant, mais je n'en ai pas trop envie.

Utah déménage dans un mois ou deux mais ça ne devrait pas affecter ses résultats. Il n'est pas du genre à faire la fête au risque de voir ses notes baisser. En plus, il sera sans doute là, la plupart du temps, puisqu'il ne va pas loin. Il refait les parquets dans notre ancienne maison, celle qui se trouve juste derrière celle-ci. Dès qu'il aura terminé, il s'installera là-bas. En fait, la tranquillité qu'il y trouvera devrait lui laisser davantage de temps pour étudier, mais aussi nettoyer et repasser ses vêtements. Il tient à être le lycéen le plus impeccable que j'aie jamais rencontré. Franchement, je serai contente quand il s'installera dans notre ancienne maison. Il y a eu trop de tension entre nous, ces derniers temps.

Je me verse un verre de jus de fruits et vais m'asseoir en face de Sagan. Il ne me dit pas bonjour mais cache ce qu'il a dessiné avec son bras sporadiquement tatoué. Je remarque quelques tatouages de plus que je ne connaissais pas encore, une sorte de bouclier, un petit lézard borgne. À moins qu'il ne cligne de l'œil. Je lui demanderais bien ce qu'ils signifient mais ça m'obligerait à lui parler. Je préfère la fermer, tout en essayant de lorgner vers ce qu'il dessine. Il sent mon regard et lève la tête. Je préfère ignorer le frémissement qu'il provoque en moi et affiche une expression impavide. Il hausse un sourcil, récupère son carnet de croquis et s'adosse à sa chaise. Il ne m'a pas quittée des yeux mais secoue légèrement la tête, me signifiant ainsi que je n'aurai pas le privilège de le voir dessiner.

De toute façon, ça ne m'intéresse pas.

Son téléphone vibre et il se précipite, consulte les notifications, blêmit. Il rejette l'appel, retourne l'appareil à plat. Du coup, j'aimerais savoir qui peut le mettre dans un tel état avec Honor dans les parages. Il lui jette un coup d'œil, se rend compte qu'elle le fixe ; s'ensuit un échange silencieux entre eux et, à l'idée qu'ils puissent avoir un langage secret, mon cœur se serre.

Je reporte mon attention sur Moby, toujours caché sous la table, la figure barbouillée par son donut.

– Encore un ? murmure-t-il la bouche pleine.

Je fais non de la tête. Modération. D'ailleurs, il n'y en a plus.

Victoria entre brusquement dans la cuisine.

– Moby, viens manger tes flocons d'avoine !

Elle crie assez fort pour être entendue de tous les quartiers de la maison mais, si elle accordait plus d'attention à son enfant qu'à son maquillage, elle aurait remarqué qu'il était déjà levé, habillé et nourri.

Elle sort un couteau du tiroir, prend une banane, essuie la lame sur son tablier rose pour s'assurer de sa propreté.

– Qui devait s'occuper du lave-vaisselle, hier ? s'enquiert-elle alors.

Personne ne lui répond. On lui parle rarement. En dehors de la présence de notre père, Victoria n'occupe pas une grande place dans nos vies.

— Bon, en tout cas, celui qui le vide doit vérifier la propreté des plats avant de les ranger. Ils sont dégoûtants.

Elle jette le couteau dans l'évier, en sort un autre du tiroir puis examine un à un chacun de ses beaux-enfants assis autour de la table. Je suis la seule à soutenir son regard. Elle épluche la banane en soupirant.

Je ne vois vraiment pas ce que mon père peut lui trouver. Certes, elle est jolie pour son âge, puisqu'elle vient d'avoir trente-cinq ans. Une bonne dizaine d'années de moins que ma mère. Mais c'est à peu près à ça que se résument ses qualités. C'est une mère dominatrice envers Moby. Et elle prend beaucoup trop au sérieux son travail d'infirmière. En soi, c'est un métier respectable, mais l'ennui avec Victoria c'est qu'elle ne semble pas séparer sa vie professionnelle de sa vie familiale. Elle reste en mode aide sociale avec Moby, comme s'il était malade, alors que c'est un gamin en pleine forme. Et puis elle porte constamment des blouses roses quand elle a le droit de choisir les formes et les couleurs qu'elle veut.

Je crois que cette blouse rose m'énerve plus que tout le reste. Je serais peut-être davantage prête à lui pardonner l'atrocité qu'elle a commise contre ma mère si elle portait une autre couleur rien qu'une fois.

Je me rappelle le jour où elle l'a inaugurée. J'avais douze ans et j'étais assise à cette même table. Elle émergeait du Quartier Numéro Trois, à l'époque où y vivaient mon père et ma mère malade. C'était son infirmière depuis à peu près six mois, et je l'aimais bien, en fait. Du moins jusqu'à ce matin-là.

Mon père était assis en face de moi, en train de lire le journal ; il a levé la tête en souriant.

– Le rose vous va vraiment bien, Victoria.

Je sais que j'étais jeune mais même les enfants savent reconnaître le flirt, particulièrement quand il concerne un de leurs parents.

Depuis, elle ne porte que des blouses dans toutes les variantes de rose. Je me demande souvent si leur liaison a commencé avant ou après cet épisode dans la cuisine. Parfois, la curiosité me dévore, au point que j'ai envie de leur demander à quelle heure exactement ils ont commencé à briser la vie de ma mère. Sauf que ça nous ferait parler ouvertement d'un secret, chose qu'on ne fait pas dans cette famille. On les garde plus profondément enterrés que dans la tombe où Victoria souhaite voir ma mère finir un jour.

Ils sont restés à peu près discrets pendant au moins un an. Le temps de se rendre compte que le cancer de ma mère n'allait finalement pas la tuer, mais pas assez pour empêcher Victoria de tomber enceinte. Mon père a alors été pris entre deux feux. Quoi qu'il décide, il passerait pour un enfoiré. D'un côté, il pouvait choisir de ne pas abandonner sa femme qui venait de vaincre son cancer. Dans ce cas, il devait abandonner sa jeune maîtresse enceinte.

Ça remonte à si longtemps… Je ne sais pas trop comment il en est arrivé à cette conclusion. Je ne garde aucun souvenir de bagarre entre adultes. En revanche, je me rappelle quand ma mère et mon père ont discuté de l'endroit où allaient vivre sa nouvelle femme et son fils. Elle lui avait suggéré de prendre l'ancienne demeure derrière Dollar Voss et de la laisser ici pour s'occuper de nous, leurs enfants. Il avait refusé, prétextant qu'elle n'était pas compétente, ni physiquement ni mentalement, pour gérer la tribu. Hélas, il avait raison.

Ma mère avait eu un accident de voiture lorsqu'elle était enceinte de ma sœur et moi, et elle ne s'en est jamais vraiment remise. À nos yeux, elle a toujours été la même, étant donné qu'on ne la connaissait pas avant l'accident. Mais on sait qu'elle a changé à cause des réactions de notre père. Il dit des choses comme :

– Avant l'accident, votre mère pouvait…

ou :

– Avant l'accident, quand on partait en vacances…

ou :

– Avant l'accident, quand elle n'était pas si malade…

Je ne crois pas qu'il ait jamais dit ça par dépit. C'était juste un constat. Il y a la Victoria Voss d'« avant l'accident » et la Victoria Voss que nous avons aujourd'hui pour mère. Si on oublie ses problèmes de dos, sa lutte de deux années contre une tumeur au cerveau, son léger boitement, sa phobie sociale qui l'a gardée enfermée dans le sous-sol, quelques cicatrices sur son bras droit et son incapacité à passer une journée entière sans au moins deux siestes, elle est relativement normale.

On a bien essayé de lui faire quitter le sous-sol pour la faire participer à notre vie. La dernière fois qu'elle a accepté, c'était pour assister à l'enterrement de Kirk, et juste parce qu'Honor l'a suppliée en sanglotant. Mais, ensuite, après sa première année de claustration, on a pu constater qu'elle s'habituait bien à cette vie ; il a fallu accepter l'évidence. Avec Utah, Honor et moi, elle reçoit des visites quotidiennes. Mon père lui fait toujours ses courses et ma sœur et moi veillons à ce que sa mini-cuisine soit approvisionnée. Elle n'a aucune facture à payer car mon père s'en charge pour toute la maison.

Son seul problème depuis deux ans qu'elle vit enfermée au sous-sol, c'est sa santé. Heureusement, mon père a trouvé un médecin prêt à se déplacer si nécessaire. Et, comme elle refuse de voir un psychiatre à cause de sa phobie sociale, on est bien obligés de l'accepter. Pour le moment. J'ai l'impression qu'une fois que nous, les trois aînés, aurons quitté la maison l'année prochaine, Victoria ne se gênera pas pour la prier de déménager. Mais personne ne tient à précipiter cette bataille, d'autant qu'avec mon frère et ma sœur, nous serons les premiers à prendre sa défense.

Victoria a fini par faire comme si ma mère n'existait pas. Alors que pour nous, les enfants, c'est elle qui n'existe pas. On ne voit pas pourquoi on irait faire des courbettes à une femme qu'on méprise, sous prétexte qu'elle est la mère de notre demi-frère.

Du jour où elle est entrée dans nos vies, notre famille n'a plus été la même. Et, si on tient notre père pour responsable de la moitié de nos problèmes, il est toujours obligé de nous aimer. Ce qui le rend plus difficile à condamner que Victoria qui ne nous aime pas.

Elle dispose les tranches de banane sur le bol de flocons d'avoine de Moby.

– Viens manger ton petit déjeuner !

Il sort à quatre pattes de sous la table, se redresse.

– J'ai pas faim.

Avec sa manche, il essuie le sucre glace autour de sa bouche. Impossible de cacher qu'il vient d'avaler un donut, et que celui-ci venait forcément de moi.

– Moby, lance-t-elle, en le dévisageant. Qu'est-ce que tu as...

C'est parti...

– Merit ! s'écrie-t-elle alors. Je t'ai dit de ne pas lui donner de donuts !

Je lui jette un regard innocent alors que mon père entre dans la pièce. Elle tourne son attention vers lui, agitant le couteau avec lequel elle vient de couper les bananes.

– Merit a donné un donut à Moby pour le petit déjeuner !

Mon père lui caresse le poignet puis saisit le couteau. Il se penche vers elle pour l'embrasser sur la joue, dépose le couteau sur le comptoir, me cherche parmi la foule de ses enfants :

– Merit, on en a déjà parlé. Si tu recommences, tu seras punie.

Je fais oui de la tête, contente de m'en tirer à si bon compte. Mais Victoria ne s'en tient pas là car un donut en guise de petit déjeuner équivaut à la fin du monde et mérite qu'on en fasse un drame.

– Tu ne la punis jamais, accuse-t-elle.

Attrapant le bol de flocons d'avoine, elle va le vider dans la poubelle d'un geste furieux.

– En fait, ajoute-t-elle, je ne t'ai jamais vu infliger la moindre punition, Barnaby. C'est pour ça qu'ils se comportent comme ça.

Ils étant les trois aînés de mon père. Et c'est vrai. Il ne fait que menacer, mais passe rarement à l'acte. C'est ce que je préfère en lui.

– Ma chérie, calme-toi. Peut-être que Merit ignorait qu'il ne fallait pas lui donner de donut aujourd'hui.

Rien n'énerve plus Victoria que de voir mon père prendre notre parti plutôt que le sien.

– Bien sûr qu'elle le savait ! Elle ne m'écoute pas. Ni elle ni aucun d'entre eux.

Elle dépose le bol dans l'évier, se penche pour récupérer Moby et l'assied sur le comptoir afin de lui essuyer la figure avec une serviette humide.

— Moby, il ne faut pas manger de donuts. C'est très mauvais pour toi. Ça t'endort et après tu ne travailles pas bien à l'école.

Peu importe qu'il ait quatre ans et ne soit encore qu'à la maternelle.

Mon père avale un peu de café puis se penche sur le petit garçon, lui passe la main dans les cheveux.

— Écoute ta maman, bonhomme.

Il pose sa tasse et son journal sur la table et s'assied à côté de moi. Il me jette un regard mécontent ; j'espère juste qu'il va me demander des excuses ou pourquoi j'ai encore enfreint les ordres de Victoria.

Mais non. Ce qui signifie que ma phase de silence peut entamer son quatrième jour.

Je me demande si quiconque remarquera mon mutisme. Non que je boude qui que ce soit. J'ai dix-sept ans. Je ne suis plus une enfant. Pourtant, la plupart du temps, je me sens invisible dans cette maison, et je suis curieuse de savoir combien de temps il faudra pour que quelqu'un s'aperçoive que je ne dis plus un mot.

Je me rends compte que c'est un peu passif-agressif, mais ce n'est pas comme si je le faisais pour leur prouver quelque chose. C'est juste à moi que je veux le prouver. Je me demande si je tiendrai une semaine entière. J'ai lu un jour une citation qui disait : « Ne vis pas pour que ta présence se remarque mais pour que ton absence se ressente. »

Personne dans cette famille ne remarque ma présence ni mon absence. Alors qu'avec Honor ce serait évident. Mais je suis née en second, ce qui ne fait de moi qu'une fade copie de l'originale.

– Qu'est-ce qu'il y a sur le panneau, aujourd'hui, Utah ? demande mon père.

C'est déjà terrible que les ex-paroissiens de cette église en veuillent toujours à mon père d'avoir acheté ce bâtiment, mais le panneau ne fait qu'enfoncer le clou. Je suis sûre que ces messages quotidiens sans rapport avec la religion exaspèrent les gens. Hier, il avait inscrit : CHARLES DARWIN A MANGÉ TOUS LES ANIMAUX QU'IL A DÉCOUVERTS.

J'ai vérifié sur Google tellement ça me semblait idiot, mais c'est la vérité.

– Tu verras ça dans cinq minutes, dit Utah.

Il avale le reste de son verre et se lève de table.

– Attends, dit Honor. Tu devrais peut-être marquer une pause, aujourd'hui. Tu sais, par respect.

Il la dévisage, l'air de ne pas comprendre ; apparemment, aucun de nous ne voit où elle veut en venir.

Elle se tourne vers mon père :

– Le pasteur Brian est mort hier soir.

Je me retourne aussitôt vers lui. Il montre rarement ses émotions et je ne sais pas trop ce qu'il peut ressentir à cette nouvelle. Mais il va sûrement y avoir quelque chose. Une larme ? Un sourire ? Le temps de digérer l'information, il ne quitte pas Honor des yeux.

– Ah oui ?
– Oui. J'ai vu ça sur Facebook, ce matin. Crise cardiaque.

Mon père se penche vers la table, agrippe sa tasse à café.

– Il est mort ?

Victoria lui pose une main sur l'épaule et lui dit quelque chose que je ne cherche même pas à entendre. Jusqu'à maintenant, j'avais oublié la visite de Wolfgang, cette nuit.

Je porte une main à ma bouche car j'ai soudain envie de leur parler de ce chien qui s'est pointé à la maison en pleine nuit, mais j'ai plutôt l'impression de m'étrangler.

Quelle conclusion peut-on tirer de mon absence de réaction à la nouvelle de la mort du pasteur Brian, tandis que je me sens au bord des larmes à l'idée que son chien a voulu revenir dans la seule autre maison qu'il ait connue ?

Un jour qu'on se disputait, Honor m'a traitée de sociopathe. Il faudra que je vérifie la signification exacte de ce mot. Il y a peut-être du vrai là-dedans.

– Je n'arrive pas à croire qu'il soit mort, commente mon père, en se levant. Il était à peine plus vieux que moi.

La main de Victoria lui glisse de l'épaule au milieu du dos.

L'âge du pasteur Brian, voilà tout ce que voit mon père. Il a passé sa vie à se bagarrer avec lui mais, à présent, il s'inquiète juste à l'idée d'avoir à peu près l'âge d'un monsieur assez vieux pour mourir d'une crise cardiaque.

Utah est toujours devant la porte, l'air incrédule.

– Je ne sais pas quoi faire, avoue-t-il. Si je ne mentionne pas son décès sur le panneau, les gens vont nous reprocher notre manque d'empathie. Mais si je le fais, ils nous accuseront d'hypocrisie.

Il s'agit bien de ça !

Le copain d'Honor arrache la page de son dessin.

– Il semblerait que tu sois foutu, d'une façon ou d'une autre, alors à ta place, je ferais ce qui m'inspire.

Il a dit ça sans lever les yeux mais ses paroles semblent convenir à Utah qui, après une courte pause, sort et se dirige vers le panneau.

Deux choses m'ennuient. D'abord, la présence continue et répétée du copain d'Honor à notre table de petit déjeuner. Ensuite, le fait que tout le monde semble trouver ça très bien, au point qu'il puisse se mêler sans peine à la conversation familiale. Il ne devrait pas au moins avoir le trac ? Surtout en présence de mon père. Voilà quinze jours qu'il nous envahit de sa présence. Apparemment, il est très content d'avoir été présenté à la famille. J'ai horreur de ça. D'autant qu'il ne semble pas être du genre à beaucoup s'exprimer mais le peu qu'il dit a l'air de compter infiniment plus que si cela provenait de quelqu'un d'autre.

C'est sans doute pour ça que je me suis mise en grève verbale. J'en ai marre que rien de ce que je dis n'impressionne quiconque. Alors je me tais, comme ça, le jour où je rouvrirai la bouche, mes paroles auront un sens. Pour le moment, il semblerait que, quoi que je raconte, elles me reviennent tel un boomerang qui me force à les ravaler.

– C'est quoi une crise cardiaque ? demande Moby.

Victoria se penche pour l'aider à enfiler sa veste.

– C'est quand ton cœur arrête de travailler et que ton corps s'endort. Mais ça n'arrive que quand on est vieux, comme le pasteur Brian.

– Son corps veut dormir ?

Victoria fait oui de la tête.

– Pendant longtemps ? Quand est-ce qu'il va se réveiller ?

– Pas avant longtemps.

– On va l'enterrer ?

– Oui, maugrée-t-elle, visiblement ennuyée par la curiosité de ce gamin. Va mettre tes chaussures.

– Mais qu'est-ce qui se passera quand il se réveillera ? Il pourra ressortir de la terre ?

Je souris. Victoria n'aime pas lui raconter la vérité mais il va bien falloir qu'elle y passe quand il lui pose les questions les plus naturelles du monde. Tout ça pour le protéger. Un jour, je l'ai entendu demander ce que signifiait le mot *sexe*. Elle lui a dit que c'était une horrible émission de télévision des années quatre-vingts et qu'il ne devrait jamais la regarder.

Elle pose les mains sur les joues de son fils.

– Oui, il pourra sortir de terre quand il s'éveillera. On va l'enterrer avec un téléphone, comme ça il pourra appeler le jour où il faudra venir le chercher.

Honor pouffe de rire en crachant des gouttes de jus de fruits partout. Utah lui tend une serviette, en marmonnant :

– Elle croit que c'est mieux que de lui dire la vérité ?

On reste tous fascinés par cette conversation. Victoria s'en rend compte car, malgré ses réponses lamentables, elle fait de son mieux pour empêcher Moby de poursuivre ses interrogatoires.

– Viens, on va chercher ton sac à dos, dit-elle, en le prenant par la main.

Il s'immobilise avant d'entrer dans le couloir.

– Mais si la batterie de son téléphone se vide pendant que son corps est endormi ? Il restera coincé tout le temps sous la terre ?

Mon père saisit la main de Moby pour venir au secours d'une Victoria éperdue.

– Viens, bonhomme. Il faut y aller, là.

Cependant, ils n'ont pas atteint la porte d'entrée que Moby reprend :

– C'est pas l'heure pour ton corps de dormir, papa ? Il devient très vieux, lui aussi.

Honor se remet à rire, et je crois que son copain en fait autant, mais assez discrètement ; d'ailleurs, je n'ai pas envie de vérifier. Je me couvre la bouche car je ne suis pas certaine qu'un éclat de rire entre dans ma grève verbale, bien que l'instinct maternel de Victoria s'avère parfois des plus risibles.

Elle nous examine tous, les mains sur les hanches, les joues aussi roses que sa blouse, et finit par sortir en hâte en direction du Quartier Numéro Trois.

Je serais navrée pour elle, si elle ne ramenait pas toujours tout à sa petite personne.

Utah et Honor commencent à ranger leurs affaires. Je me dirige vers l'évier en faisant semblant de m'occuper ; j'espère qu'ils ne vont pas me demander si je vais au lycée aujourd'hui. D'habitude, je prends une autre voiture qu'eux car ils restent souvent au-delà des heures de cours. Honor à cause de son entraînement de pom pom girl, et Utah pour… tout ce qu'il peut faire après l'école. Je ne sais pas trop. Je vais dans ma chambre, surtout pour éviter le petit ami d'Honor car, chaque fois que je le vois, je sens un peu de sa bouche sur la mienne, comme l'autre jour, au square.

J'attends d'entendre la porte d'entrée s'ouvrir et se refermer, laisse encore passer quelques minutes. Lorsque la maison me paraît tranquille, certaine qu'il est enfin parti, je sors discrètement, me dirige vers la cuisine pour m'assurer que la voie est libre. Ma mère est en bas mais il n'y a aucune chance pour qu'elle monte me demander pourquoi je sèche les cours.

En passant devant la fenêtre de la cuisine, je remarque l'inscription laissée par Utah sur le panneau de l'entrée.

Il y a plus de faux flamants roses dans le monde que de vrais.

Je soupire, un peu déçue. À la place d'Utah, j'aurais rendu hommage au pasteur Brian. Ou alors je n'aurais rien inscrit du tout. Mais écrire quelque chose sans mentionner la mort de l'homme qui a installé ce panneau semble un peu… je ne sais pas… correspondre à ce qu'on attend de la famille Voss. Et je n'aime pas valider la perception négative qu'ils ont de nous.

Je jette un coup d'œil dans le salon puis dans la cuisine, en me demandant ce que je vais bien pouvoir faire aujourd'hui. D'autres mots croisés ? Je deviens excellente à ce jeu. Je m'assieds à table avec mon bouquin de problèmes, déjà à moitié rempli, entame une nouvelle grille.

J'en suis à la troisième définition lorsque le doute commence à s'insinuer en moi. Pas grave, ça m'arrive tous les jours depuis que j'ai cessé d'aller au bahut. Pourtant, une forme de panique m'envahit et je commence à me demander si j'ai eu raison.

Je ne sais toujours pas trop pourquoi j'ai cessé d'aller en cours. Il n'y a pas eu d'élément déclencheur ou un quelconque incident ; juste de petits détails qui se sont accumulés au point de ne plus pouvoir les ignorer ; sans compter que j'ai toujours du mal à prendre une décision définitive. Une minute j'étais au bahut et, l'instant suivant, je préférais partir me balader dans la boutique d'antiquités au lieu de me concentrer sur l'horrible bataille d'Alamo.

J'aime la spontanéité. Peut-être justement parce qu'Utah la déteste. Il y a quelque chose de libérateur à refuser de stresser dans une situation stressante. Peu importe le temps ou la réflexion nécessaires à prendre une décision, on ne sait jamais si on prendra la bonne. Sans compter que j'ai accumulé bien plus de connaissances cette semaine avec ces mots croisés que durant tout le reste de mon année de terminale. C'est pour ça que je ne fais qu'une grille par jour. Je ne veux pas trop surpasser les capacités intellectuelles d'Honor et Utah.

Ce n'est qu'après avoir rempli ma grille et fermé le livre que je remarque le dessin qui traîne sur la table, disposé à l'envers, à la place que j'occupais ce matin. Je l'attrape, le retourne.

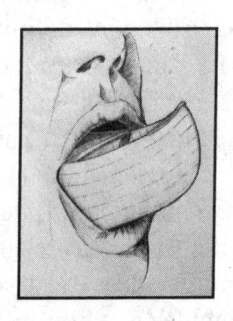

Ça ne veut rien dire. Qu'est-ce qui lui a pris de représenter quelqu'un en train d'avaler un bateau ?

Je vérifie s'il n'y a rien au dos et lis cette phrase, tout en bas : « Si le silence était un fleuve, ta langue serait un bateau ».

Complètement abasourdie, j'examine de nouveau le dessin. C'est moi qu'il a représentée, là. Il serait donc le seul à s'être rendu compte que je ne parle plus depuis vendredi ?

– Il s'en est bien aperçu, dis-je à voix basse.

Et là, je jette le papier sur la table en râlant. Je viens de gâcher ma phase de silence.

– Merde !

CHAPITRE 4

— Ça va durer combien de temps ?

Je dépose le sac de vingt kilos sur la caisse.

— Quelle race de chien ? demande l'employée.

— Un labrador noir adulte.

— Il est tout seul ?

Je fais oui de la tête.

— Peut-être un mois, un mois et demi.

Oh ! J'aurais dit une semaine.

— Je ne crois pas qu'il restera longtemps chez nous.

La machine affiche le total et je paie avec la carte de mon père. Il a dit que c'était juste pour les urgences.

On peut dire que la nourriture est une urgence pour Wolfgang.

— Tu veux qu'on t'aide à l'emporter ? propose quelqu'un, derrière moi.

— Non merci, dis-je, en prenant mon ticket.

Puis je me retourne :

— Je n'ai que ce sac... qu'est-ce que vous portez ?

Je ne voulais pas dire ça à haute voix, mais je ne m'attendais pas à voir quelqu'un comme le type à qui j'ai affaire.

De son chapeau s'échappent des mèches trop rouges pour être naturelles. En fait, elles semblent presque agressives. Pourtant, il a un visage agréable, malgré quelques petites imperfections çà et là. Mais je ne m'arrête pas à ça car toute mon attention se porte sur son kilt. Et encore, ce n'est rien à côté du reste de ses vêtements, son maillot de basket-ball et ses Nike vert fluo. Intéressant.

Il baisse la tête vers son torse.

– Quoi ? demande-t-il, l'air innocent. C'est mon maillot de basket qui ne te plaît pas ?

– Je ne suis pas très sport...

Il dépose sur le comptoir une quantité industrielle de tranches de bœuf séché. J'attrape des deux mains l'énorme sac de croquettes et me dirige vers ma voiture.

Quand je dis ma voiture, ce n'est pas vraiment la mienne, mais c'est parce que mon père n'en garde jamais une assez longtemps pour qu'on puisse se l'attribuer. Chez nous, les véhicules se succèdent, la seule règle étant que la première personne qui sort de la maison, le matin, prend le véhicule en tête de file, et ainsi de suite. Ce doit être d'ailleurs la vraie raison qui pousse Utah à se montrer toujours aussi ponctuel.

Le mois dernier, une Ford EPX 1983, d'un rouge un peu fané, est apparue dans l'allée.

Elle est tellement horrible qu'on a cessé de la produire très vite. Je crois que mon père a eu du mal à la vendre car c'est la voiture qu'on a gardée le plus longtemps avant de trouver un acquéreur. Et, comme je quitte rarement la maison très tôt, j'ai conduit cette malheureuse Ford plus souvent qu'à mon tour.

Je dépose le sac de croquettes dans le coffre et m'apprête à ouvrir la portière avant quand le mec au kilt apparaît soudain, en train de mâchonner du bœuf. Il se met à examiner ma voiture comme s'il allait la voler, la contourne, donne deux petits coups de Nike fluo dans le capot.

— Tu pourrais me déposer quelque part ? demande-t-il, en s'appuyant dessus.

Malgré le kilt, il n'a pas du tout l'accent écossais, mais ça ne sonne pas texan non plus. En fait, je le trouverais plutôt britannique.

— Tu as un petit accent, non ? dis-je, en ouvrant ma portière.

Je reste derrière pour placer une barrière entre nous. Il n'a pas l'air dangereux mais je le trouve un peu trop sûr de lui. Ne jamais faire confiance à quelqu'un qui se croit tout permis.

— Je viens d'un peu partout, dit-il, en haussant les épaules.

Là, on dirait plutôt un Australien.

— Jamais mis les pieds là-bas, assure-t-il quand je lui pose la question. C'est quoi, cette caisse ?

— Une Ford EPX. Ça ne se fabrique plus. Où est-ce que tu veux aller ?

Il vient me rejoindre à l'avant, mais du même côté que moi.

– Chez ma sœur. C'est à quelques kilomètres d'ici.

Je le dévisage de nouveau, consciente de commettre une erreur en acceptant un inconnu dans ma voiture. Surtout un mec en kilt, à l'accent variable. Tout en lui paraît instable, mais ma spontanéité et mon refus de mesurer les conséquences de mes décisions font partie de mes traits de caractère préférés. Je m'installe au volant.

– Je prends la direction est, dis-je, en claquant ma portière.

Il me sourit par la fenêtre et court s'asseoir à la place passager. Il faut que je me penche sur le siège pour débloquer la serrure.

– Donne-moi une seconde, annonce-t-il, le temps que je prenne mes affaires.

Là-dessus, il fonce à l'autre bout du parking pour récupérer la masse de ses achats, un sac à dos qu'il jette sur son épaule et une petite valise à roulettes.

J'ai accepté de le déposer, pas de jouer les transporteurs.

J'ouvre le coffre et attends qu'il finisse de charger ses bagages. Une fois qu'on se retrouve assis à l'avant, il boucle sa ceinture en souriant.

– Prêt.
– Tu es un sans-abri ?
– C'est-à-dire ?
– Une personne sans domicile.

Il plisse les yeux.

– Quel genre de domicile ?

– Tu es vraiment le mec le plus bizarre que j'aie vu de ma vie, dis-je, en démarrant.

– Apparemment, tu ne connais pas beaucoup de gens pour dire ça. Comment tu t'appelles ?

– Merit.

– Moi, c'est Luck, dit-il, en sortant une nouvelle tranche de viande. Tu en veux ?

– Non, merci.

– Tu es végétarienne ?

– Non, mais je n'ai pas envie de ça.

– J'ai des barres de céréales dans ma valise.

– Pas faim.

– Soif ?

– Pourquoi ? De toute façon, tu n'as rien à boire avec toi.

– J'allais te proposer de faire un saut dans un bar. Tu as soif ?

– Non.

– Tu as quel âge ?

Je commence à regretter ma spontanéité.

– Dix-sept.

– Tu n'as pas cours, à cette heure ? On est en vacances, aujourd'hui ?

– Non. J'ai terminé le lycée.

Ce n'est pas un mensonge. Terminé et achevé sont deux choses différentes.

– J'ai vingt ans, dit-il, en se tournant vers la fenêtre.

Son genou sautille et il tapote sa jambe du bout des doigts. Cette bougeotte me fait encore plus regretter d'avoir accepté de l'accompagner chez sa sœur. Je décide mentalement de ne pas regarder ses pupilles s'il se tourne encore vers moi. Ce serait bien ma chance d'avoir ramassé un inconnu en pleine descente.

– Tu as combien de chiens ? demande-t-il, sans quitter la fenêtre des yeux.

– Aucun.

Là, il se retourne, hausse un sourcil. J'en profite pour examiner ses pupilles. Normales.

– Pourquoi tu achètes des croquettes si tu n'as pas de chien ?

– C'est pour un chien qui est chez moi mais qui n'est pas à moi.

– Tu fais du dog-sitting ?

– Non.

– Tu l'as volé ?

– Non.

– Quel genre de chien ?

– Un labrador noir.

Il sourit.

– J'adore les labradors noirs. Où est-ce que tu habites ?

Je dois faire une grimace car il s'empresse d'ajouter :

– Je ne te demande pas ton adresse exacte, c'est juste par rapport à l'endroit où je vais.

– Je ne sais pas. J'ignore où tu vas.

– Chez ma sœur.
– Où est-ce qu'elle habite ?
– Par là, dit-il, en tendant le doigt devant nous.
Il sort son téléphone.
– Tiens, j'ai une photo de sa maison.
– Tu ne connais pas son adresse ?
– Non, mais si tu peux juste me déposer dans les parages, ça ira. Je demanderai mon chemin.
– Dans quels parages ?
– Ceux de la maison de ma sœur.

Je me pose une main sur le front. Je connais ce type depuis cinq minutes et je suis déjà accablée. Je ne sais pas s'il me plaît ou s'il m'horripile. Il est assez fascinant, quand même, mais plutôt envahissant. Il doit faire partie de ces gens qu'on ne supporte qu'à petites doses. Un peu comme les orages. C'est amusant quand on est d'humeur, mais s'ils se pointent quand on a autre chose à faire, par exemple un mariage en famille, ils peuvent tout bouleverser.

– Comment ça se fait que tu aies déjà terminé le lycée ? Tu fais partie de ces gens qui réussissent mieux que tout le monde ? Comme Adam Levine ? Tu joues de la guitare, peut-être ?

Qu'est-ce qu'il raconte ?

– Non. Je ne joue d'aucun instrument et je ne suis meilleure en rien du tout. Même pas pour poser des questions.
– Encore moins pour y répondre.

Il critique mes aptitudes à la conversation, là ?

– J'ai répondu à toutes tes questions !
– Pas comme tu aurais dû.
– Il y a une autre façon que de donner la bonne réponse ?
– Les tiennes sont trop courtes, comme si tu n'avais pas envie de discuter. Ce devrait être un match à deux, comme au ping-pong, mais avec toi, on dirait plutôt... du bowling. On descend toujours dans le même sens.

Ça me fait rire.

– Tu devrais apprendre à décoder les signaux sociaux. Quand on te répond sans enthousiasme, il faudrait peut-être arrêter de poser des questions.

Il me dévisage un instant, puis il rouvre sa boîte de tranches de bœuf.

– Tu en veux, cette fois ?
– Non, dis-je, excédée. Tu es malade ou quoi ? Genre... débile léger ?

Il referme sa boîte, la pose par terre entre ses pieds.

– Non, en fait, je suis très intelligent.
– Alors c'est quoi, ton problème ? Tu te drogues ?
– Pas avec des trucs illégaux, s'esclaffe-t-il.

Il me sourit, l'air de trouver tout ça normal. Il semble parfaitement à l'aise. Du coup, je me demande quel genre de personnes il fréquente pour estimer que ce qui se passe en ce moment est parfaitement naturel.

Je sors de l'autoroute en décidant que le mieux serait de le déposer à l'unique station-service de la ville.

– Tu as un petit ami, Merit ?

Je fais non de la tête.

– Une petite amie ?

De nouveau non.

– Attends, il y a bien quelqu'un qui t'attire ?

– Tu me dragues, là, ou c'est encore une question normale ?

– Je ne te drague pas vraiment, mais ça ne veut pas dire que je n'en ai pas envie. Tu es adorable. Sauf qu'en ce moment, je te fais la conversation. Ping-pong.

Je pousse un soupir exaspéré.

– Tu vas toucher une dinde, lâche-t-il d'un ton paisible.

Je freine brutalement. Que ferait une dinde sur cette route ? J'ai beau regarder, je ne vois rien devant moi.

– Il n'y a pas de dinde.

– C'était une métaphore.

Ah non !

– On n'utilise pas ce genre de métaphore avec un conducteur ! Tu es dingue ?

Je lâche le frein et la voiture repart.

– C'est un terme de bowling pour désigner trois strikes. Un turkey. Au dix-neuvième siècle, on offrait une dinde à ceux qui réussissaient ce coup.

– Je suis complètement perdue.

Il se redresse, remonte sa jambe sur le siège pour me faire face.

— La conversation devrait aller et venir comme le ping-pong. Mais avec toi, c'est du bowling. Et, comme tu ne réponds pas à mes questions, j'ai utilisé la métaphore de la dinde pour décrire ton manque de…

— C'est bon ! J'ai pigé ! D'accord ! Il y a un mec. Tu veux savoir autre chose avant de m'expliquer encore par métaphore que la route peut tuer ?

Je le sens tout content de constater que j'accepte de participer à sa conversation, bien que ce soit pour qu'il la ferme un peu.

— Il sait qu'il te plaît ? demande-t-il.

Je fais non de la tête.

— Et toi, tu lui plais ?

Je secoue de nouveau la tête.

— Il est trop bien pour toi ?

— Non ! C'est grossier de dire ça !

Mais, quelque part, il a raison. La première fois que j'ai vu Sagan, dans la brocante, j'ai effectivement songé qu'il pouvait être trop bien pour moi. Sauf que, quand j'ai appris qu'il sortait avec Honor, je ne me suis pas posé cette question pour elle. Ça m'énerve de penser qu'elle puisse le mériter plus que moi.

— Pourquoi ce n'est pas ton petit ami ?

J'agrippe le volant. On est à un bon kilomètre de la station-service. Au prochain stop, je le fais descendre.

— Ne touche pas la dinde métaphorique, reprend-il. Pourquoi tu ne sors pas avec ce camarade, s'il t'attire ?

Camarade ? Sérieux, il désigne un autre mec comme un camarade ? Quant à sa métaphore de la dinde, elle ne tient pas debout.

— Tu t'emmêles dans tes analogies.

— N'élude pas la question. Pourquoi vous ne sortez pas ensemble ?

Je finis par soupirer :

— Parce que c'est le petit ami de ma sœur.

À peine ai-je terminé ma phrase qu'il éclate de rire.

— Ta sœur ? Bon sang, Merit ! Tu ne pouvais pas trouver pire !

Je lui jette un regard mauvais. Comme si je ne le savais pas !

— Elle est au courant ?

— Bien sûr que non ! Et elle ne le saura jamais. Tiens, montre-moi la photo de cette maison, je sais peut-être où elle se trouve.

Là, j'ai vraiment hâte de le déposer.

Il fait défiler ses photos et me tend son appareil dès que je m'arrête au stop.

C'est une plaisanterie ? Il se fiche de moi ? Je me mets au point mort et zoome la photo de Victoria devant Dollar Voss. L'image remonte à plusieurs années car la clôture n'est pas encore là.

— On dirait que c'est une ancienne église, observe Luck.

— Victoria est ta sœur ?

— Oui, tu la connais ?

Je lui rends son appareil et laisse tomber ma tête sur le volant. Cinq secondes plus tard, une voiture klaxonne derrière nous. Je vérifie dans le rétroviseur et vois un mec qui lève les bras d'un geste irrité. Je repars.

– Oui, je la connais.
– Tu sais où elle habite ?
– Oui.
– Super ! s'écrie-t-il, en se remettant à tapoter sur ses jambes. Alors tu m'emmènes chez elle ? Là, tout de suite ?

Il a presque l'air inquiet.

– Ce n'est pas ce que tu veux ?

L'air pas trop sûr de lui, il hoche quand même la tête.

– Ta sœur est au courant de ton arrivée ?

Il hausse les épaules, se détourne vers la fenêtre.

– Il n'existe pas de réponse correcte à cette question.
– En fait, il y en a deux possibles : oui et non.
– Peut-être qu'elle ne m'attend pas aujourd'hui. Mais elle ne peut pas m'abandonner sans s'attendre à me voir rappliquer un jour.

Je ne savais pas que Victoria avait un frère. Je ne suis même pas sûre que mon père le sache. Et ce type est tellement... différent. Il n'a rien de Victoria.

Je m'engage dans notre rue, me gare dans notre allée puis coupe le moteur. Luck examine la maison en continuant d'agiter le genou et de tapoter sur ses jambes. On dirait qu'il n'a pas envie de sortir de la voiture.

— Pourquoi elle habite dans une église ?

D'un seul coup, il semble avoir perdu sa belle assurance, remplacée par une sorte de vulnérabilité. Il déglutit, se penche pour récupérer sa boîte de bœuf séché.

— Merci pour la balade, Merit.

Il pose sa main sur la poignée, me regarde.

— On pourrait rester amis, le temps que je serai là ? Tu veux qu'on échange nos numéros ?

Je secoue la tête en ouvrant ma portière.

— Ce ne sera pas la peine.

J'ouvre le coffre et sors de la voiture.

— Je peux prendre mes affaires, dit-il. Pas besoin de m'aider.

— En fait, je prends les croquettes du chien.

J'ai du mal à tirer le paquet de sous les bagages de Luck. Une fois que je le tiens bien, je me dirige vers la porte d'entrée.

— Pourquoi tu emportes tes croquettes chez ma sœur ?

Comme je ne m'arrête pas pour lui répondre, il me suit.

— Merit !

Il me rejoint à l'instant où je glisse une clef dans la serrure. En ouvrant, je ne peux m'empêcher de le contempler.

— Ta sœur a épousé mon père.

Je lui laisse le temps d'absorber l'information. Là, il recule et penche la tête de côté.

— Tu habites ici ? Avec ma sœur ?
— C'est ma belle-mère.

Il se gratte le menton.

— Alors ça fait de moi... ton oncle ?
— Par alliance. Mon bel-oncle...

J'entre et pose le sac de croquettes par terre. Luck reste sur le seuil, l'air abasourdi.

— Moi qui t'avais déjà imaginée nue, maugrée-t-il.
— Tu ferais mieux d'oublier.

Il jette un regard vers la voiture, puis un autre à l'intérieur de la maison.

— Ma sœur est là, ce soir ?
— Elle ne rentrera pas avant deux heures. Sors tes affaires, je vais te montrer où les mettre.

Tandis qu'il retourne vers la voiture, j'emporte les croquettes dans la cuisine, dépose le sac près de la porte de derrière. Je trouve deux vieux bols que je remplis l'un d'eau, l'autre de nourriture, puis je les sors. Wolfgang est affalé au milieu du jardin. Quand il m'entend, il dresse les oreilles mais ne bouge pas. Il me laisse déposer les bols près de sa niche et reste sans réaction, alors qu'il n'a rien mangé de la journée.

Je caresse sa pauvre tête chagrinée.

— Tu es triste ?

C'est la première fois que je vois un animal éploré. Je ne savais même pas qu'ils pouvaient éprouver de la peine.

– Bon, tu peux rester ici le temps qu'il faudra. Je tâcherai de te cacher à mon père autant que possible, mais tu as intérêt à ne pas aboyer toute la nuit.

Dès que je me lève, il en fait autant, vient renifler les croquettes, puis l'eau, mais il se rallonge en gémissant.

Luck apparaît près de moi.

– Il a déjà goûté à cette marque ? demande-t-il, sans lâcher ses bagages.

Je me tourne vers la maison.

– Pourquoi tu n'as pas laissé tes affaires à l'intérieur ?

En guise de réponse, il secoue la tête puis me désigne le chien :

– Qu'est-ce qu'il a ? Il est mourant ?

– Non. Son maître est mort hier. Le chien s'est pointé en pleine nuit car il habitait ici, avant.

– Impressionnant. Comment tu t'appelles, chien ?

Wolfgang le contemple sans bouger.

– Il ne peut pas te répondre…

Ça va de soi, mais je ne suis pas certaine que Luck appréhende cette forme de communication.

– Tu es en deuil ? demande-t-il à Wolfgang.

– Tu vas arrêter de poser des questions au chien ?

Luck lève vers moi un regard perplexe :

– Tu es toujours aussi en colère ?

– Je ne suis pas en colère, dis-je, en reprenant la direction de la maison.

– Bon, pas non plus *pas* en colère… marmonne-t-il derrière moi.

Une fois à l'intérieur, je l'emmène vers le Quartier Numéro Deux, dans la chambre d'amis, en face de la mienne.

– Tu peux t'installer là.

J'ouvre la porte mais m'arrête sur le seuil.

– Ou pas.

C'est rempli de toutes sortes de choses. Des chaussures jonchent le sol, le lit est défait, il y a des articles de toilette sur la commode. Qui s'est installé ici ? J'ouvre le placard et trouve plusieurs chemises de Sagan accrochées à des cintres.

– C'est pas vrai !

Comment mon père a-t-il pu l'autoriser à dormir dans la même maison qu'elle ? Preuve supplémentaire qu'il se moque comme d'une guigne qu'Honor tombe enceinte à dix-sept ans !

Luck passe devant moi et se dirige vers la commode où traînent plusieurs dessins. Il en montre un représentant un homme pendu à un ventilateur par une corde de plumes.

– On dirait que j'ai un coloc plutôt morbide.

– Tu n'as pas de coloc. Il n'habite pas ici. Je ne sais pas ce que ses affaires font là.

Il ramasse une brosse à dents sur la table de nuit.

– Tu es sûre qu'il n'habite pas ici ?

– Tu peux dormir dans le bureau de mon père.

Je le conduis au bout du couloir, jette son sac à dos sur le canapé.

– Je comprends que tu le trouves attirant. Son art est… intéressant.

– Il ne m'attire pas.

– C'est pourtant ce que tu as dit dans la voiture, s'esclaffe-t-il. C'est bien avec Sagan que sort ta sœur ?

Je ferme les yeux en soupirant. Je ne lui ai dit ça que parce que je croyais ne jamais le revoir.

Il pose sa valise contre le bureau, examine les lieux.

– Pas terrible, mais c'est déjà mieux que l'endroit où je dormais.

– Tu ferais mieux de ne pas répéter ça.

Il me considère d'un œil abasourdi.

– Quoi ? Que c'est mieux que là où je dormais ?

– Non, l'autre truc. Je ne t'ai parlé du petit ami de ma sœur que parce que je pensais ne jamais te revoir.

– Détends-toi, Merit. Ta vie amoureuse ne m'intéresse pas assez pour que j'aie envie de la raconter.

Je ne sais pas pourquoi, mais je le crois.

– Merci. Tu veux faire le tour de la maison ?

– Plus tard. J'aimerais d'abord défaire mes bagages.

– D'accord.

Je m'éloigne pour le laisser tranquille, mais il me lance :

– Pourquoi il y a un crucifix sur le mur du salon ? demande-t-il, en déballant ses vêtements. Et en plus, pourquoi il est habillé comme un fan des Packers ?

– Avant, c'était une église, dis-je en m'asseyant.
– Ton père est pasteur ?
– Tout le contraire, en fait.
– Le contraire d'un pasteur ? Un mime athée ?
– Mon père ne croit pas en Dieu. Mais il a fait une bonne affaire avec cette église, alors on s'y est installés il y a quelques années. Juste avant qu'il commence à coucher avec l'infirmière de ma mère.

Il me jette un regard en coin.

– Ça m'a l'air d'un sale con.
– Trop aimable ! dis-je, en rigolant.

Il sort une chemise de sa valise et la suspend dans le placard.

– Qu'est-ce qui s'est passé quand ta mère s'en est aperçue ?
– Il a divorcé pour épouser sa maîtresse.
– La maîtresse en question étant ma sœur, je suppose ?
– Oui. Pourquoi tu ne sais pas tout ça ? Il y a longtemps que tu n'as pas vu Victoria ?

Il vient s'asseoir sur le canapé à côté de moi, s'adosse, les bras croisés sous la tête.

– Pourquoi tu ne vis pas avec ta mère ?
– En fait, si. Elle habite au sous-sol.

J'attends qu'il digère la nouvelle, mais il se contente de hausser un sourcil.

– Elle vit ici ? Dans le sous-sol de cette maison ?
– Oui. Pourquoi tu as dit que ta sœur t'avait abandonné ?
– C'est compliqué.

– Où sont tes parents ?
– Plutôt morts. Bon, il faudrait peut-être que je dorme un peu avant qu'elle arrive. Ça fait un moment que je n'ai pas fermé l'œil.

Il a l'air fatigué, en même temps, je ne le connais que d'aujourd'hui, donc je n'ai pas trop de points de comparaison. Je me dirige vers la porte.

– Bonne nuit.

Une fois dans le couloir, je m'avise que je viens sans doute de vivre les plus étranges vingt-quatre heures qui soient. Ça a commencé par la mort du pasteur Brian, puis le retour de Wolfgang, puis moi qui prends un autostoppeur en kilt qui s'avère être mon bel-oncle. Tout ça mériterait d'ajouter un trophée à ma collection, sauf qu'il est un peu tard.

Alors que je regagne le Quartier Numéro Deux, je m'arrête devant la chambre d'amis. Je vérifie à droite et à gauche qu'il n'y a toujours que Luck et moi dans la maison. Et ma mère, bien sûr. Puis je jette un coup d'œil dans la chambre de Sagan. J'ai toujours été plutôt distraite, mais là, ça devient grave. Depuis quand ses affaires sont-elles là ? Je croyais bêtement qu'il restait tard le soir et venait tous les matins prendre son petit déjeuner ici. Je n'en reviens pas que mon père accepte ça, aussi indulgent qu'il se montre quelques fois.

Je m'assieds sur le lit et me mets à feuilleter le carnet de croquis sur mes genoux. Je sais que je ne devrais pas faire ça, mais j'estime que j'ai le droit puisque personne ne m'a prévenue qu'un nouvel habitant s'était ajouté à cette maison. Toutes les pages sont blanches, sauf une, à la fin, avec un dessin représentant deux filles enlacées.

D'un seul coup, je me rends compte que ce n'est pas tout et je porte une main à ma bouche en comprenant ce que cela représente : il s'agit d'Honor et moi en train de nous poignarder dans le dos.

Pourquoi dessiner ça ?

Je retourne la feuille mais, cette fois, il n'y a aucun titre.

– Qu'est-ce que tu fais ?

J'écarte aussitôt le carnet de mes genoux. Sagan vient d'entrer et je vis le deuxième moment le plus embarrassant de ma vie. Curieusement, il fait partie des deux.

Normalement, je ne me mêle pas des affaires des autres. Après, je ne sais comment réagir. Je me lève, sans savoir quoi faire de mes mains, et mes bras se raidissent, je serre et desserre les poings, en finissant par grommeler :

– Je ne savais pas que tu avais emménagé ici.

Il entre dans la chambre et ses yeux tombent sur le carnet que je feuilletais ; il me dévisage l'air irrité :

– Ça fait deux semaines que je vis ici, Merit.

Deux semaines ?

Jusque-là, je ne m'étais pas rendu compte du temps que j'avais pu passer seule dans ma chambre. Voilà deux semaines qu'il habitait à deux pas de moi ? Et personne n'avait songé à me le dire ?

Je soutiens son regard, parce que je ne sais que faire d'autre.

Je déteste son apparence. Je déteste ses cheveux. Et encore plus sa bouche. Il a les lèvres bizarres, sans plis, comme la plupart. Elles sont lisses et tendues, et ça m'énerve chaque fois que je les vois. Ça me rappelle quand elles m'embrassaient.

Mais ce que je déteste le plus, ce sont ses yeux. Je déteste l'impression qu'ils me font. Non qu'ils soient accusateurs, seulement je me sens chaque fois dévorée de culpabilité. Car j'ai beau trouver ses traits déplaisants, ils s'équilibrent agréablement. Je contemple mes pieds en regrettant de ne pouvoir effacer les cinq dernières minutes. Je n'aurais pas dû entrer ici. Je n'aurais pas dû parcourir son carnet, et encore moins le fixer, lui, avec une telle intensité. Ni aussi longtemps. Car je donnerais n'importe quoi pour qu'il me contemple comme il l'a fait quand il me prenait pour Honor. Et le fait que j'en aie envie me gêne encore plus que de me faire surprendre dans sa chambre.

Je sors en le bousculant, refusant de le voir, longe le couloir droit vers ma chambre, ouvre la porte, entre et la claque derrière moi. Là, je tombe sur mon lit, les yeux pleins de larmes. Je ne sais même pas pourquoi je me mets dans un tel état. C'est idiot.

Je sors mon téléphone de ma poche pour envoyer un texto à mon père. Je ne lui demande pas souvent quelque chose, mais là, c'est urgent.

En rentrant, tu pourrais passer
à la brocante pour voir
s'ils ont des trophées ?

J'attends quelques minutes pour voir s'il répond, mais non. Malheureusement, ça ne me surprend pas.

Je m'allonge, tire les couvertures sur moi et me remets à penser au dessin de Sagan sur lequel il me représente en train d'avaler un bateau. C'est trop bizarre. Je le déteste et l'apprécie à la fois. En même temps, je suis furieuse de constater que ce type me plaît de plus en plus, jour après jour. Parfois je me demande si c'est vraiment de l'attirance ou seulement de la jalousie. Avant lui, pourtant, je n'ai jamais été jalouse des petits amis d'Honor. Mais bon, c'est vrai qu'ils étaient tous mourants.

Je suis furieuse qu'il habite ici. Moi qui croyais pouvoir l'éviter, maintenant qu'il vit au bout du couloir, je vais être sans cesse confrontée à leur relation, aux baisers qu'ils échangeront, à leur amour.

Je sais que mon père ne croit pas en Dieu mais, coup de chance, l'athéisme n'est pas héréditaire. Il ne m'arrive pas souvent de prier, cependant, je sens que là, c'est le moment ou jamais. Les yeux au plafond, je m'éclaircis la gorge.

– Dieu ?

Je ne vais pas mentir, ça fait drôle de parler au plafond. Je devrais peut-être m'agenouiller, comme dans les films.

Je rejette les couvertures, je pose les genoux à terre, au pied du lit, baisse la tête et recommence, les paupières fermées.

– Salut, Dieu. Je ne prie sans doute pas autant que je devrais. Et quand je prie, c'est toujours égoïstement. Pardon. Mais j'ai vraiment besoin de votre aide. Je suis sûre que vous avez vu ce qui s'est passé avec le petit ami de ma sœur, il y a quelques semaines. Je ne peux plus m'empêcher de penser à lui. Je n'aime pas la personne que ça fait de moi. Ça me donne des pensées irrationnelles, genre, il m'était destiné à moi, pas à Honor. Vous l'auriez créé pour devenir mon âme sœur et, comme on est identiques, toutes les deux, son esprit se serait perdu et il serait tombé amoureux d'elle. Car ils ne se ressemblent pas du tout. Ils n'ont rien en commun. Elle n'apprécie pas ses plus belles qualités. N'empêche que, même s'ils rompaient, ça ne marcherait jamais entre nous.

Je ne pourrais pas faire ça à ma sœur et, bien qu'il m'attire, je ne pourrais jamais sortir avec un ancien copain d'Honor. Pas question. Alors je ne viens pas vous demander de lui montrer ses erreurs, mais juste de m'envoyer quelqu'un d'autre. Quelqu'un qui saura complètement me détacher de lui. Je ne veux plus être hantée par les pensées qui m'ont habitée. Du moins pas pour le petit ami de ma sœur. Mais avec quelqu'un d'autre, d'accord. Alors... oui. En fait, je vous demande une autre âme sœur. Ou au moins une forme d'évasion, qu'il s'agisse d'une personne ou d'autre chose. Du moment que ce n'est pas Sagan. Je prendrai ce que vous me donnerez.

Je rouvre les yeux et regagne mon lit. C'est difficile de prier. Je devrais peut-être le faire plus souvent.

– Ah oui ! Amen.

CHAPITRE 5

— Merit, réveille-toi.

Je ne savais pas qu'il était possible de lever les yeux au ciel avant de les ouvrir, mais j'accomplis cet exploit.

— Quoi ?

Tout en maugréant, je remonte mes couvertures sur ma tête.

— Il faut te réveiller, insiste Honor.

Elle allume la lumière de ma chambre. Je sors mon téléphone de sous mon oreiller pour voir quelle heure il est.

— Il est six heures du matin, dis-je, d'un ton énervé. Personne dans la famille ne se lève si tôt.

D'autant qu'elle sait que je ne vais plus au lycée, alors à quoi bon me réveiller ?

— Il est dix-huit heures, abrutie. C'est à toi de t'occuper du dîner de maman.

Elle sort en claquant la porte.

Dix-huit heures ? Autrement dit on est encore aujourd'hui. Ce maudit aujourd'hui.

Ô joie !

***

Je dépose une cuillerée de purée dans une assiette, à côté d'un morceau de poulet rôti. Il n'y a sans doute pas grand-chose à retenir chez Victoria, sauf qu'elle fait bien la cuisine. N'empêche que je me demande ce que ça fait de devoir préparer tous les soirs un repas pour l'ex-femme de son époux qui vit en sous-sol.

Alors que je me retourne pour attraper un morceau de pain, je tombe sur Sagan qui vient d'apparaître derrière moi.

– Pardon.

J'essaie de le contourner avant de percevoir son parfum ou, surtout pas, mon Dieu, de voir son visage. Je me dirige vers la gauche, lui vers la droite. On se barre chacun le chemin. Je me dirige vers la droite, lui vers la gauche. Tu te fous de moi ?

Notre petite danse le fait rire. Mais ça, c'est parce qu'il peut respirer quand il se trouve près de moi. Il n'a le souffle coupé que devant Honor. Je finis par changer de direction en contournant le bar. Alors que je vais ouvrir la porte du sous-sol, je jette un coup d'œil vers la cuisine. Honor se trouve maintenant auprès de son petit ami, à se préparer une assiette. Sauf qu'il me regarde d'un air interrogateur.

Il doit me trouver complètement nulle, surtout pour un incident aussi banal. Mais je ne suis pas capable d'en rire, comme lui. Je me détourne et reprends mon chemin.

– Merit ?

Je n'ai pas descendu la moitié des marches, pourtant elle sait déjà que c'est moi. Elle semble avoir mémorisé la démarche de chacun d'entre nous. Je suppose que, quand on n'a rien d'autre à faire que se taper Netflix ou jouer sur Facebook, on dresse l'oreille au moindre pas.

– Oui, c'est moi.

Assise sur le canapé, elle ferme son ordinateur portable et le dépose par terre.

– Qu'est-ce qu'il y a au menu, ce soir ?

– Encore du poulet et des pommes de terre.

Je lui tends son plateau puis m'assieds à côté d'elle. Elle hésite un instant, avant de le mettre sur la table basse.

– Je n'ai pas très faim, dit-elle. J'essaie de perdre cinq kilos.

– Tu devrais plutôt courir. Il fait beau, tu sais.

Elle se rembrunit. Je crois bien être la seule à l'encourager à sortir. Encore que, là, ça ressemble plutôt à un sarcasme.

– Tu n'es pas descendue me voir depuis la semaine dernière, dit-elle, en tendant les doigts pour repousser mes cheveux sur mes épaules.

Pourtant, elle marque une hésitation avant de me toucher, puis repose les mains sur ses genoux.

– Tu étais malade ? ajoute-t-elle.

On dirait plutôt déprimée. Plus je grandis, plus j'ai de mal à comprendre sa phobie. À la rigueur, je vois pourquoi elle ne tient pas à quitter la maison, mais, de là à s'enfermer dans un sous-sol des années durant, alors que ses enfants vivent à l'étage au-dessus, j'y vois plus la plus longue crise de rage du monde qu'une phobie sociale.

– Oui, dis-je, je ne me sentais pas très bien.
– C'est pour ça que tu n'allais plus au lycée ?
J'écarquille un peu les yeux. Comment sait-elle ça ?
– Ton proviseur a téléphoné, aujourd'hui.
– Ah ! Qu'est-ce que tu lui as dit ?
Elle hausse les épaules.
– Je n'ai pas répondu. Il a laissé un message.
Je pousse un léger soupir de soulagement. Au moins, le bahut n'est pas au courant de son état mental. En cas de souci, ils continuent de l'appeler au lieu de s'adresser directement à mon père.

Elle rejette sa couverture, se lève.
– Tu pourrais envoyer un courrier pour moi, demain ?
Elle traverse toute la pièce – plus d'un mètre vingt de large – pour aller chercher une boîte vide.
– J'ai promis de donner certains livres à Shelly.
Même si elle ne sort pas de son sous-sol, elle a plus d'amis qu'Honor et moi réunies. Elle est obsédée par la lecture et fait partie de plusieurs groupes en ligne. Quand elle ne regarde pas Netflix, elle lit un livre ou entretient des conversations vidéo

avec ses amis. Il m'arrive de m'en mêler et elle me présente alors, me demande de leur parler. Elle se donne un mal fou pour passer pour une mère normale menant une vie normale. Mais, parfois, quand elle me fait participer de force à l'une de ses vidéos, j'ai envie de hurler : « Elle n'a pas quitté le sous-sol depuis deux ans ! »

– Shelly a dit qu'elle m'avait envoyé un paquet, la semaine dernière. Il devrait arriver demain.

– Je te le descendrai dès qu'il sera là.

Elle rédige une adresse sur la boîte et, comme elle me tourne le dos, j'examine un instant sa tenue. Elle porte une robe noire qui lui descend jusqu'aux pieds.

– Elle est jolie, ta robe. C'est nouveau ?

Elle fait oui de la tête, sans me dire d'où elle provient. Elle doit commander ses vêtements en ligne car elle ne reçoit d'autres visites que de ses enfants et, de temps à autre, de mon père, quand ils doivent discuter de problèmes parentaux. Dommage car elle est magnifique pour son âge. Bien qu'elle ne sorte jamais, elle continue à bien s'occuper d'elle, se maquille chaque matin, se lave régulièrement les cheveux et les coiffe soigneusement. Elle doit encore se raser les jambes, ce qui ne rime à rien puisqu'elle ne bouge pas d'ici. À sa place, ce serait la première chose que j'aurais arrêtée.

Qui sait ? Elle entretient peut-être une liaison en ligne. En principe, je ne le conseillerais pas, mais je suis prête à tout accepter pourvu que ça la pousse à quitter ce sous-sol un jour.

Je prends la boîte et me dirige vers l'escalier. En principe je devrais rester plus longtemps avec elle, mais j'ai du mal, ces temps-ci. Je commence à lui en vouloir. Avant, j'étais navrée pour elle, je croyais qu'elle ne pouvait contrôler sa phobie sociale. Mais plus je vieillis, plus elle se désintéresse de ma vie en restant enfermée, plus ça me fait bouillir. Parfois, je suis tellement en colère, quand je viens la voir, que je me mets à trembler et préfère remonter avant d'exploser.

Ce qui risque de bientôt se produire si je ne sors pas tout de suite d'ici.

– À plus, maman, dis-je, en prenant l'escalier.
– Merit !

Elle m'appelle, mais je referme la porte derrière moi.

Victoria est à la cuisine, en train de préparer du blanc de poulet pour Moby. Sinon, tout le monde est à table. Je prends une assiette pour moi, à l'instant où mon père arrive. Il est dix-huit heures trente et son match de foot commence à dix-neuf heures, alors il est servi avant moi. Lorsque je peux enfin aller m'asseoir, il ne reste qu'une place libre. À côté de C'est-Qui-Déjà. Honor est en face, penchée vers lui en train de rire à ce qu'il vient de dire. Je ne doute pas que c'était hilarant.

Je me pose sur ma chaise. En face de Moby, c'est déjà ça. J'en profite pour lui demander :

— Tu as passé une bonne journée ?

Il hoche la tête sans cesser de croquer dans son épi de maïs.

— Tyler s'est fait gronder parce qu'il a dit bâtard.

On pouffe de rire, sauf Victoria qui s'étrangle :

— Moby, c'est un gros mot !

— Techniquement non, observe mon père.

Elle lui jette un regard noir.

— C'en est un quand on a quatre ans et qu'on dit ça en maternelle.

— C'est quoi un bâtard ? demande Moby.

— Un enfant né de parents pas encore mariés, dis-je. Ça a failli t'arriver.

À voir la réaction de Victoria, on dirait que je viens de gifler le gamin. Elle repousse aussitôt sa chaise et se lève.

— Va dans ta chambre !

Je me mets à rire car, dans un premier temps, je crois qu'elle plaisante. Et puis j'arrête ; je me rends compte qu'elle est furieuse. C'est une blague ! Je me tourne vers mon père, en train de fixer Victoria, sa fourchette immobilisée devant sa bouche. Alors je la hèle :

— Quoi ? Il a demandé ce qu'était un bâtard. Tu voulais que je lui mente ?

Elle a l'air furieuse, les narines frémissantes. Jamais je ne l'ai vue dans un tel état. Franchement, je n'ai pas dit ça pour rabaisser ce petit garçon. J'insiste :

– Un bâtard est un enfant né hors mariage. C'est bien ce qui a failli lui arriver, non ?

Elle tend le doigt vers le couloir :

– Tu ne parles pas comme ça à mon enfant, Merit. Va dans ta chambre.

Puis elle s'adresse à mon père pour qu'il la soutienne :

– Barnaby ?

Je recule, croise les bras. Pas question que je cède.

– Alors comme ça, tu veux que je mente à ton fils ? dis-je, en regardant un Moby ahuri. Comme le sexe est une horrible émission de télévision des années quatre-vingts, un bâtard, c'est une pub.

Puis je reviens vers Victoria :

– C'est mieux comme ça ?

– Merit, intervient Utah.

À l'entendre, on dirait que c'est moi qui suis allée trop loin.

– Attends, tu prends la défense de Victoria, maintenant ?

– On ne peut pas partager un dîner familial sans se disputer, pour une fois ? lance Honor.

– Barnaby ? crie Victoria.

Elle n'a pas bougé, elle espère toujours qu'il va me punir.

Mon père lui saisit le poignet pour la faire rasseoir.

– Je verrai ça avec elle plus tard. Tu veux bien qu'on finisse de dîner ?

Elle se dégage brusquement et prend son assiette qu'elle va vider dans la poubelle.

– Garde les restes ! lui crié-je.

– Pardon ?

– Les restes. Ça fera plaisir à Wolfgang.

– Wolfgang ? répète mon père. Pourquoi tu parles de ce bâtard de chien ?

– Revoilà les gros mots, marmonne Honor.

– C'est pour ça qu'il y a un sac de croquettes devant la porte de derrière ? demande Utah.

– Ce chien est là ? reprend mon père, en se levant.

Je mange une cuillerée de purée car je ne sais pas si je vais me faire renvoyer dans ma chambre, mais j'ai faim.

– Il est arrivé ici en pleine nuit, dis-je, la bouche pleine.

J'avale puis désigne la porte derrière moi.

– Il est dans le jardin.

– Tu l'as laissé entrer ? crie mon père.

Victoria lève les bras au ciel.

– Ah, bravo ! Tu la réprimandes parce qu'elle laisse entrer un chien dans le jardin mais pas pour traiter ton fils de bâtard ?

Je lève ma fourchette.

– J'ai dit qu'il avait *failli* être un bâtard.

– Pourquoi tu fais toujours ça ? murmure Utah.

Il dit ces mots si calmement qu'il ne peut s'adresser à Victoria qui est au fond de la cuisine, mais bien à moi.

– Tu crois que c'est ma faute ?
– Ça l'est souvent, renchérit Honor. On ne peut pas prendre un repas sans que tu fasses quelque chose pour la mettre en pétard.

J'éclate d'un rire incrédule.

– Parce que c'est ma faute, là ? dis-je assez fort pour que Victoria m'entende. Peut-être qu'elle se met en pétard parce que ce n'est pas quelqu'un de sensé. Tiens, demande au petit frère qu'elle a abandonné !

Là, je vérifie la tête que fait Victoria. Dans le mille.

– Qu'est-ce que tu viens de dire ?

Elle me considère comme si elle n'avait rien entendu ou, plutôt, rien voulu entendre. J'ouvre la bouche pour répéter mais mon père m'interrompt :

– Merit, lâche-t-il, d'un ton plus navré qu'irrité. Va dans ta chambre.

Victoria se retourne lentement vers lui.

– Tu lui as parlé de Luck ?

Il secoue aussitôt la tête.

– Non, ils ne sont pas au courant. Elle te provoque.

À présent, je meurs de curiosité. Il faut que je sache ce qu'elle a tenté de nous cacher. Je mange encore deux cuillerées de purée pour le cas où je vais devoir accomplir ma punition.

– Je ne la provoque pas, dis-je, en m'essuyant la bouche.

Je finis d'avaler pour pouvoir m'expliquer, envers et contre tous.

– Wolfgang est arrivé ici cette nuit. Il pleuvait et il m'a fait pitié, alors je l'ai laissé entrer dans le jardin. Et puis j'ai appris que le pasteur Brian était mort ; alors, j'ai oublié de vous parler du chien. Aujourd'hui, je suis allée lui acheter de la nourriture et c'est là qu'un drôle de type en kilt m'a demandé de le déposer chez sa sœur, jusqu'à ce que je découvre qu'il parlait de cette maison. Il s'appelle Luck, c'est le petit frère de Victoria, et il dort dans le bureau de papa, puisqu'il semblerait que Sagan occupe la chambre d'amis, maintenant. Ensuite, que ça vous plaise ou non, la définition du mot bâtard est un enfant né hors mariage. Et, au cas où vous l'auriez oublié, Victoria est tombée enceinte alors que papa était encore marié avec maman, donc Moby était virtuellement un bâtard.

Quand j'achève mes explications, tout le monde m'observe sans dire un mot. Du coup, je fais mine d'accorder toute mon attention à ma nourriture.

– Il portait un kilt ? demande Sagan.

Certes, je ne tiens pas à ce qu'il me parle mais, en l'occurrence, j'apprécie qu'il essaie de détendre l'atmosphère.

– De quelle couleur ? ajoute-t-il.

Je m'oblige à le regarder. Un léger sourire lui étire les lèvres.

– Écossais vert.

– J'ai hâte de faire sa connaissance.

– Mon frère est là ? demande enfin Victoria. Luck est là ? Dans cette maison ?

Je m'apprête à répondre, mais inutile : Luck vient d'apparaître dans le couloir.

– Techniquement, dit-il, ce n'est pas une maison. On dirait plutôt une église incomprise.

Je commence à comprendre à quoi il faisait allusion en parlant de match de ping-pong, car on est tous en train de tourner la tête entre Luck et Victoria, à guetter d'émouvantes retrouvailles.

Elle porte une main à sa bouche. Mon père s'approche d'elle, la prend par l'épaule, en essayant de la détourner de son petit frère.

– Ma chérie, souffle-t-il. Allons en parler avec lui dans la chambre.

Secouant la tête, elle se dégage et s'approche de son frère.

– Tu ne peux pas arriver comme ça sans prévenir, Luck ! Tu vas repartir.

Il ne bouge pas, l'air quand même un peu surpris par cette réaction.

– Tu ne me prends même pas dans tes bras ?

Elle se rapproche d'un pas :

– Va-t'en. Et la prochaine fois que tu voudras te présenter sans t'excuser d'abord, essaie plutôt de téléphoner. Ça t'économisera le prix du voyage !

– Victoria, souffle mon père, en l'entraînant dans la direction opposée. Va dans la chambre. J'arrive.

Elle tente aussitôt de cacher les larmes qui lui montent aux yeux alors qu'elle s'éloigne de Luck, devant lequel se plante maintenant mon père.

Et il lui sourit en lui tendant la main.

– Vous devez être mon beau-frère, commence-t-il.
– Barnaby, précise mon père, sans empressement.
– Franchement, je croyais que la page était tournée, maintenant. Elle a raison, j'aurais dû appeler. D'abord.
– Quelle page ? demande Honor.

Luck se tourne vers elle et lui décoche un sourire aimable, qui disparaît à l'instant où il m'aperçoit.

Il nous dévisage l'une après l'autre, tend un doigt :
– Laquelle de vous deux m'a amené ici, aujourd'hui ?

Je lève la main.
– Merci pour ton hospitalité, Merit.

Puis il s'approche de la table, se présente à Utah, Honor et à Sagan. Ensuite, il s'agenouille devant Moby :
– Tu dois être mon neveu.
– Je suis un neveu ? Merit a dit que j'étais un bâtard.
– *Presque* un bâtard, rectifié-je.
– Luck, dit mon père, en interrompant les présentations, pourrions-nous régler cela avant que tu t'installes à la maison ?
– Oui, bien sûr. Enfin... je viens de me réveiller d'une sieste de quatre heures. Je me sens déjà bien installé.

Il rit, mais c'est bien le seul. Je dois lui reconnaître ça. C'est un garçon aimable.

Il suit mon père vers le Quartier Numéro Trois. Dommage qu'ils s'en aillent, j'aimais bien leur conversation.

– On dirait que ta journée a été fructueuse, me lance Honor. Au moins, tu n'as pas gâché ta vie entière en dormant toute la journée.

Je supporte pas mal de choses, mais l'attitude agressive de ma sœur sur ma décision d'arrêter d'aller au lycée m'exaspère. Je repose mon pain sur mon assiette.

– Dis-moi, Honor. Qu'est-ce que j'ai manqué cette semaine qui va miraculeusement me préparer pour la vie au-delà du bahut ?

– Une chance de passer tes examens, peut-être ?

Je lève les yeux au ciel.

– Je peux obtenir mon diplôme avant Noël.

– Oui, parce que c'est une option raisonnable pour obtenir une bourse.

– C'est toi qui parles de raison ? Est-ce que ton nouveau petit ami sait à quel point tu t'es montrée raisonnable durant tes précédentes relations ?

Elle serre les dents. J'ai touché un point sensible. Bon. Elle va peut-être la fermer, maintenant.

– Pas très sympa, Merit, observe Utah.

– Et alors ?

J'arrache un morceau de pain que je porte à ma bouche.

– Bien entendu, tu la défends, dis-je encore. C'est ta préférée.

Il s'adosse à sa chaise.

– Je n'ai pas de sœur préférée. Je la défends parce que tu ramènes toujours tout à toi dans tes attaques.

– Ah oui, j'oubliais ! On préfère tout cacher sous le tapis et faire comme si Honor n'avait pas besoin de se faire soigner.

Elle me jette un regard noir.

– Et après, tu te demandes pourquoi tu n'as pas d'amis.

– En fait, je ne me pose jamais cette question.

Les voix qui s'élèvent du Quartier Numéro Trois interrompent notre accrochage. Elles sont trop étouffées pour qu'on comprenne ce qu'ils disent mais il est clair que Victoria n'accueille pas Luck comme il l'espérait.

– Quelqu'un a remarqué son drôle d'accent ? demande Sagan.

– Merci ! dis-je. Il est vraiment bizarre, comme si son cerveau n'arrivait pas à déterminer s'il vient de Londres ou d'Australie.

– Je l'ai trouvé plutôt irlandais, dit Utah.

– Non, rétorque Sagan, c'est le kilt qui t'a trompé.

J'éclate de rire et me tourne vers Moby, toujours assis à côté de moi. Il baisse la tête, m'empêchant de voir son visage.

– Moby ?

Il ne bouge pas mais je l'entends renifler.

– Hé ! Pourquoi tu pleures ?

– Tout le monde se dispute, gémit-il.

Ouille. Rien ne me culpabilise plus qu'un Moby contrarié.

— Ce n'est pas grave, dis-je. Parfois, les adultes se disputent. Ça ne veut rien dire.

Il s'essuie les yeux avec sa manche.

— Alors pourquoi ils font ça ?

Si seulement j'avais la réponse. Je soupire :

— Je ne sais pas. Viens, on va se laver et je te borderai dans ton lit.

Moby a toujours bien dormi. Il occupe sa chambre dans le Quartier Numéro Deux depuis qu'il a deux ans. D'habitude, on le met au lit à dix-neuf heures, mais j'ai entendu Victoria lui dire, il y a quelques jours, qu'ils allaient bientôt passer à vingt.

Quant à nous, on n'a pas d'horaires précis. Mon père aime qu'on se couche vers vingt-deux heures les soirs de semaine mais, une fois qu'on est dans notre chambre, il ne vérifie jamais. J'éteins rarement avant minuit.

J'emmène Moby dans la salle de bains, l'aide à se brosser les dents puis à se laver les mains. Sa chambre se trouve en face de celle de Luck qui, avec les cris que j'entends en ce moment, risque de bientôt redevenir le bureau de mon père. La plupart du temps, c'est Victoria qui fait faire sa toilette à Moby, cependant il lui arrive de le demander à Honor, Utah ou moi. Et j'adore m'en occuper, mais juste quand c'est lui qui insiste ; je n'aime pas rendre des services inutiles à Victoria.

La chambre de Moby est décorée de motifs de baleine, ce qui, je l'espère, changera avant qu'il ne commence à faire des soirées pyjama. C'est déjà assez grave qu'il porte le nom d'une baleine meurtrière mais, lorsque Victoria insiste au point d'en décorer sa chambre, elle l'expose carrément aux brimades de ses futurs petits camarades.

Néanmoins, Moby aime bien les baleines. Et ça lui plaît de porter ce nom. *Moby Dick* est le livre préféré de Victoria. Je ne crois pas les gens qui prétendent adorer à ce point les classiques. Ils veulent juste se faire remarquer, ou alors c'est qu'ils n'ont jamais rien lu en dehors des titres imposés par le programme de littérature au lycée.

Mon livre préféré, c'est *L'Amour sorcier,* de Tiffanie DeBartolo. Ce n'est pas un classique. C'est mieux. Une tragédie des temps modernes. Je n'ai jamais lu *Moby Dick* mais je suis sûre qu'en le refermant on n'a pas cette impression frémissante.

Je borde Moby sous sa couverture ornée d'une baleine.

– Tu me lis une histoire ? demande-t-il.

Il a le droit, alors je sors un livre de son étagère, le plus petit, mais il proteste :

– Non, lis *La Perspective du roi*.

Tiens, c'est nouveau. J'inspecte l'étagère mais ne vois rien qui porte ce titre.

– Il n'est pas là. Ça t'irait, *Bonsoir la Lune ?*
– C'est pour les bébés.

Il ramasse une liasse de feuilles sur la table voisine.

– Tiens, lis ça. C'est Sagan qui l'a écrit.

Je prends la liasse qu'il me tend, plusieurs feuillets agrafés dans un coin. Au centre de la première page apparaît le titre :

La Perspective du roi
Sagan Kattan

Je m'assieds au bord du lit, passe les doigts sur le papier.

– Sagan t'a écrit une histoire ?
– C'est une histoire vraie. En vers !
– Quand est-ce qu'il t'a donné ça ?
– Euh… il y a à peu près sept ans.

Je me mets à rire. Moby est le gamin de quatre ans le plus futé que je connaisse, mais il n'a pas encore vraiment la notion du temps.

Je me rapproche de lui, m'appuie contre la tête de lit. D'habitude je ne me m'installe pas ainsi pour le border, mais il se pourrait que cette lecture me passionne encore plus que Moby. Je vais entrer dans la vie secrète du petit ami d'Honor, et ça m'enthousiasme beaucoup plus que ça ne devrait. Je remonte les genoux, pose les feuillets sur mes cuisses.

– La Perspective du roi, dis-je à haute voix. Tu sais ce que ça veut dire ?

Hochant la tête, il s'installe sur le côté pour mieux me voir.

— Sagan dit que c'est une manière de mettre les yeux des autres dans sa tête.
— Pas mal.

Je suis impressionnée, pas tant par Moby que par Sagan qui prend le temps de lui écrire une histoire. Et de la lui expliquer.

— Vas-y, lis ! me presse Moby.

Sur la page suivante apparaît un dessin d'oiseau. On dirait un cardinal. Je demande :

— C'est l'histoire d'un oiseau ?
— Vas-y, lis !

Je tourne encore la page.

— Bon, on ne gâche pas la suite.

La Perspective du roi

C'est l'histoire d'un roi
Une histoire tellement vraie
D'aucuns la traitent de rumeur
D'aucuns la traitent de ruse

Cet homme s'appelle le roi Flip
Ce n'est pas son vrai nom

Il s'appelait Filipileetus
Mais c'est trop dur à dire
Le roi Flip avait un penchant
Pour les choses très chères
Il aimait tout ce qui brillait
Et tout ce qui clinquait

Il avait le plus beau château
De tous les pays du monde
Mais ça ne l'empêchait pas
D'en vouloir un encore plus sublime

Alors il acheta une ville appelée Perspective
Puis força le peuple à lui construire un château
Au sommet de la plus haute montagne
Et peu importait la difficulté

Lorsque le travail fut achevé
Il décida d'aller le visiter
Mais en arrivant dans la ville de Perspective
Il la trouva inchangée

Il n'aperçut aucun château
Ni sur la montagne
Ni sur la plage
Ni sur les terres

Pris d'une vive colère
Il chercha une juste revanche
Contre ceux qui l'avaient trompé
Et sur la ville, son armée s'abattit

Une fois les habitants tués
Un cardinal rouge apparut.
– Roi Flip, qu'as-tu fait ?
Tu as tué de braves gens, je le crains

Le roi Flip tenta d'expliquer
Que cette ville méritait la mort
Car son château n'avait pas été bâti
Sinon, il le verrait de ses yeux

– Mais, roi, dit l'oiseau, tu as juste présumé.
Tu n'as même pas essayé
D'envisager une autre perspective.
Ne regarde pas de tes seuls deux yeux.

Alors l'oiseau le conduisit là
Où aurait dû se trouver le château
Puis il écarta une pierre
Et le roi Flip tomba à genoux

Car dans la montagne était le château
Le plus beau jamais construit
Le roi Flip ne pouvait en croire ses yeux
Et le remords l'envahit bientôt

Il avait tué tant de gens
Au lieu de les protéger
Juste parce qu'il ne pouvait voir
Le château de leur perspective

– Cachez leurs corps ! cria le roi Flip.
Cachez-les jusqu'au dernier !
Mettez-les dans la montagne.

Et fermez-en les portes à jamais !
L'armée du roi cacha les corps
Et le roi Flip s'enfuit du pays
Il retourna dans son vieux château
Et ne reparla jamais de Perspective

D'aucuns disent que cette histoire est fausse
D'aucuns disent que la ville n'a jamais existé
Mais prends une carte et tu verras
Qu'il n'existe plus de ville appelée Perspective

Je reviens à la première page du poème, un peu secouée par ce que je viens de lire. Ça, un poème pour enfant ? C'est aussi morbide, si ce n'est plus, que les dessins qu'il esquisse. Et dire que Moby croit qu'il s'agit d'une histoire vraie !

– C'est un conte, tu sais ?

Je me tourne vers Moby, mais il a les yeux fermés. Je ne m'étais même pas aperçue qu'il dormait. Je remets la liasse sur la table, éteins la lampe puis quitte la chambre pour me diriger directement vers le Quartier Numéro Un. Sagan est dans la cuisine, en train de donner un coup de main à Honor pour la vaisselle.

– Qu'est-ce qui t'a pris ?

Tous deux me regardent, mais je ne vise que lui.

– C'est une question ouverte ? demande-t-il.

– Tu as massacré une ville entière d'innocents !

Il paraît soudain comprendre :

– Ah ! Tu as fait la lecture à Moby.

– Je trouve ça effarant. C'est son histoire préférée, maintenant.

– De quoi tu parles ? demande Honor.

Je tends la main vers son effarant petit ami :

– Il a écrit un poème pour Moby, mais c'est la pire histoire enfantine que j'aie jamais lue.

– Ce n'est pas si terrible, se défend-il. Elle comporte un message positif.

– Ah oui ? En ce qui me concerne, j'ai surtout reçu un message selon lequel un souverain matérialiste n'étant pas satisfait des paysans qu'il a engagés pour construire son château les a faits tous occire avant de cacher leurs corps dans une montagne, puis de reprendre une vie heureuse.

Honor se crispe en une grimace dégoûtée. Je note de ne jamais faire une tête pareille. Sur moi, ce serait horrible.

– Tu es passée complètement à côté du message, dit Sagan. C'est un poème sur la perspective.

– De quoi on parle ? lance Utah, en entrant dans la cuisine.

– De l'histoire que j'ai écrite pour Moby.

Il se met à rigoler et sort un soda du réfrigérateur.

– J'ai bien aimé, dit-il, avant de boire une gorgée.

Il s'essuie la bouche puis désigne le Quartier Numéro Trois d'où s'élèvent toujours des voix :

– Ils ne vont pas nous faire ça toute la nuit ! Qui veut aller se baigner ?

– Nous ! répond Honor, en prenant Sagan par la main. Tout plutôt que de rester dans cette maison.

Ils m'interrogent du regard. Aucun d'eux ne m'invite explicitement mais, à leur expression, je suppose que je dois y voir une proposition.

– Ça va, dis-je, en guise de refus.

Je ne suis jamais allée me baigner à l'hôtel avec Honor et Utah. Sans doute parce qu'ils ne m'y ont jamais emmenée mais, là, comme je me dérobe explicitement, ma sœur paraît presque soulagée.

– Comme tu voudras, dit-elle, en jetant son torchon sur le comptoir.

Sagan me fixe toujours, l'air un peu intrigué.

– Tu es sûre de ne pas vouloir venir ?

Du moment qu'il a l'air d'apprécier ma compagnie, j'ai presque envie de changer d'avis. Cependant, Honor et Utah préféreraient visiblement que je n'en fasse rien. Ils n'ont pas l'air de considérer ma présence comme un avantage. En fait, je les dérange. Tandis que Sagan semble plutôt d'accord pour que je vienne.

Je n'y comprends plus rien. Ça me donne envie d'aller à la piscine avec mes frères et ma sœur pour la première fois depuis qu'Utah a obtenu son permis.

La porte de la chambre du Quartier Numéro Trois s'ouvre sur Luck. Il entre dans la cuisine, les mains dans les poches, suivi de près par Victoria puis mon père, qui s'éclaircit la gorge :

– Luck va rester un moment avec nous. On apprécierait, Victoria et moi, que vous lui fassiez bon accueil.

Bizarre. Bien que Luck paraisse avoir gagné, son attitude dit tout le contraire.

– Bienvenue, lui dit Utah. Tu viens te baigner avec nous ?

– Vous avez une piscine ?

– Non, mais il y a un hôtel pas loin, avec une piscine chauffée, et Honor connaît des gens qui nous laissent entrer.

– Chouette, dit Luck. Je vais chercher mon maillot.

En sortant de la cuisine, il s'adresse à moi :

– Tu viens aussi, hein ?

Il a l'air de m'implorer de ne pas le laisser seul avec les autres. Je suis la seule avec qui il ait échangé un peu plus que des présentations.

– D'accord, je viens.

Sagan est sur le point de passer le seuil quand il m'entend. Il jette un regard par-dessus son épaule, s'arrête un quart de seconde puis reprend son chemin.

– Où est Moby ? demande Victoria.

– Je l'ai mis au lit.

Là-dessus, je me dirige vers ma chambre, mettant un terme à la conversation.

Tout à l'heure, je regrettais d'être tombée sur Luck dans le magasin, il semblerait qu'en réalité j'aie enfin un ami dans cette maison. Je ne vais jamais à la piscine avec Utah et Honor, parce qu'ils ne m'y invitent pas, mais j'ai peur que, si je n'y vais pas ce soir, Luck ne s'allie avec eux trois et que je me retrouve seule, une fois de plus.

J'attrape un maillot une-pièce et un tee-shirt trop large puis me dirige vers le couloir. Sagan sort de sa chambre, s'arrête en me voyant. Il ouvre la bouche mais, avant qu'il puisse dire quoi que ce soit, Honor surgit. Alors il se tait.

À présent, je vais me demander toute la soirée ce qu'il pouvait vouloir me dire.

Ils suivent Utah et Luck dehors. Je passe chercher quelques serviettes dans la salle de bains. En passant devant le salon, je m'arrête face au crucifix.

Je me demande si Dieu répond aux prières avant même qu'elles ne Lui soient adressées. Serait-ce pour ça que Luck est là ? Serait-il l'évasion qui pourrait me détacher de Sagan ?

– C'est toi qui L'as habillé de cette tenue sacrilège ?

La voix de mon père m'arrache à mes pensées. Il se tient à quelques pas de moi. Je mens sans vergogne :

– Non. Ça doit provenir de la garde-robe d'une immaculée conception.

Je m'apprête à refermer la porte d'entrée quand j'entends mon père gronder :

– Si les Cowboys perdent, tu seras punie !

Les Cowboys ont de bonnes chances de perdre. Il n'y en a aucune que mon père mette ses menaces à exécution.

CHAPITRE 6

L'un des véhicules le plus utilisés dans notre allée est la Ford Windstar. Cette fourgonnette contient sept places mais, au rythme où notre maisonnée s'agrandit, ce mois-ci, il va bientôt nous en falloir une plus grande. Je suis montée la dernière, cependant, comme le petit ami d'Honor s'est assis à l'arrière, il m'a laissé un des sièges du milieu, près de Luck. Honor est à l'avant, à côté d'Utah, qui conduit.

On habite au milieu de nulle part, dans une ville trop petite pour mériter un hôtel avec piscine. On doit rouler vingt kilomètres pour trouver le premier magasin et encore plus pour atteindre notre destination. Au moins, dans une région aussi rurale, ça roule bien. Il ne nous faut que treize minutes pour arriver à destination.

– Alors… dit Utah. Tu es le frère de Victoria ?
– Son demi-frère.

Je ris sous cape car il a l'air d'autant apprécier cette femme que nous.

– Tu viens d'où ?
– De partout, répond-il. On a le même père mais des mères différentes. Elle vivait avec la sienne, et moi avec mes deux parents. On a beaucoup déménagé, jusqu'à ce qu'ils divorcent.
– Désolée, dit Honor.
– C'est rien. Ça arrive à tout le monde.

Plus personne n'ose poser de questions, alors c'est Luck qui s'adresse à moi :
– Tu ne m'as pas dit que tu avais une sœur jumelle.
– Tu n'as pas arrêté de parler dans la voiture, réponds-je, en regardant par la fenêtre. Je n'ai pas eu le temps de te raconter ma vie.
– Faux, s'esclaffe-t-il, parce que c'était justement ta vie que je voulais connaître.
– Tu n'es pas allé trop loin.
– Assez pour tout savoir sur le type qui te fait craquer.

Ma tête fait volte-face dans sa direction. Je hausse un sourcil menaçant, pour qu'il sache qu'il est allé trop loin, cette fois.
– Attends, intervient Honor. Tu craques pour quelqu'un, toi ?

Je lève les yeux au ciel avant de me retourner vers la fenêtre.
– Non.
– Qui est-ce ? insiste-t-elle auprès de Luck.

Je gratte nerveusement ma jambe en espérant qu'il va la fermer. Je ne le connais pas assez.

Peut-être que ça pourrait l'exciter de me mettre dans l'embarras.

— Je ne me rappelle pas son nom, dit-il. Demande à Merit.

— Bah, elle ne me parle jamais de ces trucs-là.

Je me tourne vers Luck en train de m'observer.

— Pour des jumelles, vous avez une drôle de relation.

— Pas du tout, dis-je, on raconte n'importe quoi sur les jumeaux.

— Parfaitement, renchérit Honor. Beaucoup de jumeaux n'ont rien d'autre en commun que leur apparence.

— Vous vous ressemblez beaucoup plus que vous ne le croyez, commente Sagan.

Honor le toise d'un air mauvais. J'aimerais en faire autant mais, contrairement à elle, j'éprouve des choses quand je le regarde. Je ne sais même pas s'il l'attire. Elle ne le traite pas comme je le traiterais s'il était mon petit ami. Pour commencer, je me serais assise à l'arrière avec lui.

Je suis navrée pour lui. Il s'est tellement plus investi qu'elle dans cette relation. Il suffit de voir comment il m'a embrassée quand il croyait l'embrasser, elle. Il a déménagé ici, il s'est complètement engagé auprès d'elle, alors qu'elle attend juste de voir se pointer un mec en moins bonne santé.

— Tu t'entends bien avec cette famille ? lui demande Luck.

— Il s'entend bien avec moi, rétorque Honor à sa place.

Si c'était mon copain, je le laisserais répondre.

— Comment vous vous êtes rencontrés, Honor et toi ? reprend Luck.

Je regarde toujours par la fenêtre mais je ne perds pas une de leurs paroles. Je ne leur ai jamais posé ces questions directement, si bien que ce que je sais est très vague.

— J'ai eu une réaction allergique à un truc que j'avais mangé, dit Sagan. Je me suis retrouvé à l'hôpital, et c'est là que j'ai rencontré Honor.

— Tu étais à l'hôpital, toi aussi ? demande Luck à ma sœur.

Elle fait non de la tête mais n'en dit pas plus. J'ai presque envie d'expliquer qu'elle était venue dire adieu à un autre ami quand elle est tombée sur Sagan, croyant qu'il allait lui aussi rendre l'âme.

— Honor rendait visite à quelqu'un, répond Sagan, cette fois à la place de ma sœur.

Jamais ils ne peuvent affronter leurs propres questions ?

Personne ne dit plus rien pendant quelques minutes, alors que j'ai un million de choses à demander à Luck et un million de plus à Sagan. Quand on se gare dans la longue allée de l'hôtel, c'est finalement Utah qui lance par-dessus son épaule :

— Pourquoi ta sœur te déteste tellement ?

– Demi-sœur, rectifie Luck. Elle m'en veut encore pour un truc que j'ai fait il y a cinq ans.

– Qu'est-ce que tu as fait ? demande Honor, en détachant sa ceinture.

– J'ai tué mon père.

Mes mains s'immobilisent. Je lève les yeux vers Luck déjà en train d'ouvrir la portière du monospace. Il sort, mais on reste tous là, paralysés par la nouvelle, jusqu'à ce qu'il se penche vers nous :

– C'est bon, je blaguais.

– C'est pas drôle ! siffle Honor.

***

À la réception, Honor appuie sur la sonnette. Quelques secondes plus tard, une de ses camarades de classe, Angela Capicci, sort du bureau.

Je n'ai jamais aimé cette fille. Elle était dans la classe au-dessus mais, avec Honor, elles sont amies depuis l'enfance. Pas très proches, étant donné que les parents de nos camarades leur interdisent de venir chez nous, à cause des rumeurs (justifiées ou non) qui courent sur notre famille. Je reste plus sur mon quant-à-soi qu'Honor, et j'ai du mal à cacher mes antipathies. J'ai toujours détesté Angela. C'est le genre de fille qui attache trop d'importance à la façon dont les garçons la considèrent. Et, à la façon dont elle fixe Luck en ce moment, elle doit être en état de manque.

— Salut ! lui lance-t-elle, avec un sourire charmeur. Tu es nouveau, toi.

En hochant la tête, il lui rend son sourire.

— Oui, je débarque.

Elle hausse un sourcil sans trop savoir comment prendre cette réponse, puis se tourne vers Honor :

— Mon service s'arrête à onze heures. Si vous êtes toujours là, je vous rejoindrai.

— Il faut qu'on soit rentrés à dix heures, répond ma sœur. Mais merci pour la clef !

Angela ne détache pas ses yeux de Luck.

— Pas de souci.

On va se changer dans les toilettes, mais Honor ne prend même pas la peine d'entrer dans une cabine, elle ôte son chemisier devant la glace. Comme je suis un peu plus pudique qu'elle, j'ai trop peur que quelqu'un n'entre alors que j'enfile mon maillot, si bien que je m'enferme un instant. J'ai déjà ôté mon jean et mon tee-shirt lorsque ma sœur lance la question que je redoutais :

— Alors, de qui parlait Luck ?

Je marque une pause, puis je commence à enfiler mon maillot.

— De quoi tu parles ?

— Dans la voiture. Il a dit que tu craquais pour un mec. Je le connais ?

Je ferme les yeux en essayant d'imaginer l'enfer qui m'attend si jamais je reconnais que le mec en question est son petit ami. Ce serait la fin de la maigre relation qui nous reste entre sœurs. J'ouvre la porte de ma cabine tout en enfilant mon tee-shirt.

– Il mentait. Il n'y a personne. Je ne sors pour ainsi dire pas de la maison ; qui veux-tu que je voie ?

Elle a l'air un rien déçue. Et elle est... superbe. Je ne peux m'empêcher de lui demander :

– C'est un nouveau maillot ?

Elle porte un bikini rouge bordé de noir qui la couvre aussi bien qu'un bikini peut couvrir quoi que ce soit, mais la couleur et la coupe sont parfaites. Je regarde mon énorme tee-shirt qui cache mon maillot noir mal taillé.

– Je l'ai depuis plusieurs mois, dit-elle, en glissant la main dans son décolleté pour l'écarter davantage. Mais comme tu ne viens jamais nager avec nous, tu ne l'as pas encore vu.

– Tu sais que je n'aime pas nager.

Elle plie son jean et le dépose à côté du lavabo. Nos yeux se croisent dans la glace.

– C'est seulement pour ça ?

Bien qu'elle semble précise, cette question ne sert à rien. Honor sait très bien pourquoi je ne vais jamais à la piscine avec eux et ça n'a rien à voir avec ce que je ressens dans l'eau. Je ne viens pas à cause de mes relations tendues avec elle et Utah. Et cela depuis cinq ans.

Elle sort des toilettes et je laisse passer un moment avant de la suivre. Il ne manquerait plus que je surprenne l'expression de son petit ami quand il la verra dans son maillot de bain.

Je note que, dans ma tête, je me réfère souvent à lui comme à « son petit ami » au lieu de Sagan. Pourtant, j'aime bien son prénom, élégant et sexy, et qui lui va très bien, finalement. Raison de plus pour que je ne me réfère à lui que par son titre. Le petit ami d'Honor. C'est moins séduisant.

Vœu pieux.

J'ôte mon tee-shirt devant la glace. Pourquoi tout paraît-il plus beau sur elle, alors qu'on est identiques ? Elle est plus jolie en robe, mieux en jean, plus grande avec des talons, plus sexy en maillot de bain. On a le même corps, le même visage, les mêmes cheveux, tout pareil en apparence ; pourtant, elle se donne un look plus mature et sophistiqué que je n'y parviendrai jamais.

C'est sans doute parce qu'elle a plus d'expérience que moi. Elle m'a devancée de trois ans pour perdre sa virginité. Voilà sans doute pourquoi elle se déplace avec une telle assurance. Le seul mec avec qui je suis sortie est Drew Waldrup et il n'est même pas allé jusqu'au bout. Ce désastre ne m'a pas aidée à gagner davantage de confiance en moi. En fait, j'étais morte de honte.

Au moins, j'y ai gagné un trophée.

Je sais que je suis lamentable. Ce n'est pas parce qu'on perd sa virginité qu'on devient davantage une femme. Ça veut juste dire que votre hymen est déchiré. La belle affaire.

Je remets le tee-shirt. Je ne suis pas près de me baigner devant le petit ami d'Honor dans cette tenue alors qu'elle explose dans la sienne.

Ils sont déjà tous les quatre dans l'eau quand j'arrive devant le bassin. Je garde la tête basse, incapable de soutenir leur attention alors que je m'approche. Je ne sais même pas si j'ai encore envie de nager, alors je m'assieds au bord du grand bain et plonge mes jambes dans l'eau. Je les laisse barboter pendant une bonne demi-heure, sans répondre aux invitations de Luck à les rejoindre. Au bout de la troisième fois, il finit par venir dans ma direction. Le sourire aux lèvres, il s'adosse au mur et regarde Utah et Sagan faire la course. Honor s'est assise sur le rebord d'en face en attendant de célébrer le vainqueur.

— Vous êtes de vraies jumelles, non ? me demande-t-il.

— Physiquement, oui.

Il tend la main vers le bord de mon tee-shirt.

— Alors pourquoi tu caches ton maillot de bain avec ce truc ?

— Je préfère rester couverte.

— Pourquoi ?

Je lève les yeux au ciel.

— Tu n'arrêtes jamais, avec tes questions ?

Il désigne Honor.

— Si les gens peuvent la voir, ils peuvent te voir. C'est la même chose.

— On est deux personnes différentes. Elle porte un bikini, pas moi.

– C'est par conviction religieuse ?
– Non.

Je le connais depuis une demi-journée et il m'énerve déjà autant qu'Utah et Honor.

Il se penche et murmure :

– C'est à cause de Sagan ? C'est ce qui te rend mal à l'aise ?

– Je n'ai jamais dit que j'étais mal à l'aise. Juste que je me sens mieux avec un tee-shirt.

Il penche la tête de côté :

– Merit. Il y a une grande différence entre vos seuils de confiance à ta sœur et à toi. J'essaie de comprendre d'où ça vient.

– Il n'y a pas de différence. On est juste… elle est plus ouverte.

Il sort de l'eau et vient se poser à côté de moi. Utah sort également, mais juste parce que son téléphone sonne. Il prend l'appel et s'en va.

Honor et Sagan sont toujours à l'autre bout, mais il l'aide maintenant à nager sur le dos. Il a les mains sous l'eau, les paumes sur elle, et il lui explique les mouvements en riant. La jalousie m'étreint la gorge.

– Ça se voit trop, reprend Luck.

– Quoi ?

Il les désigne de la tête.

– À ta façon de le regarder. Il faut arrêter ça.

Je suis très gênée qu'il s'en soit aperçu. En même temps, je n'admets pas la réalité de sa remarque. Si bien que je détourne le sujet de la conversation.

– Pourquoi Victoria te déteste ?

Pour la première fois, je lis de la tristesse dans son expression. Ou peut-être du remords. Il balance la jambe dans l'eau, en créant une vague devant lui.

– Notre père ne jouait aucun rôle dans nos vies et ma mère avait du mal à me contrôler. Elle croyait que Victoria pourrait l'aider, alors je suis allé vivre chez elle vers l'âge de quinze ans. Je n'étais pas arrivé chez elle depuis une semaine que j'avais volé et revendu tous ses bijoux.

J'attends qu'il me raconte la suite, mais il n'ajoute rien.

– C'est tout ? Tu lui as pris quelques bijoux quand tu étais plus jeune, alors elle t'a viré de sa vie et refuse de te parler depuis cinq ans ?

Il commence à se balancer de droite à gauche, avant de lâcher mollement :

– Booon, il y avait un peu plus que quelques bijoux. Apparemment, ce que j'ai pris se transmettait de mère en fille depuis des générations et ça signifiait beaucoup pour elle. Elle me l'a reproché, mais ça me passait complètement au-dessus de la tête. J'étais un sale gosse, constamment stone. On s'est disputés et je me suis tiré. Sans jamais revenir.

– Tu ne lui avais plus parlé depuis ?
– Non. On n'a jamais été très proches.
– Pourquoi elle t'a pardonné, cette nuit ?
– Je lui ai dit que ma mère était morte et que je n'avais nulle part où aller. Et puis j'ai retrouvé une de ses bagues. Je la lui ai donnée en m'excusant.

C'était sincère, car je m'en veux beaucoup pour ce que j'ai fait. Je crois que c'était tout ce qu'elle attendait de moi.

C'est fou ce que Victoria aime qu'on lui demande pardon, alors qu'elle-même ne s'est jamais excusée d'avoir brisé notre famille. Je relance Luck :

– Et maintenant ?

– Je crois que je vais pouvoir faire la connaissance de mes neveux et nièces.

– Ne nous appelle pas ainsi. Ça fait trop bizarre.

– Bizarre ?

– Je ne sais pas... J'ai du mal à me dire que tu es un oncle.

– Tu me trouves attirant ?

Je ricane et grimace un peu. C'est un assez beau mec et je mentirais si je ne reconnaissais pas l'avoir admiré à plusieurs reprises aujourd'hui, avant de découvrir qu'il était le demi-frère de Victoria. Mais, maintenant que je suis au courant, je n'éprouve plus la moindre attirance envers lui ; je n'ai même plus envie de plaisanter.

– Ne te vante pas.

– Plus facile à dire qu'à faire, s'esclaffe-t-il.

Je regarde de nouveau dans la direction d'Honor et de son petit ami. Ils flottent tous les deux sur le dos, en se tenant par la main. Après, je me demande s'il y a une différence entre ma sœur et moi pour des choses aussi simples que de tenir une main. Est-ce que je tiendrais celle de Sagan de la même façon ? Est-ce qu'on embrasse de la même façon ?

Serait-il seulement capable de faire la différence entre nous ? A-t-il songé, en m'embrassant à la fontaine, que notre baiser était différent de ceux qu'il avait échangés avec elle ? Lui est-il jamais arrivé de nous confondre, l'une et l'autre ?

— Tu parviens à nous distinguer ? demandé-je à Luck.

Il fait non de la tête.

— Pas vraiment. Mais vous êtes toutes les deux si différentes qu'il ne me faudra sans doute pas longtemps avant de vraiment savoir qui est qui.

— En quoi est-on différentes ? Tu ne nous connais que depuis quelques heures.

— Oui, mais ça se sent. Vous ne provoquez pas les mêmes vibrations. Je ne sais pas, c'est difficile à expliquer. Tu parais... plus sérieuse qu'elle.

— Tu veux dire qu'elle est plus marrante que moi.

— Ce n'est pas ce que j'ai dit, Merit !

— Je sais, mais tout le monde le reconnaît. Je suis la jumelle taciturne et pas contente. Elle, c'est la marrante exubérante.

— Je ne vous connais pas encore assez pour voir ces nuances.

— Ça ne te prendra pas longtemps. Et Honor deviendra ta petite préférée et tu te joindras à elle, Sagan et Utah, et vous serez les quatre meilleurs amis de la Terre.

Il m'envoie un coup d'épaule.

— Arrête ! Ce n'est pas très attirant.

– Bon, mais tu n'es pas censé être attiré par ta nièce.

– Continue de te déprécier comme ça et tu n'auras plus à t'inquiéter. Vous portez de drôles de noms dans ta famille. Comment ça se fait ?

– Et toi, alors ? C'est quoi cette variante sur ton prénom ? Qu'est-ce qu'elle avait dans la tête, ta mère ?

Je regrette aussitôt mes paroles. Il doit être encore en deuil, et moi je me moque d'elle. Je murmure :

– Pardon. C'était déplacé.

– T'inquiète. C'était une affreuse bonne femme. Voilà des années que je ne l'ai plus vue.

– Je croyais que tu vivais chez elle. Et que c'était pour ça que tu venais ici. Parce qu'elle était morte.

– Non, je t'ai dit que c'est ce que j'ai raconté à Victoria. Mais je n'avais plus nulle part où aller depuis que Victoria m'a mis dehors. J'ai sauté dans un bus vers le Canada, pour y rejoindre un ami. Quelques mois et une fausse carte d'identité plus tard, j'ai trouvé un job sur un paquebot. J'y ai passé les cinq dernières années.

– Tu travaillais sur un paquebot ?

– Oui. J'ai visité trente-six pays.

– Ça explique tes drôles d'accents.

– Peut-être. J'aimais bien me réinventer à chaque croisière. Le travail et l'emploi du temps étaient des plus monotones, alors je jouais différents mecs selon les voyages. Maintenant, je m'emmêle les pédales pour parler normalement.

Je l'observe un instant, en train d'observer l'eau.
– Tu es... intéressant.
– C'est une façon de présenter les choses, répond-il, en se levant. Je reviens tout de suite.

Il attrape une serviette puis s'en va, sans autre explication. Je regarde la porte se fermer sur lui. Lorsque je me retourne, Sagan est seul dans le bassin et il nage dans ma direction. J'essaie de détourner mon attention, sauf que ça me met encore plus mal à l'aise. Je me force à croiser ses yeux, tout en essayant d'ignorer l'accélération de mon pouls.
– Pourquoi tu ne viens pas ? demande-t-il.
– Je bavardais avec Luck.

À vrai dire, je me fais remarquer en restant au bord. Alors je plonge dans l'eau, m'oblige à toucher le fond avant de remonter. Lorsque je reviens à la surface, je jette mes cheveux en arrière et ouvre les yeux. J'aperçois Honor qui se dirige vers la porte.
– Où est-ce qu'elle va ?
– Aux toilettes.

Sagan s'assoit sur une marche, si bien que ses épaules sont hors de l'eau. Je prends place à côté de lui, ce qui m'évite de le voir. Le silence et une semi-obscurité règnent autour de nous, en contraste avec tout à l'heure. Et tout ça ne fait que m'angoisser davantage, alors je m'efforce de briser le silence :
– C'est quoi, ta vie ?

Il fait volte-face, si bien qu'il se retrouve devant moi. Quelques gouttelettes flottent sur ses lèvres pour disparaître lorsqu'il sourit.

– Comment ça ? demande-t-il.
Je déglutis.
– Pourquoi tu t'es installé chez nous ?
– Ça t'embête ?
– Honor n'a que dix-sept ans. C'est un peu tôt pour vivre avec son petit ami.
– Je ne suis pas son petit ami.

Il dit ça comme s'il était d'accord pour qu'elle aille voir ailleurs.

– Quoi ? Tu n'es pas assez mourant à son goût ?

Ça ne le fait pas rire. Je m'en doutais. C'était un coup bas. Il se dirige vers le mur, ce qui me soulage un peu. C'est plus facile de parler avec lui quand il ne se trouve pas dans mon champ de vision.

J'ai quand même du mal avec le silence, au point de souhaiter qu'Honor et Utah reviennent vite. J'essaie de trouver un sujet qui me rappelle moins qu'il sort régulièrement avec ma sœur.

– Pourquoi tu t'appelles Sagan ? Tes parents sont fans d'astronomie ?

Il écarquille les yeux.

– Tu connais Carl Sagan ? Tu m'impressionnes. En fait, non, ça m'aurait plu, mais c'était le nom de jeune fille de ma mère.

– Je ne connais pas grand-chose sur Carl Sagan, mais mon père gardait un de ses livres sur la table basse. *Cosmos*. Quand j'étais petite, je le feuilletais parfois.

— J'ai lu tous ses livres. Il me passionne. Mais peut-être que ça me rend un peu partial de porter son nom.

Il disparaît sous l'eau puis remonte en se lissant les cheveux.

— Tu as un second prénom, Merit ?
— Non. Nos parents avaient prévu d'avoir une fille et de l'appeler Honor Merit Voss. Mais comme on est arrivées à deux, ils nous ont donné à chacune un de ces prénoms sans se préoccuper d'autre chose.

Sagan me contemple d'un air intrigué.

— Qu'est-ce qu'il y a ? dis-je.

Il sourit avant de répondre :

— Tu as une tache brune dans l'œil droit. Pas Honor.

Je suis étonnée qu'il l'ait remarquée. Peu de gens s'en aperçoivent. En fait, je ne suis pas sûre que quiconque ait noté cette différence jusque-là. Il est très observateur. Alors, je m'interroge sur le dessin que j'ai trouvé dans son carnet et quelle idée l'a poussé à nous représenter, Honor et moi, en train de nous poignarder dans le dos. Je replonge dans l'eau pour réprimer mes frissons. En remontant, je croise les bras sans plus savoir que lui dire. À moins que je n'aie justement tant de choses à lui dire que je ne sache où commencer.

Sagan me sourit encore puis lève la main pour écarter une mèche collée sur ma joue.

— Tu ne m'as jamais tant parlé de ta vie ! observe-t-il, amusé.

Ses doigts ne restent pas sur moi mais la sensation demeure, ainsi que son regard. Et aussi la chair de poule sur mon bras. Un peu gênée par sa remarque, je hoche la tête.

– Oui, je ne suis pas bavarde.

– J'ai cru comprendre.

D'un seul coup, je saisis deux choses. Le poids de l'attrait qu'il exerce sur moi, tellement lourd qu'il évoque une ancre destinée à m'entraîner sous l'eau. Cependant, j'ai aussi envie de défendre ma sœur. Si j'avais un petit ami et qu'il touchait la joue d'Honor comme Sagan vient de le faire avec moi, je trouverais ça complètement déplacé.

On ne peut s'empêcher d'être attiré par quelqu'un, mais on peut se retenir d'avoir des gestes déplacés. Il aurait dû s'interdire d'écarter ainsi une mèche de ma joue, tout en me fixant comme ça. Je le sais car, dès l'instant où j'ai découvert qu'il était le petit ami d'Honor, j'ai fait tout ce qui était en mon pouvoir pour lutter contre mon attirance pour lui, par respect pour ma sœur. Tandis qu'il ne semble pas vouloir résister beaucoup, comme s'il s'apprêtait à nous entraîner sous l'eau et à puiser son oxygène dans mes poumons.

Je jette un coup d'œil derrière moi, vers la porte, dans l'espoir que l'un d'entre eux va revenir. N'importe qui. Utah ferait aussi bien l'affaire. Car je commence à suffoquer, seule avec Sagan dans cette piscine.

Je m'efforce de trouver d'autres questions à lui poser. Je finirai peut-être par découvrir quelque chose d'assez terrible sur lui pour cesser aussitôt de ressentir de telles choses.

– Tu n'as jamais dit pourquoi tu étais venu t'installer chez nous.

– C'est assez déprimant comme histoire, répond-il, avec un sourire forcé.

– Tu ne fais qu'attiser ma curiosité.

Il fronce les sourcils mais ne m'offre qu'une sèche réponse :

– La situation de ma famille est un peu compliquée en ce moment.

– Tu veux dire pire que la mienne ?

– Ta famille n'est pas désagréable.

S'il le dit. Personne ne le force à rester ici. Il l'a bien voulu.

– Oui, eh bien reste dans ton coin, parce que, de mon point de vue, il n'y a pas de quoi pavoiser !

Il ne cherche pas à cacher ses pensées, en me dévisageant d'un air aussi calme que l'eau qui nous entoure. Nos genoux se frôlent, se touchent brièvement, et ça me fait encore frémir. Je remarque la même chair de poule qui envahit ses bras alors que son regard se pose sur ma bouche. Exactement comme le jour où il m'a prise pour Honor, en créant ce monstre en moi d'un seul baiser. Je voudrais qu'il recule de quelques kilomètres. Ou qu'il se jette sur moi.

Comme il se jette sur son téléphone.

Et le voilà parti, lui aussi.

Il s'est précipité hors de la piscine dès qu'il l'a entendu sonner. Je n'ai jamais vu quelqu'un s'affoler à ce point pour un simple appel. J'aimerais bien savoir qui a droit à tant d'empressement, encore qu'il ne vaudrait mieux pas car ça impliquerait une autre conversation entre nous.

Il s'éloigne tout en parlant et je me retrouve bientôt seule. Ça fait peur, alors je préfère sortir de l'eau, attrape la dernière serviette. Je prends aussi la clef et mes affaires puis me dirige vers les toilettes pour me changer.

Fraîchement maquillée, Honor est en train de se coiffer au-dessus du lavabo. Elle a déjà remis son jean et son tee-shirt. Je m'enferme dans une cabine.

– Tout le monde est prêt à partir ? demande-t-elle.
– Plus que prêt.
– Bon, je vous attends dans la fourgonnette.

J'achève de me changer mais ne vais pas jusqu'à me coiffer ou me maquiller, comme Honor. Ça ne m'obsède pas autant qu'elle.

En allant rendre la clef, je trouve Sagan à la réception, toujours au téléphone. Ma sœur lui tend ses vêtements secs et il lui sourit puis les emporte aux toilettes. Honor et Utah partent ensemble et de nouveau... je me retrouve seule. Car aucune employée n'apparaît à la réception.

– Angela, dis-je, en tapotant la clef sur le comptoir.

Je ne sais pas si je peux la laisser là, comme ça, et m'en aller, ou s'il faut que j'attende.

– J'arrive ! lance la voix mielleuse d'Angela.

Une porte s'ouvre et elle se faufile vers le comptoir en souriant un peu trop largement, puis elle se passe la main dans les cheveux.

– Je voulais te rendre ça, dis-je, en lui tendant la clef.

Je m'apprête à partir lorsque Luck émerge du bureau d'où est sortie Angela. Il porte encore le short qu'il avait à la piscine. Je regarde Angela mais elle détourne les yeux en enfilant le bas de son chemisier dans sa jupe. Je me tourne vers Luck.

– Tout le monde est prêt ? lance-t-il, d'un ton dégagé.

Comme si je ne venais pas de les interrompre dans ce qui a pu se passer derrière cette porte.

Je hoche la tête mais ne dis rien et préfère sortir sans faire de commentaire.

Il s'est vraiment passé ce que je crois ?

Luck était en pleine conversation avec moi, il y a un petit quart d'heure, quand il s'est levé pour partir. Comment, en l'espace de quinze minutes, a-t-il pu s'envoyer en l'air avec une fille qu'il ne connaît même pas, dans le bureau d'un hôtel ?

Je suis furieuse, et je ne sais pas pourquoi. Je me moque de savoir avec qui Luck peut baiser. Je ne le connais pas. Non, ce qui m'énerve, c'est que je ne sais pas comment ça se passe, et surtout pas un coup vite fait avec un inconnu. À mon avis, ça paraît tellement monumental de faire l'amour…

Ça devrait prendre des mois rien que pour en arriver là, et lui, il fait ça en un quart d'heure.

La portière est ouverte quand j'arrive à la fourgonnette. Honor est assise sur la place du milieu, alors je laisse l'autre pour Sagan et, cette fois, m'installe à l'arrière. D'ailleurs, je ne suis pas sûre de vouloir me retrouver à côté de qui que ce soit.

Sagan vient prendre place à l'avant.

— Où est Luck ? demande Honor.

— Il s'habille.

— Il a été retenu, ajouté-je. Il baisait Angela dans le bureau du fond.

Ma sœur se retourne vivement, les yeux écarquillés :

— Tais-toi ! Angela sort avec Russell !

Je m'en moque.

— Ah bon ? demande Utah. Ce n'est pas le grand frère de Shannon ?

— Si, répond Honor, depuis près de deux ans. Jamais elle ne lui ferait un truc pareil !

À croire que ma sœur s'inquiète à l'idée qu'Angela puisse tromper son copain. En fait, ça l'excite beaucoup. Honor a toujours aimé les cancans. Ça fait partie de ses points communs avec Utah.

Luck finit par nous rejoindre ; il enfile son pull tout en s'asseyant, puis il tire la portière. Honor ne perd pas une minute :

— Tu viens de baiser avec Angela ?

Aussitôt, il se tourne vers moi :

— Merit, c'est pas vrai !

Maintenant, je m'en veux de leur avoir dit ça. À croire que je voulais juste faire ma concierge, alors que j'étais... je ne sais pas. Pourquoi leur ai-je dit ça ?

– Je ne cafte pas, moi, reprend Luck.
– Elle a un copain, réplique Honor.
– Tant mieux.
– Tu vas nous gâcher l'existence.
– Ça veut dire quoi, ça ?
– La famille Voss a déjà une terrible réputation dans le coin, grâce à notre père avec Victoria. Alors si on ajoute un coureur à l'ensemble...
– Quoi ? s'esclaffe-t-il. Personne ne baise, dans cette ville ?
– Si, mais de préférence un peu plus qu'au bout de cinq minutes.
– Ouais, bon, c'est que j'y accorde sans doute moins d'importance que vous autres.
– Et si c'était sérieux pour Angela ?
– Crois-moi, dit-il, en se penchant vers ma sœur, ça ne l'était pas.
– Ça en dit long sur ta performance, dis-je en ricanant.
– À propos de baise, rétorque-t-il l'air de me défier. Tu as déjà baisé le mec pour qui tu craques ? Comment il s'appelle, déjà ?

Je secoue la tête, l'implorant silencieusement de la fermer ; je comprends que j'aie pu le mettre hors de lui avec mes bavardages. Qui sait s'il ne va pas mettre Sagan sur le tapis rien que pour se venger ?

– Tu as l'air gênée, observe-t-il. Tu es vierge, Merit ?

À vrai dire, je suis sans doute la seule personne vierge de tout le groupe, mais pas question d'en parler dans cette camionnette.

– Alors ? insiste-t-il.

– Ça suffit ! lance Sagan, d'une voix étonnamment ferme.

Luck hausse un sourcil mais ne répond pas. Je croise le regard de Sagan dans le rétroviseur. J'ignore totalement à quoi il pense en ce moment, mais ça n'a pas l'air très positif. Il détourne vite les yeux. Alors je baisse les paupières et pose le front contre le dossier du siège de Luck.

J'aurais mieux fait de ne pas venir, ce soir. C'est pour ça que je ne traîne jamais avec eux. Ça se termine toujours mal.

CHAPITRE 7

Cette journée ne dure que vingt-quatre heures, comme toutes les autres, pourtant j'ai l'impression qu'elle en compte le double.

On est rentrés de la piscine un peu après vingt-deux heures. Sagan a pris sa douche le premier, et puis ça a été le tour d'Honor. Utah est allé se laver dans sa chambre, et ils en ont pris chacun une avec Luck. Le temps que j'y arrive à mon tour, il ne restait plus d'eau chaude. Je n'ai même pas pu faire un shampoing, mais ça m'est égal. J'attendrai que tout le monde soit parti, demain.

J'ai ressorti le dessin que Sagan a fait ce matin pour l'accrocher au mur, près de mon lit. J'ai envie de le regarder tout le temps. Comme en ce moment, assise par terre contre le mur contigu à la chambre d'Honor. Ils viennent juste de commencer à se disputer, avec Sagan, et j'aimerais bien entendre ce qu'ils disent, malheureusement, je ne capte qu'un mot sur deux et encore, car les répliques de Sagan sont trop discrètes. C'est Honor qui élève la voix.

— Tu le savais quand on s'est rencontrés ! crie-t-elle.

Réponse inaudible et elle reprend :

— On dirait mon père.

Il dit autre chose, et là, elle explose :

— Pas du tout ! hurle-t-elle. Je le connaissais avant toi, alors arrête d'essayer de me culpabiliser !

Oh.

Ça ne s'annonce pas bien.

Quelques secondes plus tard, claquement de la porte de sa chambre, suivi de celle de Sagan. Et puis quelqu'un frappe à la mienne.

Je sursaute car ce doit être ma sœur et je ne tiens pas du tout à ce qu'elle me surprenne l'oreille collée contre son mur.

Je lui ouvre. Mais c'est Luck.

— Oh, salut.

— Je peux entrer ?

Je le laisse passer. Il est en pantalon de jogging bleu et chaussettes dépareillées, mais sans tee-shirt, juste une écharpe autour du cou.

— Pourquoi tu as mis une écharpe ?

— Il fait froid dans ma chambre.

— Tu n'as qu'à mettre un tee-shirt.

— Ils sont tous au sale.

Il dit ça comme si de rien n'était, s'affale en travers de mon lit, une main sous la tête.

— Tu es en pétard contre moi ? demande-t-il.

— En pétard ? Non, pourquoi ?

Je m'assieds contre mon oreiller, m'adosse à la tête de lit. Il roule sur le dos, aperçoit le dessin accroché au mur, le touche.

– Je ne suis pas le chouchou de tout le monde.
– Ah oui ? dis-je en riant. Alors on est deux.

Il trace le dessin du bout de l'index.

– Sagan l'a fait pour toi ?
– Oui.

Je ne sais pas pourquoi, mais je sens un rien de culpabilité dans ma réponse. Peut-être parce que Sagan ne devrait pas faire de dessins pour la sœur de sa petite amie. Je sais que c'était innocent de sa part, mais ma réaction ne l'était en rien. Ça n'a fait que m'attacher davantage à lui.

– Je vois pourquoi il te plaît, observe Luck, en se remettant sur le côté. Il flirte avec toi ?
– Pas du tout ! Il tient à Honor. Je suis sûre qu'il ne m'a même pas remarquée.
– Tu es aveugle, ou quoi ? Tu n'étais pas dans la voiture, tout à l'heure, quand il a pris ta défense ?
– Il ne prenait pas ma défense, il voulait juste qu'on arrête de parler de ça.
– Mais non, il s'est énervé quand j'ai demandé si tu étais vierge. Je crois bien que vos sentiments sont mutuels.

Il ne sait pas de quoi il parle. Voilà moins d'une journée qu'il vit ici.

– Il ne me défendait pas.
– Si tu le dis... Tu pourrais me prêter un haut ?
– Regarde dans mon placard.

Il se lève pesamment et va explorer mes fringues.

– Je comprends pourquoi tu es vierge. Tu n'as rien d'autre que des tee-shirts barbants ?

Je ne relève pas l'insulte :

– Sans doute pas. J'aime bien les tee-shirts.

Il s'empare d'un de mes préférés, un mauve portant l'inscription « Parle-moi de mon tee-shirt mauve », l'enfile tout en gardant son écharpe. Puis il revient s'asseoir à côté de moi.

– Je n'ai jamais dit que j'étais vierge, précisé-je.

Le menton sur l'épaule, il me dévisage d'un air ironique.

– Pas besoin. Tu te troubles chaque fois que je dis ce mot.

Je lève les yeux au ciel.

– Et alors ? Tu es un expert, peut-être ? Tu as fait l'amour avec combien de gens ?

– Quarante-deux.

– Sérieux, Luck.

– Sérieux.

– Tu as fait l'amour quarante-deux fois ?

– Non. Tu m'as demandé avec combien de gens. La réponse est quarante-deux. Mais j'ai fait l'amour trois cent trente-deux fois.

– N'importe quoi !

– Je peux te le prouver.

– Vas-y !

Il saute du lit, quitte ma chambre. Je profite de son absence pour essayer d'imaginer comment on peut avoir couché avec autant de gens, et en plus savoir combien de fois en tout.

Décidément, il m'étonne plus que jamais.

Il revient, ferme la porte derrière lui, puis il s'assied à la même place, armé d'un petit calepin usé.

– Je note tout.

Il ouvre la première page. Sur la colonne de gauche s'alignent des initiales, au centre, les lieux, à droite, les dates. Je lui arrache le calepin des mains.

Je le feuillette, en lis quelques lignes.

P. K., quartiers de l'équipage, 7 novembre 2013
A.V., pont principal, 13 novembre 2013
A.V., pont principal, 14 novembre 2013
B. N., hôtel à Cabo, 1er décembre 2013

Je continue en feuilletant l'année 2014, puis 2015 et 2016.

– Mon Dieu, Luck, tu es malade !
– Pas du tout.
– Enfin, pourquoi tu notes tout ça ?

Il hausse les épaules.

– Sais pas. J'aime bien le sexe. Je me suis dit qu'un jour je pourrais battre un record, ou peut-être que j'écrirai un livre sur mes aventures. Et puis ça m'aide à me rappeler chaque détail.

Je passe à la fin du calepin pour vérifier la dernière ligne et, bien sûr, il a déjà ajouté Angela avec la date d'aujourd'hui. Enfin, il n'a mentionné que la lettre A.

– Je ne connais pas son nom de famille, précise-t-il.

Je prends un stylo sur ma table de nuit.

– Tiens, c'est Capicci.

Il ajoute donc la lettre C.

– Merci.

Puis il dépose calepin et stylo sur le lit, pose la tête sur la tête de lit.

– Tu as été amoureux d'une ou plusieurs d'entre elles ?

– En tout cas rien de réciproque.

– Ah ! Je sais ce que ça fait.

On se tait un moment, puis il reprend :

– Merci pour le tee-shirt, Merit. Il faut que j'aille dormir, maintenant. Demain, je dois chercher du boulot.

Pour un peu, je regretterais sa compagnie.

– Attends.

Il s'immobilise, guette la suite, mais voit à mon expression que j'hésite un peu à lui demander ce que j'ai en tête. Il se rassied.

– Qu'est-ce qu'il y a ?

Je me jette à l'eau avant de changer d'avis :

– C'était comment ta première fois ?

Il se met à rire.

– Terrible. Pour elle. Pas trop pour moi.

– Elle savait que c'était ta première fois ?

— Non. On ne parlait pas la même langue. Elle s'appelait Inga. J'étais nouveau dans l'équipage. Alors j'intéressais les dames. Ça n'a pas duré plus de trente secondes.

— Oh ! C'est gênant.

— C'était comme ça. Mais la première est toujours la pire pour tout le monde. J'ai fini par m'améliorer. Et je l'ai revue deux années plus tard, alors j'ai pu me rattraper.

— Pourquoi crois-tu que les premières fois sont toujours les pires ?

— Euh… Je ne sais pas. La société attache une grande importance au dépucelage mais, à mon avis, il suffit de passer à la suite et ça va. Il vaut mieux commencer par coucher avec quelqu'un qui ne compte pas énormément pour vous, c'est moins gênant. Comme ça, le jour où on rencontre quelqu'un qui nous plaît vraiment, ça semble moins compliqué.

Tout bien réfléchi, ça tient debout. Je n'aime pas imaginer comment se déroulera ma première fois, ni avec qui, ni à quel âge. Je n'aime pas me dire que ça n'arrivera peut-être jamais et que je vieillirai sans connaître le sexe, l'amour, ni aucune liaison. Je ne suis pas comme Honor. Je ne tombe pas facilement amoureuse. Je ne sais même pas flirter. Et je ne ressemble en rien à Luck. Impossible d'imaginer ce qui a pu se passer tout à l'heure avec Angela. Je ne comprends pas comment on peut rencontrer une personne et, quelques minutes après, partager avec elle une expérience aussi intime.

C'est sans doute pour ça que je ne comprends pas, car j'assimile le sexe à l'intimité.

— D'autres questions ? demande-t-il.

— Non. Je crois que cela va suffire à m'empêcher de dormir toute la nuit.

Luck se lève en riant. Avant de sortir, il s'arrête devant mon étagère à trophées. Il en saisit un, celui du maître d'escrime.

— L'escrime ? lâche-t-il, d'un air soupçonneux.

Il le remet à sa place, lit d'autres plaques.

— Tu en as gagné un seul dans tout ça ?

— Comment ça, gagné ?

— J'ai rencontré beaucoup de gens dans ma vie, Merit. Mais pas comme toi.

— Question de famille.

Il ferme la porte alors que mon téléphone vibre sous mon oreiller. Bizarre. Ça vient de ma mère.

Si tu es encore réveillée, tu pourrais m'apporter un rasoir ? Je suis sous la douche et le mien s'est cassé.

Je lève les yeux au ciel, lance mon appareil sur le lit. Qu'a-t-elle besoin de se raser ? Nul ne fera jamais attention aux poils qu'elle peut avoir sur les jambes. Elle ne voit jamais personne.

J'attrape un rasoir dans la salle de bains et descends vers le Quartier Numéro Quatre, entre dans sa minuscule salle de bains et le lui tends à travers le rideau de la douche.

– Merci, chérie. Pendant que tu y es, tu pourrais prendre ces plats sur le réfrigérateur et les remonter ?

– Bien sûr.

Devant la porte, je trouve effectivement les plats sur le mini-frigo, impeccables, alors qu'elle n'a pas d'évier. Elle a dû les laver dans le lavabo.

Elle devrait rêver d'avoir sa propre cuisine, maintenant. Je ne comprends pas pourquoi elle vit toujours ici. Elle n'a qu'à s'installer dans la maison qu'Utah rénove. Elle pourrait s'enfermer dans sa chambre sans en sortir non plus, comme dans ce sous-sol. Il n'y a plus personne dedans depuis que les derniers locataires en sont partis, voilà six mois. Ça devient malsain, surtout pour elle.

Alors que je remonte, les plats à la main, mes yeux tombent sur une pile de médicaments sur la table près de son canapé. Je l'ai toujours vue en prendre beaucoup. Pour soigner son cancer, ses douleurs dorsales, ou ses angoisses. Je vérifie que la porte de la salle de bains est toujours bien fermée, pose les plats sur le canapé et attrape un flacon de pilules. Les antidouleurs.

Mes mains se mettent à trembler alors que j'ouvre la capsule. C'est toujours comme ça quand je descends et prends un de ses médicaments. J'ai chaque fois peur qu'elle ne me surprenne ou qu'elle ne s'aperçoive qu'il lui manque quelque chose. Mais, avec tous les ados qui vivent à Dollar Voss maintenant, il sera impossible d'accuser qui que ce soit.

Je verse quelques cachets dans ma main, les fourre dans ma poche puis remets le flacon à sa place. Je me précipite dans ma chambre, sors les médicaments et les compte. Huit. Je n'en ai jamais volé autant à la fois. Je préfère y aller doucement pour que ça ne se remarque pas. Le flacon était plus qu'à moitié plein, peut-être que ma mère ne verra rien.

J'ouvre le placard, tire la boîte planquée dans ma botte noire. J'y dissimule tous les médicaments que je vole. Honor déteste ces bottes, elle ne risque pas de les emprunter et de découvrir ma cachette.

Je n'ai jamais consommé aucun de ces médicaments. À vrai dire, je ne sais même pas pourquoi je les vole. Je n'ai aucune envie de devenir accro comme ma mère. Ce doit être par dépit. Comme le trophée que j'ai pris dans la chambre de Drew Waldrup.

Normalement, je ne suis pas voleuse. Les quelques fois où ça m'arrive, c'est juste par colère. Un jour, j'ai volé à Victoria deux blouses aux motifs de la Saint-Valentin. Je n'avais pas l'intention de les porter mais il me suffisait de savoir qu'*elle* ne pouvait pas le faire, elle. Je les ai données à une œuvre de charité et j'ai fait semblant de ne rien comprendre quand elle nous a demandé si on avait vu ses blouses roses ornées de petits cœurs.

À part le trophée de Drew Waldrup, les blouses et les cachets, je n'ai jamais rien volé d'autre. Ce n'est pas l'envie qui m'en manque. Je me demande sans arrêt ce que ça ferait si je volais le petit ami d'Honor.

Je range la botte dans mon placard et, alors que je regagne mon lit, mes pieds foulent quelque chose d'imprévu au sol. J'aperçois alors une feuille de papier. Je la ramasse, la retourne.

Je suppose que la fille c'est moi, puisque Sagan a glissé cette image sous ma porte plutôt que sous celle d'Honor. J'y figure, assise au fond d'une piscine, la taille ceinte d'une corde reliée à un parpaing flottant. Il a écrit au dos : « Besoin de respirer ».

Je m'assieds sans le quitter des yeux. Besoin de respirer ? Qu'est-ce que ça veut dire ? Pourquoi a-t-il dessiné ça ?

Sans plus y réfléchir, je traverse le couloir pour aller frapper à sa porte.

— C'est ouvert, dit-il.

Je le trouve assis dans son lit, son carnet de croquis sur les genoux. Quand il voit que c'est moi, il le plaque sur son torse. Je lui demande aussitôt :
— Qu'est-ce que ça veut dire ?

Il me dévisage un instant puis se replonge dans son carnet.
— Parfois, j'ai des idées qui me viennent, alors je les dessine.
— Tu m'as représentée en train de me noyer ! C'est pour me rassurer ?
— Ce n'est pas toi en train de te noyer.
— Alors qu'est-ce que c'est ?

Il écarte son carnet en soupirant, repousse ses couvertures et se lève. Il ne porte pas de chemise et c'est tout ce que je vois, bien qu'il se dirige vers moi. Mille pensées m'envahissent, mais plus il approche, plus elles s'emmêlent. Et puis il tend la main vers moi, prend la feuille sans me quitter des yeux.
— Je suis content que tu aimes mes dessins, Merit. Il me semblait que tu apprécierais celui-ci. Il ne signifie rien du tout.

Il le repose sur sa commode puis retourne dans son lit, récupère son carnet et reprend ce qu'il faisait. Je déglutis. Pourquoi agit-il comme si j'en faisais des tonnes ?

Je me dirige vers la porte mais retourne chercher le dessin et sors en refermant la porte un peu trop fort. Ce qui ne fait que m'embarrasser davantage.

J'accroche le dessin à côté de celui de ce matin. Ça me gêne qu'il ait fait deux portraits de moi aujourd'hui. Je préférerais qu'il m'oublie plutôt que me placer au centre de son attention artistique.

CHAPITRE 8

Ce matin, je n'ai même pas fait semblant de me préparer pour le bahut. J'ai entendu tout le monde se précipiter dans l'habituel chaos matinal des Voss, mais je suis restée au lit. Je suis juste un peu étonnée qu'Honor et Utah n'aient pas dit à mon père que je faisais l'école buissonnière depuis quinze jours. Au début, ils m'ont un peu cassé les pieds avec ça mais, quand ils se sont rendu compte que je ne les écoutais pas, ils ont arrêté. Personne n'a frappé à ma porte pour voir où j'étais. Même pas mon père.

Et si je m'en allais ? Je me demande si quiconque s'en apercevrait.

Peut-être que oui. Sauf qu'ils s'en ficheraient.

Je prends mon téléphone sous l'oreiller pour vérifier l'heure et découvre un texto de mon père, envoyé il y a une heure.

Les Cowboys ont perdu hier soir.
C'est ta faute. S'il te plaît,
ôte ses vêtements à Jésus et brûle-les
aujourd'hui, dès ton retour du lycée.

Je sais qu'il se trouve drôle, mais le fait qu'il me croie en cours efface tout mon plaisir. C'est comme si on n'avait pas de parents. On a une mère qui vit au sous-sol et un père dans son monde à lui. Personne ne sait ce qu'il se passe autour de nous.

Comme il est midi passé, je m'habille et vais à la cuisine pour manger quelque chose. Il n'y a personne, même pas Luck, dont la porte est ouverte. Il a dû aller se chercher un boulot, comme il l'a annoncé.

Je prends un sandwich puis vais chercher l'échelle au garage. Ce sera bientôt Thanksgiving, pourtant je ne suis pas vraiment d'humeur à rhabiller Jésus. Je commence néanmoins à détacher le trophée que j'avais accroché à son poignet.

Soudain, la porte du sous-sol s'ouvre. Je m'attends à voir ma mère arriver. Mais ce n'est pas elle.

C'est mon père.

Il va tranquillement chercher une bouteille d'eau à la cuisine, prend sa veste restée sur un dossier de chaise et se dirige vers la porte d'entrée, l'ouvre et s'apprête à sortir, quand il m'aperçoit enfin.

Qu'est-ce qu'il faisait au sous-sol ?

Qu'est-ce qu'il va faire avec cette bouteille ?

Pourquoi a-t-il l'air si coupable ?

Incapable de bouger, je garde le trophée de football dans une main, la casquette dans l'autre. Pétrifié, mon père ne me quitte pas des yeux. Il finit par baisser la tête, referme la porte, la rouvre.

– Merit, souffle-t-il d'une voix timide, empreinte de regret.

Je me tais mais il n'ajoute rien. Il hésite encore puis sort soudain et referme derrière lui, me laissant seule avec Jésus-Christ.

Il me faut un moment pour rassembler mes idées et descendre de l'échelle. Je vais m'asseoir sur le canapé, face à la porte du sous-sol.

Et s'il venait de faire l'amour avec ma mère ?

Et si ma mère venait de le quitter ?

Je n'arrive pas à saisir ce qu'il vient de se passer. Impossible.

Je me précipite à travers le Quartier Numéro Un, ouvre la porte menant au Quartier Numéro Quatre, dévale l'escalier et trouve ma mère en train de fermer sa robe. Son lit est défait. Elle a les cheveux décoiffés, les joues rouges.

– Tu viens de faire l'amour avec lui ?

Alors que ces paroles m'échappent, elle me dévisage d'un air aussi choqué que mon père tout à l'heure.

– Je te demande pardon ?

Je lui montre l'escalier :

– Je l'ai vu sortir d'ici. Il avait l'air mort de honte.

Ma mère s'assied sur le lit, abasourdie.

– Merit. Il y a des choses que tu es trop jeune pour comprendre.

Je pouffe de rire.

– L'âge n'a rien à voir là-dedans, maman. Sérieux, tu fais l'amour avec lui quand tu sais très bien qu'il couche avec Victoria toutes les nuits ? C'est pour ça que tu refuses de déménager ? Parce que tu crois qu'il va la quitter pour toi ?

Elle se lève, passe devant moi. Elle entre dans la salle de bains et frotte de ses doigts les traces de mascara sous ses yeux.

– C'est pour ça que tu t'habilles si bien tous les jours ? Parce que tu essaies de le récupérer ?

Elle revient vers moi.

– Je suis ta mère, tu me dois le respect.

Là, ça me fait carrément rigoler.

– Tu te prends pour une mère ?

Je n'arrive pas à la regarder en face, alors je regagne l'escalier. À mi-chemin, je redescends deux marches ; elle se trouve au pied, la tête levée vers moi.

– Tu ne t'es plus comportée comme une mère avec moi depuis que j'ai douze ans. Tu n'es une mère pour aucun d'entre nous ! Et maintenant, je sais pourquoi. Parce que tu ne t'es jamais intéressée qu'à papa !

Je remonte en courant. Elle m'appelle mais je ne reviens pas en arrière. Juste avant de claquer la porte, je crie :

– Tout ce qui te sépare de la folie, ce sont quelques chats !

Je regagne ma chambre dont je claque également la porte. Je m'affale sur mon lit et vérifie de nouveau mes textos. Il y en a deux autres. Un de papa, et un d'Honor.

Papa : Désolé que tu aies vu ça.
S'il te plaît laisse-moi te parler
avant de tirer des conclusions hâtives.

Effacé.

Honor : Tu pourrais me remplacer
demain soir ?

Oh, génial ! Un autre adultère en route. Telle mère, telle fille.

Moi : Te remplacer comment ?
Devant papa ou devant Sagan ?

Honor : Les deux. Je t'expliquerai
après, il faut que j'éteigne
mon téléphone.

Je range le mien sous mon oreiller. J'aimerais bien savoir ce qu'elle cache à Sagan mais, après leur dispute de cette nuit, je dois en conclure qu'il y a un mec dans l'histoire. Je parierais qu'un des amis virtuels de ma sœur est mourant et qu'elle veut s'occuper de lui d'une manière que Sagan risque de ne pas approuver.

Bon sang, on est vraiment une famille de malades. Pas étonnant que les gens nous détestent.

Je roule sur le côté, face au mur, et regarde les dessins de Sagan, les dessine du bout des doigts. Au bout d'un moment, j'entends frapper à la porte.

Sans me laisser le temps de dire que c'est ouvert, Luck fait son entrée, tout sourire, les cheveux teints en noir de jais.

– Devine ? lance-t-il.

– Comment veux-tu que je devine quoi que ce soit ?

Il se laisse tomber à côté de moi.

– J'ai un boulot.

Je me retourne vers le mur.

– Tant mieux. Où ça ?

– Tu te souviens où on s'est rencontrés ?

– Tu as un job dans un magasin pour animaux ?

– Non, le café, dans la même rue ; je suis serveur.

Je souris malgré moi. C'est un emploi parfait pour lui.

– Quand tu parles d'un café, tu veux dire Starbucks ?

– Oui, Starbucks.

Je ris doucement à l'idée qu'il ne connaisse pas ce nom. Mais, venant de Luck, on ne doit plus s'étonner de rien.

– C'est pour ça que tu as les cheveux noirs, maintenant ? Tu avais un entretien aujourd'hui ?

– Non, j'étais parti pour du vert mais j'ai dû laisser la teinture trop longtemps. À propos de noir, pourquoi il fait si noir, ici ? Cette lampe est une insulte à Thomas Edison.

– Je n'ai pas de fenêtre.

– Je vois ça. Mais pourquoi ?

Je reviens sur le dos.

– Mon père a divisé toutes les chambres en deux. Honor a eu la moitié avec la fenêtre.
– Pas sympa, dit-il, en se grattant le nez.
– De toute façon, je n'en voulais pas.
– Alors c'est bien tombé. Qu'est-ce que tu fais encore dans ton lit ?

Je me demande si je devrais lui raconter ce qui vient de se passer avec mes parents. Et puis non. Il faut d'abord que je discute avec mon père. J'espère que je me suis trompée, j'espère qu'il se sent plus marié avec Victoria qu'avec ma mère. Ça me permettrait au moins de croire qu'il a tiré une leçon du démantèlement de notre famille. Parce que, pour le moment, on dirait qu'il n'a rien compris. Pour lui, le sexe compte plus que ses épouses. Ou que la bonne entente de sa famille.

– C'est aussi bien qu'on le dit, de faire l'amour ? demandé-je à Luck. Pourquoi les gens prennent tant de risques pour ça ?
– Tu ne t'adresses pas à la bonne personne. Je ne crois pas y attacher autant d'importance que la plupart des gens.
– J'espère bien que moi non plus.

Je ne voudrais pas que, toute ma vie, toutes mes décisions en dépendent. J'ai l'impression que c'est ce qui se passe avec mon père. Avec Victoria. Avec ma mère. Je voudrais n'accorder qu'une toute petite place au sexe, qu'il n'ait aucun contrôle sur moi. En fait, ce serait sympa si je pouvais m'en débarrasser.

Je me retourne sur le côté, pose la tête sur ma main.
– Luck ?
Il me jette un regard anxieux.
– Quoi ?
Je déglutis nerveusement.
– Tu ne crois pas qu'on… pourrait…

Il se met à rire mais pas moi. Je suis très sérieuse, bien que je ne sache pas comment aller au bout de ma demande. Quand il voit que je ne souris pas, il se hisse sur les coudes.
– Non. Je suis ton oncle.
– Bel-oncle.
– Pas mieux.
– Par alliance.
– Tu ne me connais même pas.
– Mieux que tu ne connaissais Angela, et ça ne t'a pas empêché de coucher avec elle.

Il fronce les sourcils.
– Tu es vierge, Merit. Je ne coucherai pas avec toi.

Il retombe sur le dos, l'air de dire que l'affaire est entendue. Mais je ne lâche pas prise :
– Tu as dit toi-même que la société attachait trop d'importance au dépucelage. Je veux juste m'en débarrasser. De toute façon, le sexe ce n'est rien pour toi.

Il se tait un moment, avant de lâcher :
– Pourquoi ? Pourquoi moi ? Pourquoi maintenant ?
Je hausse les épaules.

– Je ne suis pas la chouchoute de tout le monde, dis-je, en répétant ce qu'il m'a confié sur lui-même hier. Je n'ai jamais eu l'occasion de m'en débarrasser jusqu'à maintenant.

Il me contemple intensément, pesant visiblement le pour et le contre. Je ne sais pas si c'est parce qu'il veut m'aider ou juste parce que c'est un mec et que la plupart des mecs profiteraient de l'occasion sans se poser de questions.

– Tu ne m'aimes pas beaucoup, hein ? demande-t-il.

– Comment ça ?

– Tu me trouves attirant ?

Je me demande si ça servirait à quelque chose de mentir et, finalement, je préfère lui dire la vérité. Je ne voudrais pas qu'il pense me plaire alors que ce n'est pas le cas. Même si ça pourrait arranger mes affaires, en l'occurrence.

– Non. Pas vraiment. Je veux dire, je te trouve beau gosse. Mais je mentirais si je disais que tu m'attires.

– Merit, il vaudrait mieux que tu sois sûre de toi. Parce que, à mes yeux, le sexe n'est jamais que le sexe et que ça ne signifierait rien pour moi.

– Je ne veux pas que ça ait de l'importance pour toi. Voilà tout.

– Donc tu n'y vois qu'un moyen de parvenir à tes fins ?

– Oui, la fin de ma virginité.

Il me dévisage attentivement, comme s'il guettait un changement d'avis, mais, comme je ne bouge pas, il soupire :

— D'accord. Je vais chercher un préservatif.

Il sort du lit et je retombe sur le dos.

Il a prononcé *préservatif* avec un accent... dire que c'est tout l'effet que ça me fait, alors que je viens de demander à un type de me faire l'amour. Un type qui ne m'attire même pas.

Je n'y crois pas.

J'y tiens vraiment ?

Oui. Je veux que ça soit fait. Qu'on crève l'abcès. Je ne veux plus y attacher d'importance. Je veux que ce ne soit qu'un incident de parcours dans ma vie. Enfin l'exact opposé de ce qui se passe avec mes parents.

En revenant, Luck ferme la porte à clef.

— Ça t'ennuie, si j'éteins la lampe ?

— En fait, je préférerais.

Après quoi, il grimpe dans le lit, et on commence à se déshabiller sous les couvertures.

— Tu es sûre, Merit ?

— Oui, dis-je, en essayant d'ôter mon jean.

Les battements de mon cœur s'accélèrent et ma conscience essaie d'abattre le mur que j'ai dressé, pourtant je continue et, une fois qu'on est tous les deux nus, Luck se rapproche de moi.

— Ça risque de faire mal, me prévient-il.

Je ne sais pas pourquoi mais ce commentaire me fait rire.

– Sérieux, insiste-t-il, en posant une main sur ma hanche.
– C'est bon. Je ne m'attends pas au paradis non plus.
– Tu veux que je t'embrasse ?

Je réfléchis un instant à la question, je ne suis pas sûre d'en avoir envie. Bizarre ? Oui. C'est l'instant le plus bizarre de ma vie. Je finis par répondre :
– À toi de voir.

Sa main remonte vers ma taille mais ce n'est que lorsqu'il atteint ma poitrine que je prends conscience de ce qui va se passer. J'essaie de ne pas en ressentir trop le poids.

C'est que du sexe.

Je peux bien faire ça.

Presque tous les adultes au monde l'ont fait.

Je peux bien faire ça.

Il m'installe doucement sur le dos puis attrape le préservatif. Alors qu'il l'enfile, je me dis que j'ai encore la possibilité de changer d'avis. Mais non. Alors Luck s'installe sur moi, s'appuyant encore sur ses deux bras, de chaque côté de ma tête. Il repousse mes cheveux d'un geste assez doux puis passe la main entre nous, m'écarte les jambes.

Je ferme les yeux. Il pose le front sur l'oreiller, à côté de ma tête.
– Tu es sûre ?
– Oui.

Je garde les yeux clos en essayant de ne pas m'arrêter sur l'idée que j'ai pris une décision aussi soudaine. Pourtant, je n'arrive pas à croire aux conséquences négatives qui pourraient en découler. Je n'aurai plus à m'inquiéter de perdre ma virginité et Luck pourra ajouter une ligne à son bouquin.

– Dernière chance de changer d'avis, Merit.
– En général, ça dure combien de temps ?
Il rit à mon oreille.
– Tu en as déjà assez ?
– Non, je…
Mieux vaut me taire, je ne fais que compliquer les choses.

Alors que je commence à me réjouir de ne plus être vierge, l'écran de mon téléphone s'illumine.
– Il y a quelqu'un qui t'appelle, dit Luck.
J'essaie de l'attraper puis de l'éteindre, en vain. Luck m'observe avec attention, fait la grimace puis s'écarte de moi, retombe sur le dos.
– Je n'y arrive pas.
– Sérieux ? dis-je. À deux secondes près ?
– Désolé. C'est juste… quand ton téléphone s'est allumé… tu as fait une tête qui m'a rappelé Moby.
Je grince des dents.
– Il vous ressemble assez, à Honor et à toi. Ça me perturbe.
Je remonte les couvertures sur ma poitrine.
– C'est dégoûtant.
Il ne le conteste pas mais demande seulement :
– Ça va ?

– Ouais.

Ma voix n'a pas l'air de le rassurer. Il allume la lampe et s'assied. Je me détourne alors qu'il enlève le préservatif puis enfile son pantalon.

– Tu ne m'en veux pas trop, j'espère ?

Je suppose que je peux de nouveau tourner la tête vers lui. Il tient sa chemise, l'air navré.

– Non, dis-je, sur le ton de la plaisanterie. Je finirai bien par trouver quelqu'un d'autre.

– Je ne sais pas qui, mais je te promets que ce sera mieux que ce qui aurait pu se passer.

– Ha, ha ! Je ne vois pas comment ça pourrait être pire.

Il me fait un doigt d'honneur.

– En général je m'en tire très bien et j'obtiens d'excellents commentaires. Tu n'es qu'une rare exception.

Ce qui me plaît, c'est qu'il ait encore l'air de plaisanter. On vient de se taper l'une des pires expériences possibles entre deux personnes et, apparemment, ça ne changera rien entre nous.

Il ouvre la porte à l'instant même où Sagan passe devant la chambre ; il s'arrête net.

On n'échange qu'un bref regard mais ça me fait plus d'effet que tout ce que j'ai pu ressentir au cours de ce dernier quart d'heure avec Luck. Il nous examine, l'un après l'autre, tandis que Luck sort en hâte et referme derrière lui ; pas assez vite, cependant, pour m'épargner le moment le plus horrible de toute cette journée.

Je remonte les couvertures sur ma tête en essayant de gommer ces dix secondes. Je ne voulais pas que quiconque apprenne ce qui vient de se passer entre Luck et moi, à commencer par Sagan.

J'en pleure de tristesse, j'étouffe de chagrin.
– J'ai besoin d'air, murmuré-je.

***

Voilà plusieurs heures que j'ai failli perdre ma virginité. Je reste la même et j'ai l'impression que je ne ressentirais rien d'autre si mon hymen n'était plus intact. Je ne me sentirais ni plus sexy, ni plus charnelle, ni plus miraculeusement sûre de moi. En fait, je suis un peu... déçue. Pourquoi les gens prennent-ils tant de risques pour le sexe ?

Jusqu'à présent, ça m'a juste couverte d'humiliation. Je suis tellement gênée à l'idée de croiser Sagan que je n'ai plus quitté ma chambre depuis qu'il est passé devant. J'espère qu'il ne s'est pas imaginé le pire, mais Luck est sorti de chez moi torse nu, Sagan m'a vue au lit, la couverture me cachant juste assez pour qu'il reste évident que je ne portais pas de vêtements.

Je ne suis pas gênée qu'il ait failli me surprendre en train de faire l'amour avec quelqu'un. Peu importe à Sagan que je sorte avec quelqu'un d'autre puisqu'il est le petit ami de ma sœur.

Je suis gênée parce que c'était Luck. On a des liens familiaux. C'est ennuyeux. Et maintenant, j'ai dû considérablement baisser dans son estime.

Luck est passé me voir à l'heure du dîner en me demandant si je voulais manger quelque chose. Il se croyait responsable de ma réaction mais je lui ai dit qu'il n'y était pour rien. À vrai dire, je ne regrette pas, juste que Sagan soit au courant.

Malgré mon embarras, je doute que mes sentiments approchent d'une once ce que peut ressentir mon père. Il sait que je sais qu'il couche toujours avec maman. Il doit être terrifié à l'idée que j'aille le dire à Victoria, ou à quiconque dans la famille. Il est si mortifié qu'il n'est pas encore venu m'en parler dans ma chambre.

Tout ce que j'ai entendu de sa part, aujourd'hui, se trouvait dans un texto stupide : « Désolé que tu aies vu ça. S'il te plaît laisse-moi te parler avant de tirer des conclusions hâtives. » Autrement dit, il aimerait pouvoir me faire jurer le secret avant que quelqu'un d'autre ne s'aperçoive de ce qui se passe réellement ici.

Il y a tellement de secrets, dans cette maison. Et pourtant, celui que j'aurais dû révéler depuis des années reste bloqué au fond de moi.

Voilà un moment que je n'entends plus un bruit dans la maison. Tout le monde doit être couché, maintenant. Et moi, non seulement je meurs de faim, mais je suis prête à parier que personne n'a rien donné à Wolfgang, aujourd'hui. Je me rends dans la cuisine prendre un plat congelé que je mets au micro-ondes puis j'attrape un récipient sous l'évier, pour le remplir de croquettes.

Je suis en train de le rincer lorsque mon père a enfin le culot de venir mettre les choses au point. J'ai entendu s'ouvrir la porte de leur chambre alors que je refermais le micro-ondes. Puis j'ai perçu ses pas dans la cuisine quand je me penchais pour attraper le récipient. Je l'ai senti hésiter devant le comptoir alors que je commençais à faire couler l'eau.

À présent, il se tient devant la porte de derrière.

– Il faut que je nourrisse Wolfgang, dis-je, d'un ton résolu.

Comme si je ne voulais pas entendre parler d'autre chose, particulièrement rien qui tourne autour de son infidélité.

– Merit, implore-t-il. Je voudrais qu'on en parle.

Je le contourne pour attraper le sac de croquettes.

– Tu crois ? dis-je, en le retournant vers le récipient. Tu veux vraiment qu'on discute de ça, papa ? Tu vas enfin m'expliquer pourquoi tu t'es mis à tromper maman quand elle avait le plus besoin de toi ? Tu vas enfin m'expliquer pourquoi tu as choisi Victoria contre le reste de la famille ? Tu vas enfin m'expliquer pourquoi tu faisais l'amour au sous-sol avec maman alors que tout le monde te croyait au travail ?

Il s'approche vivement de moi.

– Chut ! Je t'en prie !

Il a l'air paniqué, comme si Victoria pouvait entendre cette conversation. Ça me fait rire. S'il n'a pas envie de se faire surprendre, pourquoi fait-il des choses qu'il tient à cacher aux autres ?

— Ah oui ! dis-je. Tu ne veux pas m'expliquer pourquoi tu es un mari aussi nul. Tu veux juste que je te promette de ne pas en parler.

— Merit, c'est injuste !

Injuste ? Parce qu'il va me parler justice, maintenant ? Je n'éprouvais déjà pas beaucoup de respect pour lui depuis plusieurs années, mais aujourd'hui, il ne m'en reste plus rien.

— Crois-moi, papa, je n'en parlerai à personne. La dernière chose dont cette famille ait besoin c'est une autre raison de te détester.

Le micro-ondes s'arrête. Comme mon père se tourne dans cette direction, j'en profite pour sortir par la porte de derrière. Heureusement, il ne me suit pas. Je traverse le jardin pour me rendre à la niche. Wolfgang est toujours là, allongé par terre, les yeux levés vers moi. Il n'a pas l'air de vouloir manger. Est-ce que les chiens peuvent souffrir de dépression ? Je me demande si une dose de Xanax humain aurait de l'effet sur lui. Si oui, je pourrais lui en donner un peu, pris sur les réserves de ma mère.

Je m'assieds près de lui et il rampe vers moi ; il pose la tête sur mes genoux et me lèche la main. C'est bien ce qu'on a fait de plus gentil pour moi, aujourd'hui. Au moins, il m'apprécie.

– Tu n'es pas si méchant, tu sais ? dis-je, en le caressant entre les oreilles.

Il remue un peu la queue, ou plutôt l'agite d'un mouvement convulsif, comme s'il avait été trop malheureux, ces derniers temps, pour savoir encore comment faire.

– Attends, je vais te donner de l'eau.

J'attrape son bol vide, me dirige vers la maison et ouvre le robinet d'arrosage. Je ne peux m'empêcher de jeter un regard du côté de la chambre de Sagan. Une lumière apparaît derrière la fenêtre ; il doit être en train de dessiner. Je me demande quoi. Sans doute une image morbide de moi en train de perdre ma virginité.

Le bol déborde et l'eau me coule sur les pieds.

– Merde !

Je recule en lâchant le tuyau.

– Merit ?

Je me retourne mais il n'y a personne derrière moi.

– Par ici.

C'est la voix de Sagan, depuis sa fenêtre. Il a ouvert ses rideaux et se tient les bras croisés sur le rebord.

– Qu'est-ce que tu fais ?

Je me dépêche d'aller couper l'eau.

– Je donne à manger à Wolfgang.

J'ai la main qui tremble et ne remarque pas le fil métallique qui accroche le tuyau au robinet, si bien que je me coupe.

– Aïe !

Je recule d'un bond, le poignet en sang.

– Ça va ? lance Sagan, en se penchant.

– Oui, c'est une coupure superficielle.

– Je t'apporte un pansement.

Son rideau retombe et je l'entends traverser sa chambre.

Merde. Le voilà qui vient.

J'inspire en fermant les yeux. Il faut que je trouve le moyen de ne pas paraître morte de honte. J'espère qu'il ne va pas parler de ce qu'il a vu. Il y a des chances que non, ça ne le regarde pas.

J'essuie mon poignet contre mon tee-shirt puis apporte le bol à Wolfgang avant de m'asseoir par terre. Là, j'entends s'ouvrir la porte du fond. Il fait nuit, mais avec la pleine lune, il sera difficile d'échapper au regard de Sagan.

Wolfgang lève la tête et se met à gronder en le voyant s'approcher. Je lui caresse la nuque.

– C'est bon, mon gars.

Ce geste le rassure et il repose la tête sur mes genoux en soupirant.

Quand Sagan arrive, il s'accroupit et me tend le pansement. J'ôte moi-même les protections puis le colle sur ma plaie. Il ne fallait pas que ce soit lui qui le fasse, il aurait tout de suite remarqué combien mes mains tremblaient.

– Alors voilà le terrible Wolfgang ? demande-t-il, en tendant le bras vers lui.

Le chien se laisse caresser et finalement la paume de Sagan se promène au-dessus de mes genoux. J'étouffe.

– Quel beau chien ! dit Sagan, en s'asseyant.

Il se trouve si près de moi que nos genoux se touchent. Ce contact ne fait qu'empirer les choses. J'essaie de reprendre mon souffle tandis que Sagan repose la main sur la tête de Wolfgang.

– Il est toujours aussi doux ?

– Je ne le connaissais pas comme ça. Je crois qu'il déprime.

– Quel âge a-t-il ?

Je repense à l'époque où la guerre a commencé entre mon père et le pasteur Brian. Je devais avoir huit ou neuf ans.

– Je crois qu'il n'a pas loin de dix ans.

– Il ne lui reste sans doute pas longtemps à vivre, souffle Sagan.

– Comment ça ? Les chiens vivent beaucoup plus de dix ans, quand même !

– Certaines races, oui. Mais les labradors dépassent rarement douze ans.

– Bon, mais là il n'est pas mourant, juste en deuil.

Sagan lui tâte le ventre.

– Tiens, viens là.

Il m'attrape la main et la passe au même endroit.

– Il a l'estomac gonflé. Parfois c'est un signe de mort imminente. Et avec son tempérament léthargique…

Une subite boule dans la gorge me fait éternuer. Je me couvre vite la bouche tandis que mes yeux s'emplissent de larmes. Pourquoi suis-je triste ? J'ai passé toute ma vie à détester ce chien. Qu'est-ce que ça pourrait me faire, s'il mourait ?

— Demain, j'appelle un véto, continue Sagan. Ça vaudrait la peine de le faire examiner.

— Tu crois qu'il souffre ?

J'ai demandé ça d'une voix complètement cassée, en essuyant discrètement une larme sur ma joue. Enfin, pour la discrétion, il faudra repasser : Sagan me dévisage avec une attention non feinte. Il finit par sourire :

— Regardez-moi ça, commente-t-il. Merit a du cœur.

Je lève les yeux au ciel puis me remets à caresser Wolfgang, des deux mains, cette fois.

— Tu croyais que je n'en avais pas ?

— À vrai dire, tu as l'air plutôt... gonflée.

Je ne m'attendais pas à cette franchise. Ça me fait rire.

— C'est ta façon de me traiter de garce ?

— Je n'ai jamais dit ça !

Certes, mais ça ne l'empêche pas de le penser. Il n'est pas du genre à brailler tout ce qu'il a dans la tête. C'est peut-être dû à son éducation. À moins qu'on n'ait affaire à un saint. Ou à un ange envoyé sur Terre pour tester mes valeurs morales.

Wolfgang se blottit contre moi. Je jette un regard vers Sagan mais, voyant qu'il a les yeux fixés sur moi, je me détourne aussitôt. De nouveau, je cherche ce que je pourrais lui dire de désagréable :

– Tu es allergique à quoi ?

– À rien, dit-il, l'air interloqué. Pourquoi ? Tu poses de drôles de questions.

– Hier soir, dans la fourgonnette, tu as dit avoir eu une réaction allergique à un truc que tu avais mangé, et que tu avais rencontré Honor à l'hôpital.

Le sourire aux lèvres, il remue un peu la tête.

– Ah, ça ! En fait je mentais. Pour Honor.

Mais bien sûr ! Voilà ce que font les bons petits amis pour leurs gentilles petites amies.

– Il est où le mensonge ? Sur ta réaction allergique ou sur le fait que tu n'es allergique à rien ?

Il arrache une poignée d'herbes qu'il frotte entre ses doigts.

– J'ai rencontré ta sœur grâce à un ami à qui je rendais visite à l'hôpital. Et elle aussi.

J'attends la suite mais, comme toujours, il s'en tient aux titres sans développer. En tout cas, je comprends qu'il a menti sur les raisons de sa présence à l'hôpital. Il ne veut pas qu'on sache qu'il a rencontré Honor grâce à un ami mourant, laissant ainsi entendre qu'ils fréquentent la même fille. Dans le genre coup tordu...

En tout cas, ça peut expliquer leur dispute dans la chambre d'Honor. Et pourquoi elle veut lui cacher qu'elle continue à voir l'ami en question.

Je ne sais pas pourquoi, mais ça me convient. Savoir qu'elle les voit tous les deux et que lui la voit tout en flirtant plus ou moins avec moi... ça me donne le plus beau rôle de nous trois, du moins avant que ça ne devienne le pire.

– Qu'est-ce qui s'est passé entre Honor et toi ? demande-t-il. On sent un brin d'animosité entre vous.

– Juste un brin ? dis-je en riant.

– Ça a toujours été le cas ?

Je perds mon sourire ; je regarde Wolfgang.

– Non. On a été très proches.

Je repense à toutes les fois où on refusait de dormir si ce n'était pas dans la même chambre, à toutes les fois où on échangeait nos vêtements en essayant de tromper notre père, à toutes les fois où on se répétait qu'on avait de la chance d'être jumelles.

– Tu as des frères ou des sœurs ?

Un bref instant, il fronce les sourcils, mais il se reprend vite.

– Oui, une petite sœur.

– Quel âge a-t-elle ?

– Sept ans.

Son expression stoïque me donne l'impression qu'elle lui manque et qu'il n'a pas envie de parler d'elle.

– Tu la vois souvent ?

Ce doit être le point sensible avec sa famille, car il se contente d'inhaler avant de s'accouder au sol.

– En fait, je ne l'ai jamais vue.

Oh. Il doit y avoir quelque chose de grave, là, d'autant que je perçois la tristesse dans sa voix. Il se penche de nouveau, se remet à caresser Wolfgang, comme si le sujet était clos. Apparemment, il ne veut pas plonger davantage dans ce sujet sur sa famille, ce qui me déçoit car j'aimerais qu'il se sente libre de me parler, et ce n'est évidemment pas le cas. Je me demande si Honor a ce genre de conversation avec lui.

Le poids de son nom s'abat sur moi.

– Tu n'as jamais eu envie d'avoir une autre famille, demandé-je. Avec qui tu pourrais communiquer ?

– Tu n'as pas idée.

– J'aimerais tellement avoir ce genre de relation avec Honor et Utah. On n'est pas proches du tout et, malheureusement, quand on ira à l'université, ça risque d'être encore pire. La seule raison pour laquelle on se parle, c'est parce qu'on vit ensemble.

– Il n'est pas trop tard pour changer ça, tu sais.

J'essaie de sourire malgré moi mais je n'ai pas assez de force pour avoir l'air d'accord. Ma famille ne changera jamais.

– Je ne sais pas, Sagan. Il y a beaucoup de casseroles entre nous. Je sais que, parfois, on se dit qu'on a de la chance de vivre en famille, mais d'autres fois…

J'essaie de cacher la larme inattendue qui me coule sur la joue.

— D'autres fois, on se sent coincé parmi des gens qui commettent erreur sur erreur et ne s'excusent jamais.

Une fois certaine d'avoir séché cette larme, je regarde Sagan. Il me fixe d'un air compatissant et, quelque part, ça me réconforte. Sans doute parce qu'il écoute sans juger. Il hoche légèrement la tête, comme s'il comprenait ce que j'essaie d'exprimer, puis il hausse les épaules.

— Toutes les erreurs n'entraînent pas forcément de conséquences. Parfois, elles n'invitent qu'au pardon.

Là, il faut que je me détourne encore car ce commentaire vient de me frapper comme un coup de poing. J'aimerais pouvoir appliquer ce commentaire à ma famille mais je ne suis pas certaine d'être capable d'un tel pardon.

Sagan replie son genou pour y appuyer sa tête, le regard dans le vague.

— Merit ?

Je ferme les yeux. Là, j'ai bien senti qu'il allait me poser une question à laquelle je ne voudrais pas répondre. Je marmonne :

— Quoi ?

Mon cœur se gonfle lorsque je rouvre les paupières.

— Qu'est-ce qui s'est passé aujourd'hui ? Dans ta chambre ?

Je détourne instantanément les yeux. Non ! Qu'il ne se mette pas à parler de ce qu'il a vu du couloir !

– Toi et Luck, vous...

Exactement ce que je redoutais.

– Tu as baisé avec lui ?

Je suis choquée qu'il me demande ça tout de go. J'ouvre la bouche, la referme, incapable de répondre. En même temps, je suis assez en colère. En quoi est-ce que ça le regarde ? Il baise bien avec la petite amie de son ami mourant. Ça ne le regarde pas avec qui je baise ou non.

Je lève les yeux au ciel avant de me relever.

– C'est quoi, cette question déplacée ? Surtout venant de ta part.

Il a l'air un peu gêné de l'avoir posée mais ne s'excuse pas pour autant. Il m'observe silencieusement tandis que je repars vers la maison. Je vais droit dans ma chambre et ferme la porte. Là, je me rappelle que mon plat est resté au micro-ondes.

– Génial !

Aucune envie de sortir d'ici maintenant. Je n'aime pas avoir faim, ça me fiche en pétard et, comme je suis déjà énervée, ça peut devenir grave. Et maintenant que j'ai récupéré mon téléphone, je me rends compte que j'ai un milliard de textos d'Honor qui m'attendent. Je m'affale sur le lit et commence à lire :

Honor : Bon, alors, demain soir, je vais
rendre visite à mon ami, Colby. Il faut
que j'aille à Dallas, alors je ne serai
pas rentrée avant le milieu de la nuit.

Honor : J'ai promis ce matin à Sagan
de ne pas y aller, il ne faut pas
qu'il sache.

Honor : Ni papa. Il serait en colère
s'il savait.

Ça m'ennuie qu'elle croie que chacune de ses phrases doit constituer un texto différent. Elle ne peut pas m'écrire un paragraphe entier ?

Honor : Sagan travaille jusqu'à vingt-
deux heures, demain soir. Je vais
lui envoyer un message vers vingt
et une heures pour lui dire
que je suis fatiguée et que je vais
me coucher. Comme ça, pas
de problème.

Honor : Mais papa pourrait
s'apercevoir que je ne suis pas là,
alors tu lui diras que je ne me sentais
pas bien. S'il veut me voir, dis-lui
que tu viens de passer et que je dors.

Honor : Je fermerai ma porte à clef
pour que personne ne puisse entrer
et constater que je ne suis pas là.

Honor : Tu as reçu ces textos ?

Honor : Merit ?

Honor : Tu pourrais confirmer
que tu veux bien m'aider, cette fois ?
Je te revaudrai ça.

Là, j'éclate de rire. Comme si ce genre de service pouvait mériter une fleur.

Merit : Compris.

Honor : Merci !

Merit : Une question, quand même.
Pourquoi tu fais ça à Sagan ?

Honor : Tu pourrais t'abstenir de juger,
au moins une fois dans ta vie ?

Merit : D'accord. Je ne jugerai plus
tes indiscrétions jusqu'à après-demain.

Honor : Merci.

Je range mon téléphone, éteins, et je me retrouve dans le noir absolu. Sans fenêtre, sans lumière en dehors de la chambre, je ne vois strictement rien. C'est mon premier moment de paix depuis le début de la journée.

Je me demande si ça ne ressemble pas à la mort. À… rien du tout.

CHAPITRE 9

— Avant d'aller te coucher, me dit mon père, tu devais aller voir si Honor ne veut pas manger quelque chose.

Honor. La sœur malade, retenue dans sa chambre toute la nuit. La pauvre.

— Je lui ai apporté à manger tout à l'heure, dis-je effrontément.

Je soulève la bonde et laisse couler l'eau. C'était le soir d'Honor pour la vaisselle mais comme elle n'est pas là… Encore un service qu'elle me devra.

— Elle a pris un médicament ? demande mon père.

— Oui, je lui en ai donné tout à l'heure. Juste après qu'elle a tout vomi dans la salle de bains.

Tant qu'à mentir, autant y aller à fond.

— Ne t'inquiète pas, après j'ai passé une demi-heure à tout nettoyer. Il y avait du vomi partout. J'ai même lavé les serviettes.

Mon père gobe tout.

— C'est sympa de ta part.

– C'est à ça que servent les sœurs.

Je ferais mieux d'arrêter là. Ça va finir par se voir.

– J'espère que ce n'est pas contagieux, remarque Victoria. Il ne manquerait plus que j'attrape un virus. On a un contrôle de l'État la semaine prochaine.

Contente de constater qu'elle se fait un tel souci pour ma sœur malade.

– Bonne nuit, Merit, dit mon père.

Il me regarde d'un air incertain. Il doit avoir peur que je ne révèle son terrible secret. Je lui souris.

– Bonne nuit, papa. Je t'aime.

Il ne me rend pas mon sourire. Il sait que je joue la comédie, que je suis juste gonflée, comme dirait Sagan.

J'éteins toutes les lumières de la cuisine et vais prendre ma douche. Juste avant d'y entrer, je reçois un texto :

Honor : Quelqu'un se doute
de quelque chose ?

Merit : Non. Ils sont tous couchés.

Honor : Ouf ! D'accord. Je viens
d'écrire à Sagan pour qu'il sache
que je vais dormir. Merci.
Je te revaudrai ça.

Merit : Plutôt deux fois qu'une. C'était
ton soir de vaisselle.
Tu vois ce que je veux dire ?

Honor : Je te remplacerai pendant un mois après ça.

Merit : J'enregistre ce texto.

Je passe toute la douche à me rejouer la conversation avec Sagan. Je n'arrive toujours pas à croire qu'il ait eu le culot de m'interroger sur Luck. À moins que je ne confonde culot et courage. N'empêche qu'il n'avait pas à dire ça. Il sort avec ma sœur. Pas avec moi. Il ferait mieux de se demander avec qui *elle* couche.

En sortant de la douche, je me laisse reprendre par l'émotion de la nuit passée. Je crois que je suis furax parce que ça me plaisait que Sagan soit un peu jaloux en m'interrogeant sur Luck. Et je n'ai pas envie de ressentir ça. Je ne veux pas qu'un mec creuse un fossé encore plus grand entre Honor et moi, même si elle est partie faire Dieu sait quoi en ce moment.

Il est presque l'heure du retour de Sagan et, si je ne me cache pas dans ma chambre, je vais être obligée de lui mentir. Il m'interrogera sur Honor, sur son état, il voudra savoir si elle a mangé. Il pourrait même vouloir la voir, et je serai obligée de lui dire que ça va.

Ce n'est pas très sympa envers lui. Je sais qu'il n'est pas vraiment innocent dans toute cette histoire mais, au moins, il se montre loyal envers Honor. Alors qu'elle se trouve auprès de son ami mourant, Colby.

Elle est comme mon père. Et comme notre mère.

Je me dirige vers la buanderie pour sortir mon pyjama du sèche-linge. Je fouille dans le tas encore tiède, trouve également la chemise d'Honor. Je les prends tous les deux, les compare.

Voilà pourquoi elle est la plus jolie jumelle. Qu'on soit identiques ou non. Elle porte des chemises, des maillots de bain plus sexy. Sans parler de ses cheveux. Elle les natte presque tous les soirs en sortant de la douche pour qu'ils paraissent ondulés le lendemain matin. Moi, je m'en fiche. À mon avis, ça ne fait pas une telle différence. En tout cas, c'est ce que je me dis. Ça lui fait une plus belle coiffure, tandis que je porte constamment un chignon tout simple, alors ça ne change rien que je les tresse ou pas la nuit.

Je regarde de nouveau sa chemise. Je me demande ce que ça ferait si je m'habillais comme elle. Mon pyjama n'est qu'un ensemble désassorti composé d'un short et d'un tee-shirt de coton. Alors qu'elle porte des chemises en soie noire, pas suggestives du tout mais quand même sexy. On dort mieux quand on se sent sexy ?

Elle n'est pas ici pour se rendre compte que je vais tester cette théorie.

Je m'assure que la porte de la buanderie est bien fermée, puis je laisse tomber mon peignoir et enfile la chemise d'Honor. Je regarde mon reflet dans la vitre. Je ne me sens toujours pas aussi belle qu'elle.

J'ôte la serviette sur mes cheveux, les coiffe avec mes doigts jusqu'à ce que je puisse les nouer en une natte que je repose ensuite sur mon épaule. Je n'ai pas d'élastique mais il y en a dans la salle de bains. Comme Honor n'est pas là, je n'aurai pas l'impression de copier sur elle si je dors les cheveux tressés, cette nuit.

J'éteins la lumière de la buanderie et me dirige vers la salle de bains.

– Ça va mieux ?

Je me fige. Sagan vient de fermer la porte d'entrée. Toutes les lumières sont éteintes à part celles des appareils électroniques de la cuisine.

Merde.

Il me prend pour Honor.

Je ne peux pas le détromper. Comment lui expliquer que j'ai mis sa chemise et tressé mes cheveux comme elle ? C'est trop gênant. Pourquoi tout est-il toujours si gênant, avec lui ?

– Oui, dis-je, en baissant ma voix d'un ton pour imiter celle d'Honor.

Je traverse le couloir mais m'arrête en songeant au pétrin dans lequel je viens de me fourrer. Je ne peux pas entrer dans ma chambre sans que Sagan se demande aussitôt pourquoi Honor irait là. Je ne peux pas non plus entrer dans celle d'Honor puisqu'elle l'a verrouillée et a emporté la clef.

– David s'est fait virer du studio, ce soir, annonce Sagan.

Je ne sais pas qui est ce David ; je reste là, en état de choc, à le regarder retirer sa veste.

– Il serait temps.

– Quoi ? s'esclaffe-t-il, l'air surpris.

Ah… ainsi le renvoi de David est une mauvaise nouvelle. Je ne sais même pas où travaille Sagan. Ça va mal se terminer.

– Ce n'est pas ça, dis-je. Mais tu devais t'y attendre.

J'espère que oui.

– Je sais qu'il l'a bien cherché, reconnaît Sagan. Il ne vient pas assez souvent. Mais, n'empêche. Ça m'embête pour lui. Il a quatre enfants.

Il se dirige vers le réfrigérateur, ouvre la porte, illuminant les alentours, y compris moi. Je crains qu'il ne remarque aussitôt une différence avec Honor, alors je m'éloigne de la lumière, en direction du canapé. Sagan me suit, s'assied à côté de moi et pose les pieds sur la table basse. Il attrape la télécommande tandis que je plie mes jambes sous moi en essayant de ne pas l'effleurer. Et s'il tente de m'embrasser ? Comment vais-je me sortir de là ?

Je pourrais prétendre que j'ai envie de vomir. Je courrais m'enfermer dans les toilettes. Mais il me suivrait et, tel que je le connais, il m'attendrait dehors jusqu'à ce que j'aie fini.

Il allume la télé et la lumière éclaire encore plus fort que la porte du réfrigérateur. Je me recroqueville davantage sur moi. Je sens mes paumes devenir moites. Et, comme si ça ne suffisait pas, voilà qu'il me touche, me passe une main sur les cheveux, me range une mèche derrière l'oreille. Je vais manquer d'oxygène.

– Ça va ?

Je déglutis, la bouche trop sèche pour répondre.

– Honor.

Il voudrait que je me tourne vers lui. Mon Dieu, il veut que je le regarde dans les yeux ! En tant qu'Honor. Il faut que je lui dise… vite. Je lui fais face, prête à expliquer ce qui vient de se passer depuis cinq minutes, mais son expression m'en empêche. Il me contemple comme il contemplerait Honor. Sauf que c'est moi, là, pas elle. Et ces yeux qui me fixent comme si je représentais l'univers entier.

– Tu m'en veux encore ?

Je fais non de la tête. C'est vrai. Je ne lui en veux pas, sauf que j'ignore si c'est ou non le cas d'Honor.

Il me serre la main.

– Tu sais ce que je pense de tout ça. Mais je ne veux pas te dire quoi faire.

Honor est horrible. C'est vraiment quelqu'un d'horrible. Elle lui ment, le trompe… J'ai tellement envie de le prévenir. Mais, si on considère qu'il ment à son ami, ça justifie plutôt l'attitude d'Honor. Et, quelque part, ma loyauté lui revient, à elle. Je crois. Je ne sais pas. Je suis paumée.

Je ferme les yeux, de plus en plus incapable de réagir. Il est trop près de moi, je me demande s'il a toujours ce parfum de menthe fraîche. Je donnerais n'importe quoi pour le goûter de nouveau.

Elle ne le saura pas.

Elle n'est même pas là.

Et puis si ça se produisait, ce serait sa faute, pas la mienne. Elle est entièrement responsable de cette situation. Elle est en train d'embrasser un autre mec en ce moment. C'est peut-être son karma.

Je fais ce que je sais faire de mieux. J'agis sans réfléchir.

Je me penche, presse mes lèvres sur les siennes. Ses mains se posent sur mes épaules. Puis je me détache assez longtemps pour qu'il prononce son nom :

– Honor.

Je suis dégoûtée.

Je ne veux pas qu'il recommence, je veux juste qu'il m'embrasse.

Je glisse ma jambe sur ses genoux puis le chevauche, les yeux fermés tandis que je passe mes mains dans son cou. Il ne doit pas remarquer que je ne porte pas de lentilles, alors qu'Honor ne quitte jamais les siennes.

Je sens ses doigts presser ma taille et j'attends qu'il m'embrasse comme il l'a fait la première fois, mais il hésite.

Brûlante d'impatience, je pose de nouveau mes lèvres sur les siennes mais je perçois sa résistance. Ça n'a rien à voir avec notre premier baiser. Sa bouche reste crispée et se ferme. Ses mains quittent ma taille et glissent le long de mes bras jusqu'à se refermer sur mes poignets. Il m'écarte de lui.

– Qu'est-ce que tu fais ? demande-t-il.

J'ouvre les yeux. Une lueur d'incompréhension emplit les siens. Je recule juste ce qu'il faut pour nous laisser réfléchir mais ça ne lui suffit pas. Son pouce glisse sur le pansement. Il le regarde. C'est lui qui me l'a apporté cette nuit pour couvrir la coupure sur mon poignet. Pas celui d'Honor.

Je retiens mon souffle en le voyant comprendre peu à peu ce qui se passe. Son regard remonte soudain de mon poignet à mes yeux :

– Merit ?

Je ne bouge pas. Je ne présente pas d'excuse. Oui, c'est moi, vêtue comme Honor, en train de le chevaucher. Je ne sais même pas comment me tirer de là. Je n'avais encore jamais prié le ciel de m'abattre, mais là, j'implore Dieu de me foudroyer sur-le-champ.

Je reste là, les yeux rivés sur Sagan, en attendant qu'il me repousse d'un geste dégoûté. Mais non, lui aussi me fixe ; il finit par me lâcher les poignets et, au lieu de plaquer ses mains sur mes épaules afin que je m'en aille, il s'empare de mon visage.

Et là, il m'embrasse. Me *dévore*.
Moi.
Pas Honor.

Je referme les yeux et me fonds complètement en lui, me liquéfie sur son torse, ses bras, sa bouche.

Quand sa langue trouve la mienne, je n'arrive pas à répondre. Mon esprit ne commande plus mes membres ; comme s'ils étaient contrôlés par une autre force. Je passe les mains dans ses cheveux et les siennes me saisissent la taille, puis les reins. Et cela ne ressemble pas à notre premier baiser.

C'est mieux.

C'est vrai.

C'est moi.

Pas Honor.

Sa bouche évoque une cacophonie de parfums qui rivaliseraient entre eux, tous délicieux, sucre et douceur contre sel et saveur.

Est-ce la réponse à ma prière ? Qu'Honor le traite si terriblement ; au point qu'il n'ait d'autre choix que de vouloir de moi ?

Je repousse cette idée à l'instant où Sagan me plaque sur le canapé ; sans détacher sa bouche de la mienne, il se couche sur moi, et on n'aspire plus qu'à prendre tout ce qu'on pourra de l'autre.

Ça paraît tellement irréel que j'en rirais presque, sauf que c'est vrai, et j'en pleurerais presque. Mes émotions partent dans tous les sens. Comme ses mains. Qui glissent le long de ma cuisse, errent sur ma jambe, m'attrapent le genou pour la fermer autour de lui. Cette position nous met tous deux à bout de souffle. Il cesse de m'embrasser mais juste pour poser les lèvres sur mon cou.

– Merit, souffle-t-il, entre deux baisers.

Je pourrais l'écouter haleter ainsi mon nom jusqu'à la fin des temps.

– Merit, qu'est-ce qui nous arrive ?

Je secoue la tête, je ne veux pas qu'il s'arrête. Mais qu'il continue. Feu vert sur toute la ligne.

Je ne sais pas trop pourquoi il le prend pour un feu orange. Et s'arrête. Le front appuyé sur ma joue, il reprend son souffle, et j'en fais autant.

– Merit, reprend-il, en contemplant mon visage, puis ma poitrine. Pourquoi portes-tu ça ?

Il s'appuie maintenant sur ses mains, libérant mon corps d'une partie de son poids.

Je voudrais qu'il revienne. J'essaie de l'attirer sur moi mais il se dégage, roule sur le côté en me caressant la tête, puis il saisit la natte qu'il parcourt du bout des doigts. Et ses yeux vont de cette natte à mon visage puis à la chemise, puis à cette natte, puis à mon visage.

Je n'aime pas ça.

Il se redresse, se retrouve sur les genoux devant moi, alors que mes jambes continuent de l'entourer.

– Pourquoi tu portes les vêtements d'Honor ?

À mon tour, je m'assieds, et on se retrouve face à face mais il est beaucoup plus grand que moi, ce qui m'oblige à lever la tête pour découvrir son visage interrogateur.

Je ferme les yeux.

Il effleure mon menton d'une caresse.

– Hé ! Regarde-moi.

Ce que je fais, car je suis prête à faire tout ce qu'il pourrait me demander sur un tel ton. Délicat et protecteur. Tout en repoussant mes cheveux, il insiste :

– Pourquoi tu t'habilles comme elle ?

Je sens les larmes qui me montent aux yeux et je secoue la tête pour les chasser.

– Par curiosité.

Il me lâche et laisse retomber ses mains sur ses genoux.

– À quel sujet ?

– Je voulais savoir ce que ça faisait. D'être elle. Et là, tu es entré.

En serrant les dents, il retombe contre le dossier du canapé, sans plus me voir.

– Pourquoi tu as essayé de m'embrasser ? Avant que je sache que tu n'étais pas elle ?

Je pousse un long soupir mais c'est comme si l'air tremblait tout autour de moi. Comme mon corps. J'ai trop peur de la vérité. Je ne suis pas aussi douée que Sagan semble le croire.

– Je ne sais pas. Je crois que je voulais juste t'embrasser encore.

À mon tour, je m'adosse au canapé, près de lui. On dirait que j'accumule les humiliations, cette semaine.

Je sens que Sagan se lève, je l'entends faire quelques pas dans la pièce. Quand il s'arrête, je soulève les paupières. Il se trouve devant moi, les mains sur les hanches.

– Tu crois qu'Honor et moi... Tu crois que je fais des trucs comme ça, avec elle ? Tu crois qu'on est comme ça ensemble ?

J'ouvre la bouche, la referme. Je ne comprends pas ses questions.

– Non ?

Sur le coup, il ne répond pas, me dévisage juste d'un air incrédule. Et puis...

– Non.

Toute la vérité est là, dans ce simple mot. Sauf que ce doit être un mensonge. Bien sûr qu'ils font ce genre de chose. Bien sûr qu'ils s'embrassent.

– Merit, Honor est mon amie. Elle sort avec mon meilleur ami, jamais je ne ferais ça à Colby. Enfin, c'est compliqué...

– Mais... Alors pourquoi vous faites tous les deux comme si c'était ça ?

Il part d'un rire incrédule, contemple un instant le plafond.

– On ne fait pas ça. C'est toi qui as choisi de voir les choses sous cet angle.

Je repense aux deux semaines qui viennent de s'écouler. Tout ce temps au cours duquel je n'ai vu en lui que le petit ami de ma sœur. En fait, il ne s'est jamais présenté ainsi et Honor n'a jamais dit ça non plus. D'ailleurs, à part quelques petites étreintes, je ne les ai jamais vus s'embrasser. Juste une fois, se tenir par la main à la piscine.

Toutefois ça n'explique pas pourquoi il m'a embrassée le jour où il m'a suivie dans la boutique d'antiquités. Il me prenait bien pour Honor. Et puis leur dispute à propos de Colby…

Je me prends le visage entre les mains en essayant de faire le tri dans mes pensées.

– Mais votre dispute, l'autre soir, parce qu'elle voyait Colby…

– Colby est mon ami, coupe-t-il. Mais Honor aussi. Je n'aime pas qu'elle se complaise dans ce genre de relation malsaine. Ça m'énerve quand elle ne m'écoute pas. On se dispute. Comme souvent, les amis.

– Ah.

Il se remet à faire les cent pas, s'arrête de nouveau devant moi.

– Pourquoi tu m'as embrassé alors que je te prenais pour Honor ?

Je suis certaine d'avoir déjà répondu à cette question.

– Je t'ai dit…

Là, il paraît carrément en colère. Alors je me tais.

Il prend une grande inspiration pour se calmer.

– Si je comprends bien : tu me prenais pour le petit ami d'Honor, alors tu t'es fait passer pour elle et tu as essayé de m'embrasser ?

– Sagan…

– Tu connais beaucoup de filles qui font ça à leur sœur, Merit ?

Il se détourne, une main sur la nuque, puis il va prendre son sweat sur le dossier d'une chaise.

Dans un mouvement pathétique, je me lève pour aller le rejoindre.

Il ouvre la porte d'entrée, s'arrête un instant et pose sur moi un regard déçappointé.

– Non mais quelle enfoirée !

Et il ferme la porte.

Je regagne le canapé en titubant et me laisse tomber dessus.

Non mais quelle enfoirée !

On m'a traitée de bien des choses dans ma vie, mais jamais d'enfoirée. C'est mille fois plus douloureux que tout ce qu'on a pu me dire jusque-là.

Au fond, j'avais tort. Je suis bel et bien la *pire* de nous trois.

CHAPITRE 10

Je guette le bruit d'un moteur qui démarre, mais rien. Sagan est parti, sans prendre de voiture, ce qui signifie qu'il compte marcher, à moins qu'il ne soit resté dans les parages le temps de se calmer. J'ai envie de lui courir après, de le supplier de me pardonner, mais je ne suis pas sûre d'en avoir envie tout de suite. Ni de le mériter.

Je m'accroche à mes genoux en me demandant comment j'ai pu être aussi aveugle. Je le croyais amoureux d'Honor. Ils sont toujours ensemble. Ils se parlent comme un couple. Et, lorsque je le désignais comme son petit ami, personne ne m'a jamais reprise. Comme s'ils voulaient tous que j'y croie.

À moins que ça n'ait été juste Honor.

Je me sers de la couverture sur le dossier pour essuyer mes larmes. Jésus me regarde et me juge. Je lève les yeux au ciel.

– La ferme ! lui dis-je. D'habitude vous pardonnez aux gens qui commettent des choses aussi abominables, non ?

Je retombe en arrière et j'ai envie de hurler. Attrapant un coussin, je me le plaque sur la bouche juste au moment où ça m'échappe. Je suis frustrée, gênée, furieuse, déçue. La chute libre après ce que j'ai ressenti quand Sagan m'embrassait, il y a encore quelques minutes. Comme si je plongeais de la chaleur des tropiques dans les eaux glacées de l'Antarctique.

Je ne veux plus ressentir quoi que ce soit. Ces deux dernières journées m'ont apporté assez de trouble émotionnel pour la vie entière. C'est fini. Fini, fini, fini.

— Fini, fini, fini, dis-je à haute voix, en me levant.

Je vais à la cuisine, saisis un gobelet, ouvre le placard au-dessus du frigo, en sors une bouteille d'alcool aux trois quarts vide. Je ne sais même pas ce que c'est. Je n'ai encore jamais bu d'alcool de ma vie, mais quel meilleur moment pour s'y mettre que la semaine où j'ai à la fois failli perdre ma virginité et fichu en pétard la seule personne pour qui j'éprouve quoi que ce soit dans cette maison ?

Je ne sais pas quelle quantité il faut pour s'enivrer, mais je remplis mon verre à moitié... à moitié vide ou à moitié plein ? Suis-je pessimiste ou optimiste ?

Pessimiste.

Je le vide d'un coup, jusqu'à me sentir étouffer comme si j'avais avalé une boule de feu. J'éternue, je tousse, j'en crache même un peu dans l'évier.

— C'est dégueulasse !

Je m'essuie la bouche avec une serviette en papier tandis qu'une brûlure me parcourt la poitrine. Et je ressens toujours la même frustration, la même colère, la même tristesse.

Je parviens finalement à vider le reste du gobelet. Puis je l'emporte, avec la bouteille. J'ai la tête qui tourne, je ne veux pas être là lorsque Sagan rentrera. J'ouvre la porte de ma chambre, mais elle est vide. Déserte. Déprimante. Ça me rappelle moi. Je dépose la bouteille sur la commode, mais le gobelet tombe par terre. On s'en fiche. Il est vide.

Je commence par me débarrasser de la chemise d'Honor pour enfiler mon pyjama, puis je défais la natte et remonte mes cheveux en chignon. Je ne veux plus être elle. Ce n'est pas aussi drôle que je croyais. Je ne veux pas non plus rester seule. Il n'y a qu'une personne qui pourrait me comprendre et compatir, c'est Luck.

Je ne sais pas s'il dort, aussi j'ouvre sa porte le plus doucement possible. Je me glisse à l'intérieur de sa chambre, referme des deux mains, en me retournant, pour qu'il n'entende rien. Du coup, je suis contente de découvrir une petite lueur échappée de l'ordinateur de mon père, juste ce qu'il me faut pour atteindre le canapé-lit.

J'entends Luck grogner, le matelas grincer.

– Luck ?

Nouveau grincement, comme s'il me faisait de la place près de lui.

— Tu es réveillé ? murmuré-je, en m'asseyant au bord du lit.

Tout d'un coup, j'entends :

— Merde !

Sauf que ça ne vient pas de la bouche de Luck. Ni de la mienne, d'ailleurs.

— Merit ?

Cette fois, c'est bien la voix de Luck.

— Luck ?

— Quoi, merde ?!

La voix d'Utah.

Utah ? Je sursaute.

— Merde ! lâche Luck. Merit, va-t'en !

— Va-t'en ! crie Utah.

— Merde ! répète Luck.

Je me retrouve dans un tel tumulte qu'il me faut plusieurs secondes pour retrouver mes marques et regagner la porte. Quand je l'ouvre, je commets l'erreur de jeter un coup d'œil derrière moi. Il y a maintenant assez de lumière pour que je les voie remettre leurs vêtements en hâte. Utah se fige lorsque nos regards se croisent. Il n'a enfilé qu'une jambe de son pantalon et ne porte pas de sous-vêtements.

— Oh, mon Dieu !

Je suis marquée à vie. Luck se trouve de l'autre côté du canapé-lit, en train de fermer son short.

Je porte une main à mes yeux tandis qu'Utah crie :

— Va-t'en, Merit !

Je claque la porte.

Faites que ce soit un cauchemar !

Une fois dans ma chambre, j'attrape la bouteille d'alcool et, cette fois, je me passe du gobelet. Une gorgée au goulot. Qui me fait tousser et me donne encore plus le tournis. Il faut que ces émotions s'arrêtent. Il faut que j'oublie, que j'oublie, que j'oublie. Qu'est-ce que j'ai vu, au fait ?

Je ferme les yeux. Je ne peux pas tout effacer si vite. Alors pourquoi étaient-ils nus ? Ensemble ? Au lit ?

Luck a failli coucher avec moi, hier. Il a dit qu'il ne pouvait pas aller jusqu'au bout parce que je ressemblais à Moby, mais Utah lui ressemble encore plus ! Et là, il fait l'amour avec mon frère ? Si ce n'est pas une forme ultime de rejet, je ne sais pas ce que c'est.

Qu'est-ce qui m'arrive ? Luck qui préfère baiser mon frère que moi. Sagan qui me traite d'enfoirée après qu'on a bien flirté sur le canapé. Drew Waldrup qui a rompu avec moi, les mains sur mes seins. QU'EST-CE QUE J'AI DE SI REPOUSSANT ?

– Merit !

Utah frappe à ma porte alors que je titube dans la chambre. Qu'est-ce que j'ai fait ? Ça me rappelle la fois où j'ai surpris Utah en train de faire une chose que j'aurais préférée ne jamais voir.

Je lui ouvre et il entre en hâte avant de refermer derrière lui. Il a l'air furieux mais aussi un peu inquiet.

– Tu vas la fermer, me dit-il. Ça ne te regarde absolument pas.

Je me rapproche de lui.

– Quoi ? J'ai déjà révélé tes secrets, peut-être ?

Ce qui semble l'apaiser un peu.

– Tu crois que j'ai oublié ça, Utah ? Figure-toi que non. Et ça n'arrivera jamais.

Là, il frémit, et c'est lui, maintenant, qui culpabilise. J'ai envie de le boxer mais, comme je ne suis pas du genre violent... enfin je ne crois pas... je ne sais pas. Pourtant mes poings se serrent, alors qu'il ressort en douce de chez moi.

Je le déteste. Et je me déteste de n'avoir jamais raconté la vérité à personne.

Je m'assieds sur mon lit, ferme les yeux. J'ai envie de vomir, sans trop savoir pourquoi. Tout à la fois, sans doute, Luck, Sagan, Utah, Honor, mon père, Victoria, ma mère.

Cette famille est bien aussi exécrable que ce que disent les gens en ville. Peut-être même pire. J'en suis malade. Malade de tous ces secrets, malade de ces mensonges. Et j'en ai marre d'être la seule personne dans cette maison à devoir tous les garder !

J'ai le secret d'Utah.

J'ai le secret de mon père.

Celui de ma mère.

Celui d'Honor.

Celui de Luck.

Ça suffit !

Je ferais sans doute mieux de tous les lâcher, ça ne me donnerait plus l'impression de couler au fond de la piscine.

Oui, peut-être que ça m'aiderait. Peut-être que je ne me sentirais plus au bord de l'implosion.

J'attrape un stylo sur ma table de nuit, ouvre le tiroir et fouille jusqu'à trouver un cahier avec assez de pages vides pour accueillir tous ces secrets.

Ça me fait encore mal. Tout ça. Tout ce qui s'est passé ces derniers jours. Je saisis la bouteille de… qu'est-ce que je bois, d'abord ? Je lis l'étiquette. Tequila. Je m'assieds par terre car le vertige devient pénible et je la pose à côté de moi. Je prends le cahier et le stylo, ouvre la première page blanche. Je plisse un peu les yeux, jusqu'à ce que ma vision se stabilise. Je me sens tremblotante ; j'ai les mains tremblotantes lorsque je me mets à écrire.

Chers habitants de Dollar Voss. Chacun d'entre vous. À part Moby. C'est le seul que j'aime et pour qui j'ai encore du respect en ce moment.

J'ai tellement de colère en moi, et je n'y suis pour rien. C'est à cause de vous tous ou presque dans cette maison. À cause de tous les secrets que vous gardez les uns envers les autres, envers le reste du monde. Je refuse d'en faire partie une seconde de plus. Tous les jours apparaissent de nouveaux secrets et j'en ai assez de passer pour la seule fautive. Vous me détestez tous. Vous croyez tous que chaque dispute dans cette maison arrive à cause de moi. Vous vous demandez tous pourquoi je suis tout le temps aussi GONFLÉE. C'EST À CAUSE DE VOUS !

Par où commencer ?

Tiens, pourquoi pas par le plus ancien secret ? Tu croyais que j'allais oublier ça, Utah ? Tu croyais que, à douze ans, je ne serais pas capable de me rappeler le soir où tu m'as obligée à t'embrasser ?

C'est dur d'oublier quelque chose comme ça, Utah. Si tu savais combien je t'adorais, en tant que grand frère, tu comprendrais pourquoi il m'est si difficile d'oublier ce que tu as fait.

« Ce n'est pas grave, Merit. »

C'est ce que tu m'as dit quand je t'ai envoyé promener. Tu voulais faire comme si c'était moi qui en rajoutais. Je regardais un film dans la chambre de mon frère, et voilà qu'il essayait de m'embrasser.

Je me suis enfuie et je ne suis jamais revenue dans ta chambre. Pas une seule fois. Je ne me suis jamais plus retrouvée seule avec toi, depuis. On dirait que ça t'est égal. Tu ne t'es jamais excusé. Tu ne te sens même pas coupable ?

C'est pour ça que tu as tant de mal à me regarder dans les yeux ? Car, les rares fois où tu me regardes, tu n'y mets que dégoût et mépris. Tout comme moi, avec toi.

Vous trouvez tous que je suis méchante avec Utah. Vous me dites tous « Calme-toi, Merit. » Songez à ce que vous ressentiriez si votre famille vous obligeait à être gentille avec le frère qui vous a volé votre premier baiser.

Tu me dégoûtes, Utah. Tu me dégoûtes et je n'oublierai jamais, je ne te pardonnerai jamais.

Mais, au moins, tu as Honor. Elle t'adore, parce qu'elle n'a pas eu à supporter ça. Elle te croit doux et innocent, l'être le plus gentil de la Terre. Elle me considère de la même façon que toi, mais juste parce qu'elle ne comprend pas pourquoi je peux aussi mal te traiter quand tu n'as rien fait pour le mériter.

Je sais que tu auras du mal à le croire, papa. Oui, c'est à toi que je m'adresse, maintenant, Barnaby Voss. J'ai dit tout ce que j'avais à dire à Utah.

Tu crois avoir enseigné la meilleure façon de nous traiter les uns les autres. Tu as créé cette magnifique famille, pourtant, dès que ta femme est tombée malade et n'a plus pu répondre à tes besoins, tu as couché avec son infirmière. Tu n'as même pas su te montrer un peu discret. Tu ne pouvais pas le faire puis prétendre que rien n'était arrivé une fois que maman a guéri ? Non. Tu devais satisfaire davantage ton égoïsme et baiser Victoria sans préservatif. À présent, nous sommes coincés avec une femme qui nous déteste. Une femme qui déteste notre mère.

Je me demande comment Victoria réagirait si elle savait que tu couches encore avec maman ?

Oui, cette phrase a dû vous choquer TOUS.

Désolée, Victoria, mais c'est la vérité. Je l'ai vu de mes yeux. Maintenant, au moins, on sait pourquoi notre mère continue de bien s'habiller tous les jours. Elle vit dans notre sous-sol et guette les visites de son ex-mari ; c'est pourquoi elle soigne son maquillage, sa coiffure et la douceur de ses jambes.

Il lui fait un mal énorme au plan mental, au point qu'elle reste totalement sous son emprise. Il se la garde à la cave et toi dans sa chambre, vous, les deux Victoria ; il n'a donc même pas besoin de s'inquiéter s'il parle dans son sommeil. Il vit le fantasme masculin le plus banal. Et il sait que vous ne risquez pas de vous confronter car ma mère est tellement bourrée de médicaments qu'elle n'a qu'une peur, c'est de devoir quitter son sous-sol.

Et ne crois pas t'en tirer ainsi, maman, du seul fait que je te plaigne. Je t'aimais beaucoup plus avant de savoir que tu couchais toujours avec papa. Au moins, je supportais que tu vives toujours à la maison, enfermée dans une cave, à gâcher ta vie. Je croyais que c'était à cause de ta phobie sociale, mais, maintenant, je sais que c'est parce que tu joues un jeu pervers en essayant de reconquérir papa. Mais devine un peu ? Il ne te reprendra pas ! Pourquoi le ferait-il ? Tu lui ouvres les jambes chaque fois qu'il en a envie.

Tu es sans doute plus lamentable que lui. Au moins il élève ses enfants. Au moins il travaille pour faire bouillir la marmite et maintenir un toit sur nos têtes. Il est complètement nul comme père mais c'est un bien meilleur parent que tu ne l'as jamais été pour nous. Alors oui, considère ceci comme un adieu de ma part. Je ne te rendrai plus jamais visite. Si tu tiens à un seul d'entre nous, tu t'en remettras, prends un boulot, bouge-toi, et vis ta vie !

Qui d'autre ?

Oh ! N'oublions pas la dernière pièce rapportée à Dollar Voss. Luck Finney ! Il a l'air génial, non ? Il rapplique cette semaine, se réconcilie avec sa sœur puis manque de baiser sa nièce.

D'accord, au début, c'était moi qui voulais perdre ma virginité. Ça ne devait pas beaucoup le gêner puisqu'il avait déjà fait l'amour plus de trois cents fois ! Mais, maintenant que je sais qu'il essaie de se taper TOUS les enfants Voss, je me sens encore plus nulle qu'après ce qui aurait été, j'en suis sûre, la pire expérience sexuelle de l'histoire... du moins s'il avait pu la mener à son terme.

Peut-être qu'il n'a pas pu parce qu'il préférait les queues. Du moins celle d'Utah.

Oh ! Personne ne savait qu'Utah était gay ? Perso, je n'ai rien contre. L'amour c'est l'amour, pas vrai ? Sauf que je n'étais pas au courant pour Utah. Mais bon, il est gay et il couche avec Luck. Je sais parce que je les ai vus. Jamais je ne pourrai chasser cette image de ma tête. Elle y est gravée, comme celle de Sagan quand il m'a traitée d'enfoirée.

En fait, il avait raison. Je suis une enfoirée. Qui faut-il être pour trahir sa propre jumelle de la pire des façons ? Certes, le fait que j'aie voulu me faire passer pour Honor afin d'embrasser Sagan n'était pas en soi une trahison puisqu'il n'y a rien entre Honor et Sagan. Mais comment aurais-je pu le savoir ? Personne ne me parle jamais ! Pourtant, je reste coincée par tous vos secrets et vous me suppliez tous de ne les révéler à personne !

Par exemple celui que je garde pour Honor en ce moment même. Elle est partie passer la nuit avec je ne sais qui, probablement à poil sur son lit de mort.

Et si nous en parlions un peu ?

Si nous discutions de cette obsession plus que troublante de ma sœur avec les malades en phase terminale ?

Pourquoi trouve-t-on ça normal ?

Pourquoi ne la fais-tu pas soigner, papa ?

QUELLE PERSONNE SAINE D'ESPRIT CHERCHE L'AMOUR AVEC DES MOURANTS ?

Honor, conseil de frangine, fais-toi soigner, je t'en prie ! Tu en as besoin. Vraiment.

J'oublie quelqu'un ? Moby ? Je n'irai pas jusque-là. Si seulement quelqu'un pouvait sauver cet enfant d'une telle famille avant qu'il ne soit trop tard !

Sagan, je n'ai pas vraiment de choses négatives à dire sur toi. Tu es vraisemblablement le seul être sain d'esprit à vivre dans cette maison. Dans un sens, je dirais que c'est ton point faible. En fait, tu as la possibilité de t'en aller mais, pour je ne sais quelle raison, tu restes au sein de la famille la plus pourrie du Texas. La tienne doit être vraiment à chier. C'est pour ça que tu n'as jamais vu ta propre sœur ? Parce que tu étais assez futé pour t'en tenir aussi éloigné que possible ?

Voilà, je me suis bien amusée. Je crois que ça va mieux maintenant que tous vos secrets ne sont plus sous ma responsabilité. À l'avenir, gardez vos merdes pour vous, parce que je n'en ai rien à faire.

Je répète, au cas où vous n'auriez pas compris.
Rien.
À.
Faire.

Bien à vous,
À première vue, ce sera sans Merit, maintenant.

Je jette le stylo sur la page.

Ça fait du bien. Trop. Me voilà débarrassée d'un poids qui se retrouve maintenant distribué entre chaque membre de la famille. Du moins ce sera le cas une fois que j'en aurai fait des copies pour tout le monde.

Si ça m'a fait un tel bien rien que de l'écrire, je ne peux pas imaginer à quel point ce sera jouissif de les distribuer. J'arrache les pages et me lève, mais il faut que je m'appuie au placard pour ne pas tomber. Je ris parce que je crois avoir assez bu pour me débarrasser de mes sentiments. À moins que ce ne soit la lettre que je viens d'écrire. De toute façon, je crois que j'aime la tequila. Je me sens super bien. J'adore ça. Je me dirige vers le bureau de mon père pour faire ces copies.

Je ne me donne pas la peine de frapper. J'ai entendu la porte d'Utah claquer tout à l'heure, donc je sais qu'il n'est plus là avec Luck. En ouvrant, je trouve celui-ci en train de bidouiller son téléphone. Il n'a pas l'air heureux de me voir.

— Qu'est-ce que tu veux ?
— Pas toi. J'ai besoin du photocopieur.

Il s'adosse au canapé-lit en soupirant. Je place la première page, appuie sur la touche 7. Il y a neuf personnes dans cette maison mais Moby ne sait pas lire et je garderai l'original. Je lance l'impression puis me tourne vers Luck.

— Alors, dis-je, il y a quelqu'un sur cette Terre avec qui tu n'as pas couché, à part moi ?
— Tu es saoule ?

J'ouvre le clapet, retourne la page. Appuie de nouveau sur copie.

— Oui. C'est la seule façon pour moi de supporter cette famille, Luck. Celle dans laquelle tu as décidé de t'installer. Comment peut-on choisir de vivre ici ?

Au lieu de me répondre, il replonge dans ses textos.

— Tu as bientôt fini ? demande-t-il.

Je dépose la dernière page.

— Ouais. J'y suis presque.

Près de moi, j'aperçois le calepin avec sa liste de conquêtes. D'un coup d'œil, je vérifie que Luck ne me regarde pas. Je tourne la dernière page et, effectivement, il y a inscrit mon nom. 332,5 M.V., son lit, ANT.

J'ai eu droit à l'ANT. Un bon gros ACTE NON TERMINÉ.

– J'aurai au moins droit à un trophée de participation, pour ça ?

Luck aperçoit le calepin entre mes mains et saute du lit pour me l'arracher, puis il retourne s'allonger. Je lui envoie un stylo.

– Tiens. N'oublie pas d'écrire les initiales d'Utah. Au numéro 333, l'heureux veinard.

Quand la machine s'arrête, je récupère toutes les copies ainsi que l'original.

– Va au lit, maintenant, dit-il, d'un ton anxieux.

J'attrape l'agrafeuse, l'agite devant lui en sortant du bureau.

– Je t'aimais mieux avant de te rencontrer.

Je ferme la porte et me dirige vers ma chambre, étale toutes les pages sur le parquet, mais il faut que j'accommode un moment ma vision avant de former les piles. Les pages commencent à s'accorder. Je les ai presque toutes agrafées quand on frappe à ma porte.

– Va-t'en !

Je me jette sur la serrure pour la fermer avant de laisser entrer qui que ce soit.

— Merit.

C'est Sagan. Le son de sa voix me fait frémir. Apparemment, il n'y avait pas assez de tequila pour apaiser cette sensation.

— Je dors !
— Ta lumière est allumée.
— Non, c'est la tienne !

Il ne répond pas et ça vaut mieux car je ne sais pas trop ce qu'il fallait comprendre par là. Quelques secondes plus tard, j'entends sa propre porte se refermer.

Je ferme les yeux pour empêcher la chambre de tourner, pose ma tête au sol. J'ai trop le vertige pour pouvoir rester assise. À l'instant où je ferme les yeux, j'entends un texto arriver. Je tends la main vers le lit, fouille sous l'oreiller.

Honor : Qu'est-ce qui s'est passé ?

Tant de choses ces deux dernières heures… je ne sais même pas à quel épisode elle se réfère.

Merit : À quel propos ?

Honor : Sagan vient de m'envoyer
un texto où il me dit de me méfier
en rentrant à la maison.
COMMENT sait-il
que je ne suis pas là ?

Merit : Voilà… C'est dur de lui mentir.
Et puis, qu'est-ce que ça fait ?
Ce n'est même pas ton petit ami.

Honor : C'est important parce que je lui ai menti et, grâce à toi, il le sait, maintenant. Rappelle-moi de ne plus jamais te demander de me couvrir !

Merit : Entendu. Ne me demande plus jamais de te couvrir.

Est-ce normal de tant détester sa propre famille ?

Je reprends la bouteille de tequila, mais elle est toujours vide. Ça ne m'aide pas beaucoup car je ressens trop de choses. Je me dirige d'un pas incertain vers la cuisine, ouvre tous les placards mais ne trouve plus d'alcool. Dans le réfrigérateur, la seule chose qui pourrait m'aider à oublier ce qui m'arrive, c'est cette canette de bière. Je l'attrape et l'emporte dans ma chambre, me laisse glisser par terre, fais sauter la languette. Puis je regarde la lettre que j'ai écrite.

Faut-il que je la leur distribue ?

Sans doute pas. Ça ne leur donnerait qu'une raison de plus de me haïr. Ils ne me plaindraient pas, après avoir lu ça, ils seraient furieux que j'aie révélé leurs secrets.

J'avale une gorgée de bière et mon estomac me brûle davantage sans que je sente la pression s'apaiser. Ça me fait penser au jour où j'ai décidé d'arrêter le lycée. J'entrais dans la cafétéria quand Melissa Cassidy m'a attrapée par le bras, en disant :

– Honor, viens voir ce que j'ai découvert. Tu n'en reviendras pas !

Elle m'a entraînée vers sa table, où Honor était déjà installée. Alors, Melissa s'est excusée.

– Oh, pardon, je te prenais pour ta sœur !

Après quoi, elle m'a lâchée pour retourner lui murmurer des choses à l'oreille.

Et moi, je restais là, à observer ma jumelle. Tout le monde l'aimait, bien que ce soit une Voss. Tout le monde avait envie de la fréquenter, d'être son ami, tandis que je n'étais qu'un produit dérivé, la jumelle identique qui en avait moins à offrir. Pas une seule fille à cette table n'aurait préféré me fréquenter, moi, plutôt qu'Honor.

Il ne m'est pourtant rien arrivé de terrible, ce jour-là, qui m'ait décidée à laisser tomber. Je n'ai jamais été harcelée, malgré l'opinion généralement déplaisante que les gens se faisaient de notre famille. J'étais juste… là. Quand je la fermais, on me fichait la paix. On ne me dérangeait pas. Quand je décidais de me joindre aux conversations entre Honor et ses amis, on me fichait également la paix. J'étais la jumelle d'Honor, ils n'allaient pas se montrer déplaisants avec moi. Juste indifférents. Et je crois que cette indifférence me dérangeait plus encore que toute forme de haine.

Ce jour-là, à la cafétéria, ce fut comme si je recevais la gifle de dix-sept années de dénégation. Tout le lycée s'apercevrait immédiatement de l'absence d'Honor, tandis qu'avec la mienne… la vie poursuivrait son cours. Avec ou sans Merit.

En fait, j'ai reçu deux textos d'amies de ma classe, qui me demandent pourquoi je ne venais plus depuis quinze jours.

Deux.

C'est tout.

Autre raison pour laquelle je suis restée à la maison. Sauf que je ne sais pas pourquoi j'ai cru que je me sentirais mieux chez moi qu'en un lieu où je comptais si peu, mais non. Je ne compte pas davantage ici. Si je renonçais à ma vie comme j'ai renoncé au lycée, les gens poursuivraient allégrement la leur.

Avec ou sans Merit.

J'avale une deuxième gorgée et murmure, sans personne pour m'entendre :

– Sans Merit, ça leur apprendra.

Et là, je fais ce que je sais faire le mieux. Je réagis sans réfléchir. Ma spontanéité sera la seule chose que je regretterai chez moi. Je rampe vers le placard, prends la botte noire et soulève le couvercle. En même temps, j'attrape la canette et mes mains tremblent tellement que je dois m'y reprendre à trois fois avant de la porter à mes lèvres.

Et puis je regarde la bière dans ma main gauche, les cachets dans la droite. Pas besoin d'y réfléchir à deux fois. Je verse quelques pilules dans ma bouche et essaie de les avaler. J'en ai pris un peu trop, si bien que je les recrache dans ma main. Je détends ma gorge, puis je réessaie. Cette fois, elles descendent, alors j'en verse un peu plus, les avale. Je n'arrive pas à en prendre plus de trois ou quatre à la fois, si bien qu'il me faut le reste de la canette de bière pour vider le flacon.

Je le jette de côté puis saisis les sept piles de photocopies. Je commence par la chambre de Sagan, puisqu'il est le plus près. J'insère un exemplaire sous sa porte. Ensuite, je continue le long du couloir jusqu'à ce qu'Utah, Luck et Honor soient servis. Puis j'ouvre la porte du sous-sol et jette l'exemplaire de ma mère dans l'escalier. Car s'il restait sur le palier, elle ne le verrait pas. Après, je me dirige vers le Quartier Numéro Trois et glisse le dernier exemplaire dans la chambre de papa et Victoria.

En rentrant par le Quartier Numéro Un, je trouve sur le canapé une feuille de papier qui n'y était pas tout à l'heure. Entre le moment où j'ai pris la place d'Honor et celui où j'ai embrassé Sagan, je me serais aperçue que j'étais assise dessus.

Elle est à l'envers mais je peux d'ores et déjà dire que c'est un dessin. Je le prends et me dirige vers ma chambre, ferme la porte et m'assieds sur mon lit. Je ne sais pas ce qu'il représente mais, au bas de la page, je lis :

« Cœur < Carcasse ».

Une main sur la bouche, je retourne la page, sens mes doigts trembler sur mes lèvres alors que je dois faire appel à tout mon courage pour contempler cette image.

Je frémis en la découvrant, croise les bras sur ma poitrine. Deux cœurs de chaque côté du canapé. L'un entier, l'autre coupé en deux.

Lequel est le mien ?

J'en ai la nausée. Je lâche le papier, le regarde flotter jusqu'au sol pour atterrir sur la boîte de cachets vide. Et là, je revois le mot *carcasse*.

Carcasse. Mort. *Morte.*

Je m'assieds, ramène mes genoux sur ma poitrine et les tiens serrés contre moi. Je ferme les yeux en essayant de ne pas tout piger.

Ne pas piger.

Les larmes commencent à couler de mes yeux, bien que je serre les paupières aussi fort que possible. Ma lèvre inférieure se met à trembler, pire que mes mains.

Je ne veux pas mourir.

Je m'agrippe encore plus fort.

Je ne sais pas ce qui arrive ensuite. Qu'y a-t-il de pire que ça ?

Mon cri d'effroi s'achève en sanglot. Je plaque ma main sur ma bouche.

– Non, non, non, non, non.

La panique me prend à l'idée de ce que j'ai fait. Si je reste là une seconde de plus, je risque de ne plus pouvoir rien y faire. Je m'agrippe au matelas en essayant d'empêcher la chambre de tourner, au moins le temps que j'atteigne la porte.

Qu'ai-je fait ?

À peine ai-je ouvert que je tombe à genoux, incapable de me relever ; alors je rampe. Jusqu'à la salle de bains. J'arrive à en ouvrir la porte pour ramper de nouveau vers les toilettes. Je fourre les doigts dans ma gorge.

Rien.

Je ne sais pas si j'ai jamais poussé un cri. Pourtant rien ne sort. Pas un son. Pas un souffle. Pas un souffle. J'essaie encore de me faire vomir, mais ça ne marche pas. Chaque fois que j'atteins le fond de ma gorge, mes doigts reculent et ça ne marche pas, ça ne marche pas, ça ne marche pas !

– Au secours !

Lamentable. Ma voix n'est qu'une plainte lamentable étouffée par mes pleurs et voilà comment je vais mourir. Sur le sol de la salle de bains, laissant derrière moi ce qui va devenir la lettre de suicide la plus abjecte qu'on ait jamais écrite.

Non, ce n'est pas vrai. C'est un cauchemar. Je suis en plein cauchemar. Il faut me réveiller.

– Mon Dieu, je ne boirai plus jamais, je ne volerai plus jamais, je n'écrirai jamais plus aucune lettre, s'il vous plaît, je vous en prie !

J'ai réussi à ramper jusqu'au couloir. La chambre d'Utah se trouve à côté. J'essaie d'ouvrir sa porte mais elle est fermée à clef. Je frappe.

– Utah !

Plus fort. Je sais que ma voix n'est pas assez puissante, mais j'espère qu'il peut entendre mes coups. Je suis à quatre pattes, maintenant, incapable d'atteindre la porte voisine. Je ne sais pas combien de temps il faut aux cachets pour se dissoudre, cependant ça ne fait pas si longtemps que je les ai avalés. Cinq minutes ?

Utah ouvre la porte. Il marche sur la lettre. Il ne l'a même pas vue car il se penche vers moi.

– Merit ?

Il s'agenouille, me prend la mâchoire, soulève mon visage vers lui, et je sens les larmes, la morve et la bave qui mouillent ma bouche et mes joues, mais il s'en fiche, ou plutôt, il les essuie avec sa manche.

– Qu'est-ce qui se passe ? Tu es malade ?

Je m'accroche désespérément à son bras :

– Utah, j'ai déconné.

– Tu es ivre ?

– Ses cachets, dis-je dans un sanglot. Je les ai pris. C'était n'importe quoi, Utah, n'importe quoi !

J'entends une autre porte s'ouvrir et, en quelques secondes, Sagan rejoint Utah. J'ai trop peur pour m'en sentir mortifiée.

– Les cachets de qui ? demande mon frère. Merit, qu'est-ce que tu racontes ?

Je retombe contre le mur, complètement paniquée, secoue mes mains engourdies.

– De maman ! J'ai pris ses antidouleurs !

Les garçons se regardent, l'air d'essayer de comprendre ce qu'il se passe mais en vain !

– Je les ai avalés !

Sagan écarte Utah du chemin.

– Appelle les secours !

Il m'attrape la nuque, me pousse en avant, fourre deux doigts dans ma bouche. Mon corps essaie de les rejeter mais Sagan insiste et je finis par vomir. Par terre, sur lui. Je ne peux plus garder les yeux ouverts.

– Combien de cachets, Merit ?

Je secoue la tête. Je ne sais pas.

– Combien tu en as avalé ? insiste-t-il, d'un ton aussi affolé que mon pouls.

Il continue à me poser la question mais je ne me le rappelle pas. Combien en avais-je ? J'en ai volé huit, l'autre soir, je les ai ajoutés aux vingt que j'avais déjà accumulés.

– Vingt-huit.

– Bon Dieu, Merit...

Ses doigts reviennent dans ma bouche, attaquent le fond de ma gorge et c'est reparti, je vomis encore. J'entends Utah hurler au téléphone, Luck maintenant dans le couloir, Moby qui pleure, mon père qui dit :

– Qu'est-ce qui se passe ? Bon sang, mais qu'est-ce qui se passe ?

J'ouvre les yeux, et Sagan qui compte dans un murmure effréné :

– Vingt-deux, vingt-trois, vingt-quatre…

Il regarde par terre, en train de passer au crible ce qui vient de jaillir de moi. Et sa voix tremble.

– Vingt-cinq, vingt-six, vingt-sept, VINGT-HUIT ! crie-t-il.

Après quoi, il me soulève dans ses bras tandis que mon père ordonne :

– Emmène-la sur le canapé.

Je suis sur le canapé, encore étourdie, encore nauséeuse.

– Qu'est-ce que tu as pris ? demande Utah.

Il est agenouillé devant moi, toujours au téléphone. Victoria m'apporte un torchon humide.

Sagan le lui prend pour m'essuyer le visage.

– Merit, ils veulent savoir quel genre de cachets tu as pris.

– Elle a pris des cachets ? demande mon père.

Il fait les cent pas, tandis que Luck reste derrière lui, une main sur sa bouche.

– Qu'est-ce que c'était ? demande Sagan, en me passant la main dans les cheveux.

Il a l'air aussi affolé que mon père, et Utah et Victoria et Luck. Même Moby qui s'accroche au cou de sa mère.

– Qu'est-ce qui se passe ?

Tout le monde se tourne vers la porte d'entrée qui vient de claquer sur Honor.

— Où étais-tu ? lui demande mon père. Bon, on réglera ça plus tard.

Puis il se retourne en reprenant :

— Merit, qu'est-ce que tu as pris ?

Il se penche sur moi. Tout le monde est penché sur moi.

— Elle les a tous vomis. – Sagan.
— Mais qu'est-ce que c'était ? – Mon père.
— Sans doute de l'aspirine. – Victoria.
— Elle dit qu'elle les a volés. – Utah.
— Qu'est-ce qui se passe ? – Honor.
— Merit a avalé des cachets. – Luck.
— Tu as vu ça, Barnaby ? – Victoria.
— Pas tout de suite, Victoria. – Mon père.
— Qu'est-ce que tu as pris, Merit ? – Sagan.
— Il faut que tu lises ça, Barnaby ! – Victoria.
— Victoria, je t'en prie ! – Mon père.
— Merit, qu'est-ce que c'était ? – Utah.
— Ceux de maman. – Moi.

— Tu as pris les cachets de ta mère ? demande mon père, en se penchant au-dessus de ma tête.

Je le vois à l'envers et je n'avais jamais remarqué à quel point Moby lui ressemblait.

— Les pilules de ta mère ?

Je hoche la tête.

— Bien, souffle-t-il. Elles ne lui feront pas de mal.

Il prend le téléphone d'Utah et se dirige vers la cuisine tout en parlant à l'interlocuteur des urgences.

— Allô ? Salut Marie. Oui, c'est Barnaby. Oui, c'est bon. Elle va bien.

C'est bon. Elle va bien.

Comment peut-il dire ça ? Il ne sait même pas ce que j'ai pris. Je suppose que ça n'a plus beaucoup d'importance puisqu'elles se retrouvent par terre au milieu de mon vomi.

– Tu te sens bien ? me demande Sagan.

Je hoche encore la tête.

– Je vais te donner de l'eau, reprend-il.

Je ferme les yeux. Tout s'apaise, maintenant. Mon cœur s'apaise. L'agitation s'apaise. Je pousse un soupir paisible. C'est bon. Elle va bien.

Je vais bien.

– C'est vrai ?

C'est la voix de Victoria. Je rouvre les yeux, elle brandit les pages que j'ai agrafées. L'air outrée.

Ça ne va plus bien du tout.

J'ai de nouveau envie de vomir.

– Merit, c'est toi qui as écrit ça ?

Je fais oui de la tête. Elle doit être tellement gênée que mon père la trompe qu'elle va rassembler tous les autres exemplaires avant que quelqu'un ne les lise. Elle s'approche de moi. Mais elle n'a pas l'air furieuse du tout, bien que j'aie écrit que mon père la trompait. Elle paraît… triste.

Elle interroge Utah :

– Tu lui as fait ça ?

L'air interloqué, il nous regarde l'une après l'autre.

– J'ai fait quoi à qui ?

Elle lui claque la lettre sur la poitrine, avant de rejoindre mon père dans la cuisine. Et là, je vois Utah lire la première page de ma lettre. Sagan revient avec un verre d'eau.

– Tiens, bois ça.

Il m'aide à m'asseoir, essaie de me faire boire, mais je n'arrive pas à détacher mon regard d'Utah. Je repousse le verre.

Et c'est là que je vois.

Une larme.

Mon frère relève la tête, avec cette larme qui lui coule le long de la joue. Je ne peux m'empêcher de me demander s'il éprouve de la culpabilité ou de la peur en me voyant révéler ainsi son secret. Évidemment, il fuit mon regard.

J'entends des sirènes dans le lointain.

– Merci, Marie, dit mon père dans le téléphone.

Il coupe la communication et Victoria vient lui murmurer quelque chose. Elle désigne Utah, puis moi, puis les pages maintenant aux pieds de mon frère. Mon père entre dans le living alors que l'ambulance se gare devant la maison. Il ramasse les feuilles, se met à les lire. Une minute. Deux minutes. Utah reste figé sur place. On frappe à la porte mais mon père ne réagit pas.

– Papa, murmure Utah.

Il lève enfin la tête, regarde mon frère puis moi.

On frappe un nouveau coup à la porte.

– Papa, souffle Utah. Je vais t'expliquer.

Encore un coup.

Un coup de poing.

Honor crie.

Utah est par terre, maintenant. Mon père se tient au-dessus de lui. Il montre la porte en lâchant :

– Va-t'en !

Honor aide Utah à se lever puis jette un regard noir à notre père :

– Qu'est-ce qui te prend, tu es dingue ?

Une fois debout, Utah prend la direction de sa chambre. Honor et Luck lui emboîtent le pas. Sagan ouvre la porte d'entrée et laisse entrer les infirmiers.

– Elle va bien, leur dit mon père. Examinez-la mais ce n'étaient que des placebos.

Des placebos.

Pourquoi des placebos ?

Les dix minutes qui suivent s'écoulent dans un brouillard, tandis que les infirmiers me bombardent de questions, vérifient ma pression sanguine, mon oxygène, mes yeux, ma bouche. J'entends l'un d'eux murmurer à mon père :

– On ferait quand même bien de l'emmener pour la nuit. Elle est ivre. Sinon, il faudra prévenir l'assistante sociale de ce qui s'est passé, et il faudra qu'il y ait un suivi.

Mon père vient s'agenouiller devant moi mais, avant de le laisser placer un mot, je m'écrie :

– Je vais bien ! Je ne veux pas aller à l'hôpital !

– Merit, je crois que tu devrais…

– Je ne veux pas !

Hochant la tête, il dit à l'infirmier quelque chose que je n'entends pas, mais l'homme lui serre alors l'épaule. Ils doivent se connaître. Oui, bien sûr. On est dans une petite ville. Et, comme ils connaissent mon père, ils vont le dire à leurs épouses qui vont le dire à leurs amies qui vont le dire à leurs filles et, bientôt, toute la ville saura que j'ai tenté de me suicider.

Avec des placebos.

Pourquoi prend-elle des placebos ?

À l'instant où cette idée m'effleure l'esprit, ma mère apparaît à la sortie de l'escalier du sous-sol. Elle me regarde de sa place.

– Ça va ?

Elle effectue un pas dans ma direction mais s'arrête lorsque son pied doit se poser sur le parquet, regarde le sol et recule.

– Tout va bien, Vicky, lui lance mon père.

Quant à Victoria, elle file dans sa chambre avec Moby. Elle ne supporte pas de se trouver dans la même pièce que ma mère. Je me demande si elle a lu la lettre jusqu'au bout. Sait-elle qu'ils couchent toujours ensemble ?

– Qu'est-ce qui s'est passé ? demande ma mère.

Je donnerais n'importe quoi pour qu'elle vienne me serrer dans ses bras. N'importe quoi. Elle sait que quelque chose de négatif vient de se produire, sinon, elle n'aurait pas ouvert la porte du sous-sol. Pourtant, elle préfère encore rester sur place plutôt que s'occuper de moi. Je regarde mes mains.

Je tremble, j'ai l'impression que je vais encore être malade.

– Je vais tout t'expliquer dans une minute, lui dit mon père. Essaie de dormir un peu, d'accord ?

J'entends la porte se refermer. Ma mère n'est pas venue m'embrasser. Je lève des yeux implorants vers lui.

– Papa, j'ai jeté une lettre dans le sous-sol. Tu pourrais aller la récupérer avant qu'elle la lise ?

Il y va aussitôt, sans poser de questions.

– Merit ! crie Honor.

Je me redresse juste à temps pour la voir arriver, la lettre à la main. Elle traverse le Quartier Numéro Un, l'air de vouloir foncer sur moi, mais Sagan se plante devant elle et lui saisit les bras. Elle se débat et, quand elle comprend qu'il ne la laissera pas passer, elle me jette les feuillets à la figure.

– Espèce de menteuse !

Elle pleure, et je me rends soudain compte qu'on n'est pas du tout jolies quand on pleure. Je m'en veux de n'avoir fait que ça depuis deux heures.

J'ai l'impression de voir un film. Je ne me sens pas dedans, en train de le vivre, de subir le poids de sa colère. Je n'y réponds même pas car je m'en sens totalement déconnectée.

– Pas maintenant, Honor, dit Sagan, en l'écartant de moi.

– Ce n'est pas vrai ! crie-t-elle. Dis-leur que ce n'est pas vrai ! Utah ne ferait jamais un truc pareil !

Blottie dans une couverture sur le canapé, je regarde la scène se dérouler. Victoria revient, mais sans Moby, cette fois. Honor se précipite vers elle et mon père.

– Ne le renvoie pas, elle ment !

– Barnaby, tu ne peux pas laisser passer ça, lui dit Victoria.

– Mêle-toi de tes affaires ! – Honor.

– Honor… – Mon père.

– Oh, la ferme ! – Honor.

– Va dans ta chambre ! – Mon père.

– Tout le monde dans sa chambre ! – Encore mon père.

– Et moi ? Je peux retourner dans ma chambre ? – Utah.

– Non, va-t'en. Tous les autres dans leurs chambres. – Mon père.

– S'il s'en va, je m'en vais. – Victoria.

– Non. Tu restes. – Mon père.

– Je vais avec Utah. – Luck.

– Tu ne vas pas avec lui non plus. – Victoria.

– Tu crois pouvoir me dire ce que je peux faire ? J'ai vingt ans ! – Luck.

– Tout le monde reste. C'est bon. Je m'en vais. – Utah.

– Pourquoi tu t'en vas ? Tu n'as rien fait ! – Honor.

Nous y voilà. Le moment de vérité. Le paroxysme.

Utah hausse les épaules, l'air fatigué ; il me regarde du fond de la salle.

— Elle a dit la vérité, laisse-t-il tomber.

Je porte une main à ma bouche devant cet aveu.

Voilà des années que j'attends une confirmation de sa part de ce qui aurait pu ne provenir que de ma tête. Mais j'étais trop gênée pour en parler. Trop effrayée.

Maintenant qu'il l'a reconnu, je ne sais pas si je m'en porterai mieux pour autant. Du moins pas tant que j'aurai l'impression qu'il le regrette vraiment. Et là, il me semble que la seule chose qui lui donne des regrets est le fait que je m'en souvienne assez pour en reparler.

Il se dirige vers la porte puisque, visiblement, mon père ne va pas céder. Il la claque si fort que je sursaute.

Sagan s'assied lentement sur le canapé à côté de moi. Il serre les poings, comme pour réprimer sa colère, encore que je ne sache pas après qui il en a, au juste. Vraisemblablement, moi. Tout le monde se tait, jusqu'à ce que mon père annonce :

— Il est tard. Nous discuterons demain. Tout le monde au lit.

Puis il désigne Luck du doigt :

— Tu restes dans ta chambre. Si je te vois traîner autour de mes filles, tu dégages.

Il doit avoir lu le reste de la lettre.

Luck hoche la tête et se retire dans sa chambre. Honor contemple mon père, les mains sur les hanches.

– C'est ta faute, lui dit-elle. Toi et tes décisions lamentables, toi, le plus lamentable des pères. C'est à cause de toi que cette famille est en miettes !

Là-dessus, elle rentre dans sa chambre en claquant la porte.

Il ne reste que Sagan et moi, maintenant. Et mon père. Il lui faut un moment pour se reprendre. Il finit par s'approcher de moi et me regarde dans les yeux.

– Ça va ?

Je hoche la tête, bien que ce soit loin d'être le cas.

– Tu pourrais veiller sur elle, cette nuit ? demande-t-il à Sagan.

– Bien sûr.

– Je n'ai pas besoin d'une baby-sitter.

– C'est toi qui le dis, répond mon père. Bon, il faut que j'aille arranger ça avec Victoria.

Il se lève mais je l'interromps dans son mouvement :

– Pourquoi maman prend des placebos ?

Il me jette un regard empli de la marque de tous ses secrets.

– Je remercie le ciel que ça n'ait pas été autre chose, Merit.

Là-dessus, il traverse la cuisine en direction de sa chambre. En route, il s'arrête devant la table, agrippe une chaise par son dossier et baisse la tête entre les épaules ; il reste ainsi une dizaine de secondes avant de la soulever du sol et de la jeter contre le mur où elle éclate en morceaux. Puis il se rend dans sa chambre et claque la porte derrière lui.

Sagan pousse un soupir en même temps que moi. Mais on ne dit rien pendant un long moment.

– Va prendre une douche, finit-il par me dire. Ça ira mieux après.

Quand je me lève, il en fait autant. Je dois avoir des gestes encore incertains, car il me prend le bras pour m'accompagner vers la salle de bains. Une fois à l'intérieur, il tire le rideau et saisit le rasoir qu'il glisse dans sa poche.

– Arrête, Sagan ! Tu ne crois quand même pas que je vais m'ouvrir les veines avec un Bic jetable !

Il ne répond pas, mais ne me rend pas le rasoir pour autant.

– Je vais nettoyer dans le couloir pendant que tu prends ta douche. Tu veux dormir dans ma chambre ou dans la tienne ?

J'y réfléchis un instant, pas trop sûre de vouloir de lui sur le lit où j'ai tenté de me suicider. Je finis par murmurer :

– La tienne.

Il ferme la porte et me laisse seule mais revient soudain, ouvre l'armoire à pharmacie, saisit deux flacons de médicaments.

– Sérieux ? Qu'est-ce que tu veux que je fasse avec ça ? Que j'avale quatre-vingts boules de gomme vitaminées ?

Il ressort sans répondre.

***

Je passe au moins une demi-heure sous la douche, sans rien faire d'autre que regarder le mur tandis que l'eau chaude me coule dans la nuque. Je dois être encore sous le choc, complètement déconnectée de tout ce qui a pu se passer ce soir. Comme si c'était arrivé à quelqu'un d'autre.

Sagan est venu vérifier deux fois où j'en étais. Je ne sais pas combien de temps il me faudra pour le convaincre que cette nuit n'a été qu'une erreur, que je ne suis pas suicidaire ; j'ai juste trop bu. J'ai commis une bêtise et, maintenant, il croit que je suis sous cette douche à chercher un autre moyen de me supprimer.

Je ne veux pas mourir. Sinon, je ne serais pas allée demander de l'aide à Utah. Quel ado ne songe pas, de temps en temps, à ce que ça pourrait faire de mourir ? Le seul problème étant que cette idée a rencontré ma spontanéité, mêlée d'alcool. La plupart des gens y réfléchissent. Pas moi. J'agis.

Il va me falloir un énorme trophée après une telle nuit. Je trouverai peut-être une statuette d'Oscar en vente sur eBay.

— Merit ? lance la voix étouffée de Sagan derrière la porte.

Je lève les yeux au ciel et arrête l'eau.

— Je suis vivante.

J'attrape une serviette et m'essuie. Une fois revêtue de mon pyjama, j'entre dans sa chambre. Il avait laissé la porte entrouverte, alors je la ferme derrière moi. Je tiens à m'éloigner le plus possible du monde extérieur.

Sagan s'est préparé un lit de fortune par terre, avec un matelas et une couverture.

– Tu peux prendre mon lit, dit-il.

Là, je m'aperçois qu'il a apporté mes propres oreillers. Je pousse un soupir de soulagement. Je ne crois pas avoir jamais eu autant envie de dormir que maintenant. Il est plus de trois heures du matin.

– Tu te lèves tôt, demain ? lui demandé-je.

Je m'en veux un peu. Il est si tard et tout le monde va devoir partir dans quelques heures soit au travail, soit au lycée. Je ne sais même pas où Sagan se rend chaque matin, s'il travaille ou s'il poursuit ses études. Je ne sais presque rien du type chargé de ma vie en ce moment. Merci papa.

– Je suis en congé, demain.

Je me demande si c'est vrai ou s'il a juste peur de me laisser seule. J'ai beau m'en vouloir de lui donner ce souci, ça fait du bien de savoir que quelqu'un s'inquiète pour vous.

Je m'allonge sur le lit, tire les couvertures sur moi. Son matelas se trouve à l'autre bout et c'est tant mieux. Je me connais assez pour savoir que, dès qu'il aura éteint, je vais devoir étouffer mes larmes. Plus je serai loin, mieux ce sera.

– Tu as besoin de quelque chose avant que j'éteigne ? demande-t-il debout devant la porte, la main sur l'interrupteur.

Je fais non de la tête et, à l'instant où il appuie dessus, j'aperçois la lettre que j'ai écrite, sur sa commode, ouverte à la dernière page.

Il a donc tout lu. Je ferme les yeux tandis qu'il s'installe sur son matelas. Je me demande qui d'autre a pris connaissance de mes écrits. Tout le monde, évidemment. Je me recroqueville en position fœtale. Pourquoi ai-je écrit ça ? Je ne me rappelle même plus tout ce que j'ai mis.

Ça me revient petit à petit, paragraphe par paragraphe. Le temps que mon esprit ait reconstitué chaque page, j'ai fondu en larmes et je dois mordre la couverture pour étouffer mes sanglots.

Je ne veux pas savoir ce que je ressens, ni même si je regrette d'avoir fait ça. Pourtant, ce sont bien des regrets qui m'envahissent. Déjà d'avoir avalé ces cachets, mais pas d'avoir écrit cette lettre.

À moins que je ne regrette tout.

La seule sensation dont je sois certaine c'est que je suis morte de honte. Chose à laquelle je devrais commencer à m'habituer, pourtant non. Je ne crois pas que quiconque puisse s'y habituer.

Je n'arrive pas à croire que j'aie pu faire ça ce soir. Ou hier. Si seulement je pouvais retourner en arrière, ne plus manquer le bahut... rien de tout ça ne serait arrivé. En fait, il faudrait que je remonte à plusieurs années en arrière, sans avoir jamais vécu ce moment avec Utah, ou mieux encore, à plus de dix ans, le jour où Wolfgang s'est pointé dans notre jardin. Si j'avais tué ce satané chien, on ne se serait sans doute jamais installés dans cette maudite église. Papa n'aurait jamais rencontré Victoria. Maman ne serait pas devenue folle au point de vouloir s'installer à la cave.

Je me cache le visage sous l'oreiller, en faisant tout mon possible pour que Sagan ne perçoive pas à quel point je suis triste.

Sauf que ça ne marche pas. Je l'entends qui repousse ses couvertures et vient se glisser dans le lit à côté de moi. Il m'entoure d'un bras, m'attire contre lui, trouve mes poings fermés et les serre. Puis il enroule ses jambes autour de moi, pose le menton sur ma tête. Il m'étreint de tout son corps et je ne saurais dire si ça m'est jamais arrivé dans cette maison. Sauf avec Moby, mais ça ne compte pas puisqu'il n'a que quatre ans. Mon père ne m'a pas prise dans ses bras depuis des années. Je ne me souviens pas quand ça s'est produit avec Utah. Quant à Honor et moi, on ne l'a plus fait depuis notre enfance. Ma mère n'aime pas les contacts physiques, donc tout embrassade est exclue avec elle, d'autant que sa phobie est à son comble depuis quelques années. Autrement dit, c'est la première fois depuis des années que je me retrouve serrée contre quelqu'un et ça me donne encore plus envie de pleurer.

Je sens ses lèvres remuer sur mon front.

– Tu veux que je te raconte une histoire ? murmure-t-il.

J'arrive à rire entre mes larmes pitoyables.

— Tes histoires sont trop morbides pour un moment comme celui-ci.

Il bouge un peu la tête, de façon à poser sa joue contre la mienne. Ça fait du bien. Je ferme les yeux.

— D'accord, dit-il. Je vais te chanter une berceuse.

Je ris encore et voilà qu'il commence à... rapper.

— Sagan ! Arrête !

Mais non. Il passe les quelques minutes qui suivent à réciter en rythme les paroles de *Forgot About Dre*. Le temps que je m'endorme, les larmes sur mes joues ont séché.

CHAPITRE 11

Impossible d'imaginer le chaos d'une famille normale au lendemain de la tentative de suicide de l'un des siens. Les appels téléphoniques aux thérapeutes, les larmes, les excuses, les flottements, les étouffements, le chaos, alors que tout le monde se demande :
– Comment est-ce arrivé ?
et :
– Comment ne l'a-t-on pas vu venir ?
Je regarde le plafond de la chambre de Sagan et j'ai du mal à penser qu'ils viennent tous de partir, à part Sagan. Du moins je le crois puisque j'ai entendu la porte claquer à plusieurs reprises sans que personne se soit donné la peine de venir vérifier où j'en étais. Je me demande quel effet ça peut faire de vivre dans une famille normale. Une famille où on s'inquiète les uns des autres. Pas comme chez nous où chacun vaque à ses occupations alors que j'ai failli me suicider il y a huit heures. Pas comme chez nous où mon père s'éveille et s'en va travailler

comme si de rien n'était. Pas comme chez nous où ma mère refuse de quitter son sous-sol. Ma sœur jumelle part au bahut. Mon bel-oncle se lance dans son nouveau job. Et pas un seul d'entre eux ne vient me dire un mot.

J'ai compris. Ils m'en veulent tous. J'ai dit des trucs vraiment épouvantables dans cette lettre et, à l'heure qu'il est, ils l'ont tous déjà lue plus d'une fois, j'en suis sûre. Cependant, si Sagan reste le dernier présent ici, ça prouve que rien de ce que j'ai écrit ne les a marqués. Ils en sont encore à m'accuser de tout et de rien.

Dès que j'entends la poignée de la porte s'ouvrir, je m'assieds dans le lit. Je suis déçue, quoique un peu soulagée, d'apercevoir la tête de mon père.

– Tu es réveillée ?

Je hoche la tête et rassemble mes genoux contre ma poitrine. Il ferme la porte derrière lui, s'approche du lit et s'assied juste au bord.

– Je, euh...

Il serre les dents, comme chaque fois quand il ne sait pas que dire.

– Laisse-moi deviner, dis-je. Tu veux savoir si je vais bien ? Si je suis toujours suicidaire ?

– Oui ?

– Non, papa. Je suis juste une fille qui a découvert que ses parents couchaient ensemble, alors j'ai reporté ma colère sur quelques substances illégales. Ça ne me rend pas suicidaire pour autant, je suis juste une ado.

Dans un lourd soupir, mon père se tourne vers moi.

– De toute façon, je crois qu'il vaut mieux que tu voies le docteur Criss. Je t'ai pris un rendez-vous pour lundi prochain.

Oh mon Dieu ! J'en tombe contre mes oreillers.

– Tu rigoles ? De tous les gens de cette famille, c'est *moi* que tu forces à voir un psychiatre ? Et ton ex-femme qui n'a plus vu le soleil depuis deux ans ? Ou ta fille à deux doigts de devenir nécrophile ? Ou ton fils qui trouve normal de baiser sa sœur !

– Merit, arrête !

Il se relève, fait les cent pas avant de revenir vers moi.

– Je fais de mon mieux, d'accord ? Je ne suis pas un père parfait. Je le sais. Sinon, tu n'en serais jamais arrivée au point de préférer mourir plutôt que vivre avec moi.

Il regagne la porte mais s'arrête, se retourne vers moi et, après une courte hésitation, plante son regard dans le mien. Il a l'air déçu quand il annonce d'une voix plus douce :

– Je fais de mon mieux, Merit.

Là-dessus, il sort et je retombe sur le lit.

– Ouais, c'est ça papa ! Essaie encore.

Je guette le bruit de la porte d'entrée qui se referme, pour enfin traverser le couloir et regagner ma chambre. Je me change, me brosse les dents et puis effectue ma grande entrée dans le Quartier Numéro Un. Personne pour m'accueillir ni pour me dire comme ils sont contents que je n'aie trouvé que des placebos.

Je vais m'asseoir dans la cuisine, regarde le panneau d'affichage dehors. C'est la première fois que je ne le trouve pas à jour depuis qu'on est installés ici, il y a des années. Là, je retrouve le message qu'Utah a posé hier.

Si toute l'histoire de la Terre était comprimée en une seule année calendaire, les humains n'apparaîtraient que le 31 décembre à 23 heures.

Je dois le lire à plusieurs reprises pour en prendre conscience. Les humains occupent-ils vraiment une place si négligeable ? On n'est vraiment arrivés que la dernière heure de toute une année ?

Sagan entre dans la cuisine par la porte de derrière. Il porte un pichet d'eau.

— Salut, lance-t-il, d'un ton circonspect.

Je le dévisage un moment avant de revenir sur le panneau.

— Tu crois que c'est vrai ?

— Qu'est-ce qui est vrai ? demande-t-il, en allant s'asseoir à table avec son carnet de croquis.

Je désigne la fenêtre du menton.

— Ce qu'Utah a inscrit sur le panneau hier.

Sagan jette un coup d'œil dehors.

— Je ne suis sans doute pas la personne adéquate pour te répondre. J'ai cru au père Noël jusqu'à l'âge de treize ans.

Je ris, mais d'un rire forcé, pathétique. Et puis, je me renfrogne à l'idée que le rire n'est qu'un remède éphémère à la mélancolie, qui semble constituer mon état d'esprit ces derniers temps.

Sagan repose son crayon et s'adosse à sa chaise en me regardant, l'air pensif.

– D'après toi, qu'est-ce qui arrivera quand on mourra ?

– Aucune idée. Mais si le panneau dit vrai et que les humains occupent vraiment une place aussi insignifiante dans l'histoire de la Terre, je me demande pourquoi un Dieu irait se donner la peine de faire tourner tout un univers autour de nous.

Sagan récupère son crayon, le porte à sa bouche et le mâchonne avant de décréter :

– Les humains sont des créatures romantiques. C'est rassurant de croire que cet être omniscient, qui a le pouvoir de créer tout et n'importe quoi, aime encore la race humaine plus que tout.

– Tu trouves ça romantique ? Je trouve ça narcissique et ethnocentrique.

Il sourit.

– Ça dépend du point de vue où tu te places, je suppose.

Il se remet à dessiner comme si la conversation était finie. Quant à moi, je reste figée par ce qu'il vient de dire ; après, je me demande si je ne considère pas les choses toujours sous une seule perspective. J'ai tendance à croire que beaucoup de gens se trompent, bien souvent.

– Tu penses que je ne vois les choses que sous une seule perspective ?

Il répond sans me regarder :
— Je pense que tu en sais moins sur les gens que tu ne le crois.

Je résiste à l'impulsion de le contredire aussitôt, mais j'ai trop mal au crâne et j'ai sans doute encore un peu la gueule de bois. En outre, je ne veux pas me disputer avec lui, car c'est le seul qui me parle encore, en ce moment. Aucune envie de gâcher cette chance. D'autant qu'il semble futé pour son âge et que je ne suis pas près de rivaliser avec lui du point de vue intellectuel. Même si je n'ai aucune idée de son âge.

— Quel âge as-tu ?
— Dix-neuf ans.
— Tu as toujours vécu au Texas ?
— J'y ai passé toutes ces dernières années avec ma grand-mère. Elle est morte il y a un an et demi.
— Désolée.

Comme il ne répond rien, j'ajoute ma question :
— Où sont tes parents, maintenant ?

Il s'adosse de nouveau à sa chaise en tapant son crayon contre son carnet, puis il le laisse soudain tomber.

— Viens, dit-il, en se levant. Il faut que j'aille faire un tour.

Visiblement, il espère que je le suive, alors je le laisse m'ouvrir la porte d'entrée. Je ne sais pas où on va mais j'ai l'impression qu'il tient avant tout à échapper aux questions suivantes.

***

Une heure plus tard, on se retrouve à la boutique d'antiquités, devant le trophée que je n'ai pu m'offrir il y a quelques semaines.

– Non, Sagan.
– Si.

Il le tire de son étagère et j'essaie de le lui prendre des mains.

– Tu ne vas pas dépenser quatre-vingt-cinq dollars juste parce que tu me plains !

Je couine derrière lui comme un bambin en pleine crise.

– Je ne l'achète pas pour ça, corrige-t-il.

Il le dépose sur la caisse et sort son portefeuille. J'essaie de nouveau de m'approcher mais il se plante devant moi.

– Je n'en veux pas si c'est toi qui l'achètes. Je ne le voudrai que quand je pourrai me le payer.

Il sourit, comme si je venais de dire quelque chose de très amusant.

– Dans ce cas, tu pourras me rembourser un de ces jours.

– Ce n'est pas pareil.

Il tend un billet de cent dollars au caissier.

– Il vous faut un sac ? demande celui-ci.

– Non merci, dit Sagan, en récupérant le trophée.

Là-dessus, il se dirige vers la sortie. Une fois dehors, il se retourne et le cache derrière son dos, comme si je ne l'avais pas vu l'acheter.

– J'ai une surprise pour toi.

Je lève les yeux au ciel.

– Quel abruti !

Il me tend le trophée en riant et je le prends avant de marmonner :

– Merci.

Je suis ravie de l'avoir mais irritée qu'il ait dépensé tant d'argent pour ça. Ça me met mal à l'aise. Je n'ai pas l'habitude de me faire offrir des cadeaux.

– De rien, répond-il, en me passant un bras sur l'épaule. Tu as faim ?

– Pas trop envie de manger, non. Mais je t'accompagne si toi tu as faim.

Il m'entraîne dans une sandwicherie à quelques rues de là et il va droit vers la caisse pour commander :

– Je vais prendre le menu spécial. Et deux cookies, s'il vous plaît.

Il se tourne vers moi :

– Qu'est-ce que tu veux boire ?

– De l'eau, ça ira.

– Deux eaux, demande-t-il à la caissière.

Il précise que c'est pour emporter, après quoi, il traverse la rue et s'assied devant une des tables près de la fontaine, là où on s'est embrassés pour la première fois. Si bien que je me demande s'il a fait exprès de me conduire ici. J'en doute.

Pourtant, c'est le genre de question qui m'a souvent traversé l'esprit. S'il ne voit en Honor qu'une amie, pourquoi m'a-t-il embrassée ainsi lorsqu'il me prenait pour elle ? Car c'était bel et bien le cas. Aucun acteur, même le meilleur du monde, n'aurait su jouer sa surprise et son effroi quand elle l'a appelé au téléphone.

Je n'en dis rien, pourtant. Notre conversation ne prend pas cette direction et je ne suis pas certaine de pouvoir assumer sa réponse en ce moment. Je suis trop épuisée après les dernières vingt-quatre heures pour y ajouter encore un tel poids.

– Tu as déjà goûté à leurs cookies ? me demande-t-il.

– Non, dis-je, en buvant une gorgée d'eau.

– Ça va te changer la vie.

Il m'en tend un et je mords dedans, et puis encore. C'est vraiment le meilleur cookie que j'aie jamais mangé, mais il a quand même exagéré.

– Et quand est-ce que ça doit me changer la vie, au juste ? Il faut que j'avale le cookie tout entier pour obtenir ce résultat ?

– Petite futée ! dit-il, en fronçant les sourcils d'un air amusé.

J'achève le gâteau et le regarde croquer dans son sandwich. Là, je remarque un nouveau tatouage sur son bras. On dirait des coordonnées GPS. Je lui demande :

– C'est nouveau ?

– Oui, j'ai fait ça la semaine dernière.

– Comment ça ? C'est toi qui l'as fait ?

– Je dessine mes propres tatouages.

Alors, je regarde les autres.

– Tu les as tous faits ?

Finalement, je les trouve beaucoup plus intéressants qu'à première vue. Je voudrais connaître la signification de chacun. Par exemple, pourquoi il a mis sur son poignet un petit grille-pain avec une tranche. Ou ce que signifie cette phrase : « Ton tour arrive, Docteur ». Ou ce que signifie le drapeau. Je désigne le grille-pain :

Il hausse les épaules.

– C'est juste un grille-pain. Ça ne veut rien dire.

– Et celui-là ? demandé-je, en montrant le drapeau.

– C'est le drapeau de l'opposition syrienne.

– Qu'est-ce qu'il signifie ?

– Mon père est d'origine syrienne. J'ai voulu rendre hommage à notre héritage.

– Ton père est toujours vivant ?

Cette question le fait changer d'attitude. Il avale un peu d'eau en détournant les yeux. Quand il ne veut pas répondre, on a l'impression qu'un mur s'abaisse derrière ses paupières. Ce qui est le cas à peu près en permanence. Je respecte son besoin de confidentialité pour sa famille, préférant me concentrer sur les autres tatouages.

– Certains ont un sens et pas d'autres ?

– Certains n'ont pas de sens mais la plupart, si.

Je passe le doigt sur les coordonnées GPS.

– Celui-ci en a un. C'est là que tu es né ?

Il sourit, me regarde dans les yeux.

– Presque.

Sa façon de me regarder en disant ça me trouble trop pour que je puisse poser une autre question. Je continue à inspecter son bras, mais aussi calmement que possible. J'en arrive même à soulever la manche de sa chemise afin de découvrir ceux de son épaule. Ça ne paraît pas le déranger, tant que je ne pose pas de questions sur leur signification.

– Tu es droitier ? C'est pour ça que tu n'en portes que sur le bras gauche ?

– Oui. Je préfère m'exercer sur moi que sur quelqu'un d'autre.

– Tu peux essayer sur moi.

– Quand tu auras dix-huit ans.

Je lui donne une petite tape sur l'épaule.

– Arrête. C'est dans sept mois !

– Les tatouages sont permanents. Il faut y réfléchir.

– Dit le mec avec un grille-pain sur le bras.

Il hausse un sourcil et ça me fait rire.

Aussitôt, je me rends compte à quel point il est bizarre de rire après cette nuit. Pour un peu, je m'en voudrais. Comme si c'était trop tôt. Cependant, je suis contente qu'il m'ait presque obligée à sortir de la maison, aujourd'hui. Je me sens beaucoup mieux que si j'étais restée enfermée dans ma chambre toute la journée, comme prévu.

– Non, reprend-il, je ne te ferai pas de tatouage. Je ne suis encore qu'un apprenti.

– Qu'est-ce que ça veut dire ?

— Les jours où je n'ai ni cours ni travail, je me rends parfois chez le tatoueur du coin. Ils me permettent d'apprendre les ficelles du métier.

— Tu vas à l'école supérieure de commerce ?

— Oui, trois jours par semaine. Les autres jours, je travaille, et j'essaie de retourner chez le tatoueur un ou deux soirs par semaine.

— Tu voudrais devenir tatoueur toi-même ?

— Non. J'ai d'autres projets d'avenir, mais c'est un passe-temps qui me plaît.

— Quelle est ta matière principale ?

— En fait, j'en ai deux, les sciences politiques et l'arabe.

— Ouah ! C'est du sérieux !

— Oui, il se passe trop de choses graves dans le monde en ce moment. Quelque part, je voudrais y participer.

Le mur est revenu, invisible, pourtant je le sens chaque fois.

J'ai encore tant de questions à lui poser. Par exemple, pourquoi faire de l'arabe une spécialité ? Et les sciences politiques ? Est-ce qu'il veut travailler pour le gouvernement ? À quelles choses graves dans le monde veut-il participer ? En ce qui me concerne, ce serait la dernière chose que je voudrais faire. Ça prouve juste à quel point on est différents. Il prépare déjà son avenir, et ça semble sérieux, tandis que je ne sais même pas si je vais retourner au bahut la semaine prochaine.

Je me sens comme… *une enfant.*

Sagan termine son cookie puis soulève mon trophée et l'examine.

– Pourquoi tu collectionnes ces trucs-là ?

– Je n'ai aucun don. Alors, comme je ne peux rien gagner de moi-même, je récupère les récompenses des autres quand j'ai passé une journée pourrie.

Il passe le doigt sur la petite plaque métallique.

– Un septième rang, ce n'est pas vraiment une victoire.

Je lui prends le trophée des mains et l'admire.

– Je ne voulais pas celui-ci pour le titre, juste parce qu'il était ridiculement cher.

Tout sourire, Sagan me prend par la main pour me faire lever.

– Viens, on va à la librairie.

– Il y a une librairie par là ?

– On dirait que tu ne connais pas bien la ville où tu habites.

– Techniquement, je n'y habite pas. Je suis à vingt kilomètres de là.

– Tu vis dans ce comté, c'est pareil.

On descend Main Street, jusqu'à une librairie. À l'intérieur, on est accueillis par une dame derrière sa caisse mais c'est la seule personne présente dans le magasin. L'atmosphère est tranquille, juste accompagnée par une paisible chanson des Lumineers en fond sonore. Je suis frappée par l'aspect moderne de l'intérieur. Je n'avais pas cette impression depuis la rue. Les murs sont mauves, ma couleur préférée. Des étagères remplies de livres tapissent la paroi

du fond, sinon, il y a aussi des planches remplies de bougies et d'autres marchandises. Je m'étonne :
– Il n'y a pas beaucoup de bouquins, ici.
– C'est une librairie spécialisée. En œuvres de charité. Ils ne vendent que des livres signés et offerts par leurs auteurs.

J'en prends un, l'ouvre pour vérifier si c'est vrai. En effet, une signature apparaît sur la première page.
– Trop cool !

Il pouffe de rire mais continue d'inspecter les rayons, comme s'il allait trouver un titre qui lui plairait. J'en prends d'autres, pourtant déjà certaine que je n'achèterai rien. Je n'ai pas un sou et il n'est pas question que je le laisse m'offrir quoi que ce soit de plus. Ainsi, on parcourt les allées sans rien dire avant de nous engager vers le fond du magasin. Cette fois, Sagan s'arrête devant un rayon, en traçant chaque titre du bout des doigts ; parfois, il va jusqu'à sortir un exemplaire pour en lire la quatrième de couverture. Je me contente de le regarder. Et puis son téléphone sonne ; bien entendu, il réagit comme si le monde devait s'arrêter, sortant l'appareil pour vérifier le nom de l'appelant. Apparemment déçu, il pousse un soupir mais répond quand même.
– Salut !

Il se passe la main dans la nuque tout en écoutant son interlocuteur, me jette un bref coup d'œil puis se détourne en répondant :
– Oui, oui. Tout va bien.

Tout va bien.

Je serais curieuse de savoir à qui il parle et s'il ne fait pas allusion à moi et à ma situation en disant ça.

Il me désigne la porte pour m'indiquer qu'il va poursuivre sa discussion dehors. Je hoche la tête et le regarde sortir avant de me diriger vers un canapé devant la vitrine, d'où je le surveille tranquillement.

– Je peux vous aider ? me propose la dame de la caisse.

C'est un peu déroutant. La bonne trentaine, les cheveux frisés remontés en chignon, elle est assise devant un ordinateur portable et me regarde par-dessus en attendant ma réponse.

– Ça va, merci.

– Vous êtes sûre ?

Je hoche encore la tête, un rien agacée que cette dame me demande si je vais bien. Ça semble indiscret. Je regarde de nouveau à travers la vitre, Sagan qui fait les cent pas et semble à peine pouvoir placer quelques mots. Il écoute, la plupart du temps, presse ses doigts contre son front, l'air tellement stressé que ça me rend triste pour lui. Quelque part, je m'en veux.

– C'est votre petit ami ? demande la femme, en venant vers moi.

J'essaie de ne pas faire la grimace mais elle voit certainement que je n'ai pas envie de bavarder.

– Non.

– Votre frère ? insiste-t-elle, en s'asseyant en face de moi.

– Non.

Elle se met à l'aise et continue à le regarder par la fenêtre.

– Il est mignon. Comment le connaissez-vous ?

Si je me concentre un peu, je devrais pouvoir attirer le regard de Sagan pour qu'il voie à quel point j'ai besoin de son intervention. En attendant, je n'ai d'autre choix que de répondre aux questions de cette femme. Dès lors, j'essaie de lui donner les explications qui l'empêcheront d'aller plus loin :

– C'est un ami de la famille. Il m'a embrassée pour la première fois là-bas, devant la fontaine. Sauf qu'il me prenait pour ma sœur jumelle, et c'était l'unique raison de son baiser. J'ai essayé de l'éviter ces dernières semaines, car je croyais qu'il sortait avec ma sœur. Mais, hier soir, je me suis habillée comme elle et je suis allée le voir pour l'embrasser de nouveau ; j'ai alors découvert qu'il ne sortait pas avec ma sœur. On s'est disputés et il est parti, alors je suis entrée dans la chambre de mon bel-oncle, pour le trouver en train de coucher avec mon frère. Là je me suis saoulée, j'ai avalé une poignée de cachets et j'ai failli mourir. Sagan, c'est son nom, a pensé qu'un cookie et une librairie pourraient m'aider à me sentir mieux, voilà pourquoi on est ici.

La femme écarquille les yeux mais ne paraît pas choquée. Juste un peu submergée par ce torrent d'informations. Elle finit par se pencher vers moi.

– Bon, surtout ne le quittez pas. Il n'y a vraiment rien de mieux que les cookies et les librairies. Vous avez soif ? J'ai des sodas au frais.

Tout pour qu'elle s'éloigne, ne serait-ce qu'une minute.

— Oh oui !

Elle part vers le fond du magasin, à l'instant où Sagan termine son coup de fil et rentre. Il me cherche des yeux, finit par me voir alors que je me lève pour lui demander :

— Tout va bien ?
— Oui.
— Bon. C'était mon père ? Il voulait savoir où j'en étais ?

Sagan range son appareil dans sa poche sans me répondre.

— Tu veux qu'on rentre chez nous ? me propose-t-il.

Chez nous...

Je ris jaune, pas vraiment sûre que cette expression corresponde à l'endroit où je vis. C'est juste une bâtisse remplie de gens qui comptent les jours avant de pouvoir enfin aller vivre ailleurs, loin des autres.

J'essaie d'accepter mais n'arrive pas à parler car j'ai la gorge noyée de larmes ; au moins Sagan ne me demande pas pourquoi je suis soudain dans cet état. Il me prend juste dans ses bras.

J'appuie la tête sur son épaule et l'étreins car ça fait du bien. J'ai beau vouloir me sentir forte, aujourd'hui, je suis encore triste. Je regrette infiniment d'avoir écrit cette lettre, d'avoir dénoncé de tels drames, d'autant que tout est vrai. Je ne veux pas faire de reproches à Utah, je ne veux pas m'en prendre à Honor, je ne veux pas que mon père trompe Victoria ; même si c'est avec ma mère. Et je ne veux plus qu'Honor reste à ce point obsédée par ses relations malsaines. Je voudrais qu'on soit tous normaux. Est-ce donc si compliqué ?

– Pourquoi on ne peut pas être une famille normale ?

Ma voix semble étouffée contre la poitrine de Sagan.

– Je ne crois pas que ce genre de chose existe, Merit, dit-il, en reculant un peu pour me regarder dans les yeux. Viens. Tu es épuisée, ça se voit.

Je me laisse faire et il m'entraîne vers la porte, mais voilà que la dame de la caisse nous barre le chemin en brandissant un soda.

– N'oubliez pas votre Pepsi Light.

Sagan recule, tend une main hésitante vers la canette.

– Euh… Merci ?

La femme hoche la tête puis s'écarte pour nous laisser passer, avant de lancer :

– Et n'essayez pas de voler un de mes gnomes. Les ados volent toujours les gnomes !

Je lui adresse un signe de la main pour la rassurer. Une fois dehors, Sagan éclate de rire.

– Trop bizarre !

Je suis de son avis, en même temps, ça ne me déplaît pas, alors je reviendrai peut-être.

CHAPITRE 12

Utah : Tu es à la maison ?

Utah : Mer, il faut vraiment
que je te parle.

Je regarde ses textos avec dédain. Il ne m'a plus appelée Mer depuis l'enfance. Je ferme mon téléphone et le range dans ma poche puis récupère ma fourchette pour avaler une bouchée d'enchiladas.

Avec Sagan, on est rentrés juste avant le retour des autres, des cours ou du travail. Je suis restée dans ma chambre jusqu'à ce que le dîner soit prêt. Quand je suis sortie, personne ne m'a parlé, à part mon père et Sagan. Mon père a demandé comment je me sentais. J'ai dit bien. Sagan a demandé ce que je voulais boire. J'ai dit bien. Je n'ai pigé qu'en le voyant sourire et me tendre un verre de soda.

À présent, on est tous assis dans un silence total, en plein dîner. Il règne une telle tension que je ne sais même pas si je pourrais parler. Honor est la première à prendre la parole. Elle a reçu un

SMS peu après les deux qu'Utah m'a envoyés, auxquels je n'ai pas répondu.

– Utah voudrait te parler, papa. Il peut revenir ce soir ?

Mon père met un certain temps à réagir. Il achève le morceau qu'il a dans la bouche, l'avale, boit une gorgée de vin et repose son verre.

– Pas ce soir, finit-il par dire.

Honor lui jette un regard indigné.

– Papa !

– J'ai dit pas ce soir ! Je lui ferai savoir quand je serai prêt à discuter avec lui.

Honor part d'un rire amer.

– Toi ? Discuter d'un truc important ? Il pourra attendre toute sa vie !

– Honor ! intervient Victoria d'un ton sévère.

Ce qui ne plaît pas à ma sœur. Elle semble sur le point d'exploser lorsque mon père s'interpose :

– Ça suffit, Honor !

Celle-ci se lève d'un mouvement si brutal qu'elle en renverse sa chaise, et elle file dans sa chambre. Dans un soupir, Victoria s'écarte à son tour de la table, plus doucement que d'habitude quand elle s'énerve.

– Je ne me sens pas bien, dit-elle, en posant sa serviette près de son assiette.

Peu après, mon père la rejoint.

J'ignore ce qui a pu se dire entre eux depuis que j'ai tout craché dans ma lettre, mais Victoria ne semble pas très contente.

Moby se penche vers moi en cachant sa bouche derrière une main :

— Je peux aller regarder la télé ? J'aime pas ce plat.

— Bien sûr, dis-je en souriant.

Il glisse de sa chaise et court dans le salon. On n'est plus que trois à table : Luck, Sagan et moi.

— Je ne crois pas que cette famille ait terminé un seul repas ensemble depuis que je suis là, observe Luck.

Ça ne me fait pas rire. En fait je trouve ça plutôt triste. Luck se met à rassembler la nourriture mais finit par reposer sa fourchette avant de se tourner vers moi, l'air accablé :

— Tu as pu parler avec Utah ? Et s'il voulait juste s'excuser ?

— Il a eu plusieurs années pour ça. La seule raison qui l'y pousse maintenant, c'est parce que tout le monde est au courant. Ça ne me semble pas très sincère.

— Ouais, sans doute…

Luck avale encore quelques bouchées, tandis que je chipote dans mon assiette. Je n'ai plus faim, à présent que tout un chacun semble se soucier de ce que mon frère a pu faire. Je sais que ça remonte à un bon moment, et je sais qu'ils ne sont pas contents de constater qu'il ait pu commettre une erreur. Mais, et moi ? Suis-je détestable au point qu'ils n'éprouvent aucune compassion pour ce que j'ai pu ressentir après cet incident ?

Luck retourne enfin dans sa chambre et Sagan commence à nettoyer la table.

– Tu as fini ?

Je lui fais signe que oui et il emporte mon assiette dans l'évier avant de revenir à table.

Je glisse le doigt sur la condensation de mon verre.

– Tu crois que j'en fais trop ?

Il me dévisage un instant mais finit par répondre :

– Ta colère est justifiée, Merit.

J'aimerais que ces mots me fassent du bien, mais non. Je ne veux pas être énervée contre Utah. Ni que personne ne le soit contre moi. J'aimerais juste qu'on soit tous contents.

– Parfois, je déteste cette famille, dis-je, dans un murmure. Tu ne peux pas savoir.

Il prend son carnet de croquis.

– Très étonnant de la part d'une ado.

Là-dessus, il commence à glisser son crayon sur une page blanche, et je le regarde dessiner. C'est reposant. Le bruit de la mine sur le papier. La façon dont son bras actionne sa main. L'intense concentration de son visage.

– Tu veux me dessiner ?

Il lève les yeux vers moi.

– Bien sûr.

Quelques minutes plus tard, on se retrouve dans sa chambre. Je remarque qu'il laisse la porte entrouverte et j'aimerais savoir s'il le fait par respect pour Honor ou par peur de mon père. Il ouvre son placard, en sort une boîte de fusains.

– Comment veux-tu que je te représente ? Sur le mode réaliste ?

Je regarde ce que je porte : jean et tee-shirt. Comme toujours.

– Je peux me changer ?

Il accepte et je traverse le couloir. Je fouille parmi mes vêtements jusqu'à trouver cette ridicule robe de demoiselle d'honneur que j'arborais pour le mariage de ma cousine, l'année dernière, en taffetas jaune vif, avec un bustier sur une jupe large qui arrive juste au-dessus des genoux. Elle est horrible, alors, bien sûr, je la mets. Je l'assortis d'une paire de rangers, puis je remonte mes cheveux en chignon tout simple. Lorsque j'entre dans la chambre de Sagan, il éclate de rire.

– Joli !

– Contente que ça te plaise.

Après quoi, je vais m'asseoir en tailleur sur le parquet.

– Dessine-moi comme ça, mais pas par terre. Plutôt sur un petit nuage.

Il s'assied sur son lit, change de page, me regarde, regarde le papier, puis de nouveau moi, et ainsi de suite, trois ou quatre fois, sans rien dessiner. Je ne sais que faire de mes mains, alors je les laisse sur mes genoux. Il change deux fois de position sur le lit, mais rien ne semble lui convenir. Dès qu'il se met à dessiner, il s'impatiente et chiffonne le papier.

Une dizaine de minutes s'écoulent ainsi, sans qu'on prononce un seul mot. J'aime observer son processus créatif, bien que ça ne semble pas se passer en ce moment comme il l'aurait voulu. Il finit par s'adosser à son siège, jetant le carnet sur la table.

– Je n'arrive pas à te dessiner.
– Pourquoi ?
– Je ne suis pas un grand artiste. Je ne crois pas pouvoir te rendre justice.

Je sens le rouge me monter aux joues mais j'essaie de ne pas m'accrocher au sens que j'aimerais donner à cette réponse. Il n'a sans doute dit ça que pour se rabaisser. Je me relève en soupirant :

– Un autre jour, peut-être.

Et de me laisser tomber sur son lit. Ma robe fait beaucoup de bruit lorsque j'atteins l'édredon.

– On dirait un oiseau géant.

Je me soulève sur un coude en riant.

– Tu aurais dû voir la rangée de demoiselles d'honneur à ce mariage. On portait toutes une couleur primaire différente.
– Pas possible !
– Si, ma cousine est institutrice en maternelle. Je ne sais pas si ça l'a influencée, mais le spectacle était coloré.

Sagan me contemple d'un air pensif.

– Ça te dirait d'aller faire une balade ?
– D'accord, mais laisse-moi d'abord me changer.
– Surtout pas !

***

On n'est pas arrivés au bout de l'allée du jardin que ma robe nous dérange déjà tous les deux. À chacun de mes pas, on a l'impression d'affronter un raz de marée.

— Tu ne pourrais pas arrêter ça ? demande-t-il en riant.

— Non, c'est la robe la plus bruyante du monde.

— Tiens, et si on essayait la balançoire ? suggère-t-il, en désignant le coin lecture de Victoria.

Elle voulait un endroit à l'ombre d'un arbre pour lire et se reposer. Alors mon père a acheté une balancelle géante où elle peut s'allonger comme dans un lit.

Sagan jette plusieurs coussins par terre pour nous faire un peu de place puis tapote la place à côté de lui. Ma jupe ne me facilite pas les choses pour m'asseoir sans nous étouffer tous les deux mais, au moins, ça nous fait rire.

— On pourrait décoller, maintenant.

Je lui heurte l'épaule et il en profite pour me saisir la main et m'attirer contre lui. Pas d'une façon sensuelle, mais pour me rassurer. Il me passe un bras autour du cou et je me blottis contre lui ; j'admire le jardin devant nous. Notre clôture blanche court le long de l'allée, jusqu'à la chaussée.

— C'était à toi ? demande Sagan, en me montrant une maison dans les arbres.

— Non, mon père l'a fabriquée pour Moby. Avec Honor, on en avait une, mais dans le jardin de notre ancienne maison, à côté. Elle doit être pourrie, à l'heure qu'il est.

— Je la trouve jolie en mauve. C'est la couleur préférée de Moby ?

— Non, c'est la mienne. Moby l'a choisie parce qu'il voulait qu'elle me plaise pour que j'y monte avec lui.

— Et alors ?

— Oui, j'y vais, parfois. Peut-être pas autant qu'il le voudrait.

L'air attristé de Sagan me rappelle qu'il a une petite sœur inconnue. Je ne peux m'empêcher d'effleurer l'un de ses tatouages. Il a vraiment du talent. Chaque dessin est minuscule mais incroyablement détaillé.

— Tu as beaucoup de talent.

Il me serre l'épaule, vient m'embrasser les cheveux. C'est le plus doux remerciement que j'aie jamais reçu. Et il n'a pas eu besoin de prononcer un mot.

Et voilà qu'il regarde droit devant lui, le front plissé, avant de demander :

— Merit ? Tu ne crois pas que tu pourrais faire une dépression ?

— Non, ça va. J'ai juste passé une mauvaise nuit et j'ai commis une grosse bêtise.

— Tu promets de me parler si tu as envie de remettre ça ?

Je hoche la tête, mais c'est tout ce que je peux exprimer. Il se tourne vers moi, sans toutefois me regarder dans les yeux.

– Tu crois que ce serait peut-être… Enfin, ça ne viendrait pas de moi ?

– Attends, dis-je en me redressant, tu crois que j'ai tenté de me suicider à cause de toi ?

– Non, non, pas du tout. Enfin, j'espère que ce n'est pas ce que je dis…

Il se passe une main sur le visage.

– Je ne sais pas, Merit. Je t'ai traitée d'enfoirée et, peu après, je me retrouve à te faire vomir les cachets que tu as avalés. Je ne peux m'empêcher de penser que j'y suis pour quelque chose.

– Mais non, tu n'y es pour rien, je t'assure. Ça vient de ma stupidité, de ma famille et de tout ce qui a fini par faire boule de neige. Écoute, je n'ai pas trop envie d'en parler.

– D'accord, murmure-t-il, en m'effleurant le menton. On n'en parle plus pour le moment.

Il m'attire encore contre lui et j'apprécie le silence qu'il m'offre. Un bon quart d'heure s'écoule ainsi. La lune est pleine, ce soir, et elle baigne le jardin de ses rayons. Même la clôture blanche semble scintiller.

– Il y a tellement de gens qui rêvent de vivre dans une maison avec une clôture blanche. S'ils savaient. Ça n'existe pas, les familles parfaites, barrière blanche ou pas.

— Faisons un pacte, dit-il en riant. Si on a un jour notre propre maison, notre clôture ne sera pas blanche.

— Ah non, pas blanche ! La mienne sera mauve.

— Comme la maison dans les arbres. Au fait, il ne te resterait pas de cette peinture ?

— Euh, oui, je crois, dans le garage.

On ne bouge pas pour autant, jusqu'au moment où, comme mus par un ressort, on saute ensemble de la balancelle pour se précipiter vers le garage.

Coup de chance, il reste deux pots de peinture mauve. Assez pour la clôture du devant, en tout cas. On passe les deux heures suivantes à peindre, en parlant de tout et de rien, surtout pas des trucs importants. Sagan me raconte ses leçons de tatouage, je lui rapporte des anecdotes de notre enfance, à l'époque où la famille était moins déglinguée. On évoque nos ex-petits amis et petites amies, nos films préférés. Le temps que le côté droit de la clôture soit achevé, il est minuit passé et ma robe jaune est couverte d'éclats de peinture mauve.

— Je crois bien que je ne pourrai jamais plus la mettre.

— Trop dommage.

— On attaque le côté gauche, maintenant ?

— Oui, mais on s'accorde une pause avant.

Je m'assieds près de lui et, tout naturellement, il m'attire contre son torse. Alors je me demande s'il essaiera un jour de m'embrasser de nouveau.

Nos deux derniers baisers n'ont pas vraiment été une réussite, alors comment lui reprocher d'hésiter ?

Et puis il ne l'a sans doute plus fait à cause d'Honor. C'est un sujet que je n'ose plus évoquer avec lui, mais là, je suis si fatiguée que je ne me contrôle pas vraiment.

Un pouce entre les dents, je m'assieds en tailleur face à lui.

– J'ai une question à te poser.

Ma robe pouffe autour de moi tandis que j'essaie de me mettre à mon aise, alors je l'aplatis des bras. En fait, mon esprit foisonne tellement d'idées que je dois me concentrer sur les plus importantes, et je m'oblige à lui demander une chose qui n'a jamais cessé de me tourmenter.

– Tu te sens... attiré par Honor ?

Sans se donner le temps d'y réfléchir, il secoue aussitôt la tête.

– Je la trouve vraiment très jolie. Vous l'êtes toutes les deux. Mais elle ne m'attire pas.

Je sens mes épaules prêtes à s'affaisser, mon front à descendre vers ma main, cependant, j'essaie de garder mon calme, comme lui-même y parvient si bien.

– Si elle ne t'attire pas, alors ça veut dire...

Je n'arrive pas à l'articuler tout fort.

– On est de vraies jumelles, alors...

Il rit doucement. Si seulement je parvenais à comprendre pourquoi je l'amuse tant, je ferais ça toute la journée.

– Tu te demandes s'il est possible que quelqu'un soit attiré par toi sans l'être par ta jumelle.

Je fais oui de la tête, hausse les épaules.

– Oui, c'est possible, répond-il.

J'essaie de ne pas sourire car cela ne signifie pas pour autant que je l'attire, moi. Mais on a quand même le droit d'espérer.

– Pourquoi vous n'êtes jamais allés au-delà de l'amitié, tous les deux ?

– Elle sort avec mon ami. Je ne le trahirais jamais. Et puis, quand on s'est rencontrés, je l'ai trouvée très belle, évidemment, mais, au bout de quelques jours avec elle, ça a… je ne sais pas. On n'a jamais eu de lien amoureux entre nous. Elle n'aimait pas mon art, elle n'aimait pas ma musique. Elle passait son temps au téléphone à bavarder sur les gens qui nous entouraient, et ça m'embêtait. En même temps, il y avait d'autres choses qui m'attiraient. Elle est loyale et drôle, j'aime bien sa présence.

J'absorbe ces informations sans répondre. J'aimerais y croire mais c'est compliqué alors que j'avais tant pris l'habitude de les voir tous les deux d'un autre œil.

– Et l'autre jour dans le square ? Si elle ne t'attire pas, pourquoi tu m'as embrassée alors que tu me prenais pour elle ?

Là, il reprend son sérieux, pousse un grand soupir et regarde devant lui. Sans dire un mot, il pose ma jambe sur ses genoux, laisse traîner sa paume dessus.

– C'est compliqué, dit-il, en se passant une main sur le visage. J'ai vu Honor... *enfin toi*... en train de traîner dans la brocante. Je l'ai examinée un moment, ça m'intriguait, car elle me semblait soudain très différente, en jean avec une chemise de flanelle nouée à la ceinture. Elle n'était pas maquillée, c'était bien la première fois que je la voyais comme ça. Bon, je savais qu'elle avait une sœur mais j'ignorais qu'elles étaient de vraies jumelles, si bien que je n'ai pas pensé une seconde que ce n'était peut-être pas Honor que je voyais là. D'un seul coup, elle m'attirait comme jamais. Je ressentais des choses inconnues avec elle. J'aimais la voir examiner chaque article avec la curiosité d'un enfant. J'étais content qu'elle ne sorte pas une fois son téléphone, moi qui avais l'habitude de la voir sans arrêt en train de bavarder au lieu de regarder ce qui se passait autour d'elle. Et là où j'ai adoré, c'était quand elle s'est accusée à la place du petit garçon qui avait cassé un objet. C'est pourquoi je l'ai rejointe à la sortie pour la regarder de plus près, et c'était comme si je la voyais pour la première fois. Alors, bien que je ne l'aie encore jamais embrassée, bien que je m'en veuille à mort, alors que mon ami tenait tant à elle, je n'ai pas pu m'empêcher de l'embrasser ce jour-là. Tout d'un coup, je ne pouvais pas m'en empêcher. Mais... là, elle m'a appelé et j'ai fini par comprendre... du coup, je savais pourquoi il me semblait que j'en mourrais si je ne l'embrassais pas, chose qui ne m'était encore jamais arrivée. Ce n'était pas Honor qui m'attirait, mais toi.

Mon cœur ne pourrait pas battre plus fort si je me gavais de boissons énergisantes. Tout ce qu'il vient de dire est ce que je rêvais d'entendre. J'espérais bien qu'il voyait en moi quelque chose de différent qu'il ne voyait pas en Honor et, maintenant qu'il me l'avoue, je rêverais presque de m'éveiller d'un rêve cruel. Si je pouvais revenir en arrière, revivre chaque moment de ce jour-là, afin de mieux l'emmagasiner dans ma mémoire. Particulièrement le moment où il s'est penché pour m'embrasser en disant « tu m'enterres ». Je ne savais pas ce que ça signifiait alors, je ne le sais toujours pas, mais j'entends ces trois mots chaque fois que je ferme les yeux.

– Pourquoi tu as dit *tu m'enterres* avant de m'embrasser ? C'est une chose que tu dis à Honor ?

Sagan regarde sa main, celle qui me caresse le genou, et sourit.

– Non. C'est la signification du mot arabe *tuqburni*.

– *Tuqburni ?* Ça correspond à quel mot ?

Il appuie la tête sur le dossier puis se tourne vers moi.

– D'une langue à l'autre, on ne peut pas traduire chaque mot par un mot. Il n'y a pas d'équivalent exact.

– N'empêche que *tu m'enterres*, ça fait un peu morbide.

Il prend un air un peu gêné.

– *Tuqburni*, ça exprime le sentiment universel de ne pouvoir vivre sans quelqu'un. La traduction littérale en est « tu m'enterres ».

Je saisis ce qu'il vient de dire mais aussi le fait qu'il ait prononcé ces mots juste avant de m'embrasser. J'adore qu'il ait dit ça, mais je déteste qu'il ait ignoré me le dire à moi. À l'époque, il pensait s'adresser à Honor. Et, bien qu'il ait reconnu s'être senti attiré par elle ce jour-là car, en fait, c'était moi, ça n'explique pas pourquoi il ne me l'a pas expliqué juste après que ça s'est produit. Ça remonte à plus de quinze jours, maintenant.

Je m'éclaircis la gorge, tâche de me contrôler jusqu'à ce que je trouve le courage de l'interroger là-dessus :

– Si Honor et toi n'êtes pas ensemble, et si je t'attire, comme tu viens de le dire, pourquoi tu n'es pas passé à l'acte ? Alors que ça remonte à plusieurs semaines.

Il hésite, cherche comment répondre, pousse un léger soupir et me caresse le genou.

– Tu veux une réponse honnête ? demande-t-il, en me regardant dans les yeux.

Je fais oui, alors il serre les lèvres, puis continue :

– Plus j'apprenais à te connaître... moins je t'appréciais.

Il me faut un moment pour digérer sa réponse.

– Tu ne m'apprécies pas ?

Il laisse retomber sa tête en soufflant :

– À présent je t'apprécie.

Je lâche un petit rire déconfit.

— Ah, tu me rassures ! Tu m'aimes bien aujourd'hui, mais tu ne m'aimais pas hier ?

— Hier, je te détestais particulièrement.

Je ne sais pas s'il faut l'engueuler ou non, j'ai l'impression que je devrais, en même temps, je comprends. Moi non plus, je ne m'aimais pas, hier. Et je n'ai pas été vraiment moi-même face à lui depuis qu'il s'est installé à la maison. Je suis renfermée et agressive, je lui ai à peine adressé la parole jusqu'à ces dernières vingt-quatre heures.

— Je ne sais pas quoi te répondre, Sagan.

Les yeux baissés sur ma jupe, je repère une éclaboussure de peinture mauve desséchée.

— Je veux dire, j'ai été plutôt grossière avec toi, mais c'était par instinct de conservation. Je croyais que tu étais le petit ami de ma sœur et je n'aimais pas ce que je ressentais pour toi. Pour la première fois, j'avais envie d'une chose qui lui appartenait.

Sagan ne répond pas tout de suite. Je continue à écailler les taches sur ma robe, parce que je ressens dix fois trop de choses pour pouvoir soutenir son regard en ce moment.

— Merit.

Il prononce mon nom comme pour m'implorer de le regarder. Ce que je finis par faire et je le regrette aussitôt car tout ce que je vois dans son expression correspond exactement à ce que je ne voulais pas voir. Regret. Peur. Crainte du refus.

– Attends, dis-je. Tu ne m'aimes pas encore assez pour m'embrasser ?

Il me caresse la joue avant de répliquer :

– Je t'aime assez pour t'embrasser, crois-moi. Mais je voudrais que tu puisses t'aimer autant que je t'aime.

Là encore, je ne sais que répondre. Croit-il que je ne m'aime pas à cause de ce que j'ai fait cette nuit ?

– Je t'ai déjà dit que j'avais trop bu. En fait, je m'aime bien.

– Ah bon ?

Je lève les yeux au ciel. Bien sûr que oui. Je pense.

– Bon, j'ai des moments de tristesse. Comme n'importe quel adolescent. Il arrive à tout le monde de vouloir devenir quelqu'un d'autre. Quelqu'un de meilleur. Avec une famille décente.

– Ça ne m'est jamais arrivé, à moi.

Je le toise d'un regard mauvais.

– Tu as dit toi-même que tu n'avais jamais vu ta petite sœur. Si tu me racontes maintenant que tu n'aurais jamais souhaité avoir une autre famille, je ne te croirai pas. De même que tu ne me crois pas quand je dis que la nuit passée ne représente rien pour moi.

Il soutient mon regard, assez longtemps pour que je le voie déglutir. Il me lâche, se lève et glisse les mains dans ses poches, les yeux rivés au sol, avant de balancer un coup de pied sur le chemin. Je ne vois pas ce qui a pu le mettre en colère dans ce que je viens de dire, mais son humeur a totalement changé.

— Tu continues à sous-estimer ce qui s'est passé cette nuit, dit-il, et, franchement, c'est plutôt vexant. Ce n'est pas à toi de décider ce que ta vie représente aux yeux des autres. Tu aurais pu mourir, Merit. C'est épouvantable. Tant que tu ne le reconnaîtras pas, je ne pourrai pas continuer avec toi. Je crois que tu as beaucoup de problèmes à résoudre et je ne veux pas en rajouter avec ce qui se passe ici. Ça peut attendre.

Je sens le rouge me monter aux joues.

— Tu me trouves trop instable pour vouloir sortir avec moi ?

Il pousse un soupir.

— Je n'ai pas dit ça, mais je crois que tu dois d'abord régler tes problèmes. Suis le conseil de ton père, fais une thérapie. Vérifie s'il n'y a pas quelque chose de plus grave.

Il se rapproche de la balancelle, s'agenouille devant moi en bloquant le siège pour arrêter le mouvement.

— Si je m'interpose et me permets d'entreprendre quelque chose avec toi, poursuit-il, tes sentiments risquent de t'amener à croire que tu es plus heureuse qu'en réalité.

Je sens mes doigts trembler, alors je serre les poings. Je suis anéantie. Il peut raconter ce qu'il veut, il a quand même le toupet de me dire en face qu'il me trouve trop déprimée pour sortir avec moi maintenant.

– T'inquiète, dis-je, en me levant.

Je pars vers la maison mais, quand il m'appelle, je me mets à courir. Ma robe ridicule ne fait qu'ajouter au poids de ma colère. Une fois entrée, je claque la porte si fort que je crains d'avoir réveillé Moby.

Pour qui se prend Sagan ? Il ne veut pas continuer avec moi parce qu'il craint que je ne sois « trop heureuse » et que ça ne finisse par me rendre dépressive ?

– T'inquiète, dis-je encore, en pénétrant dans ma chambre.

Ce n'est pas parce que j'ai été malheureuse ces derniers temps que je suis dépressive. Je déboutonne ma robe ridicule, la laisse tomber par terre, et j'ai à peine enfilé un tee-shirt que Sagan entre sans frapper.

Je me retourne alors qu'il ferme la porte. Il vient vers moi. Apparemment, il n'estime pas que la conversation est terminée, au contraire de moi.

– Tu accuses toute ta famille de manquer de franchise mais, à l'instant où je me montre franc avec toi, tu te fiches en pétard et tu t'en vas ?

– Je ne suis pas en pétard à cause de ta franchise, Sagan ! Mais parce que tu te permets de croire que je me sers de mes sentiments pour masquer une prétendue dépression !

Je croise les bras avant d'ajouter :

– Tu t'accordes beaucoup trop d'importance ! Si tu tentais de m'embrasser, là, je te mettrais une gifle.

Mensonge lamentable mais je suis déjà trop gênée d'éprouver une telle colère pour une simple conversation.

Tout le monde ne s'aime pas ! Ça ne veut pas dire que je suis suicidaire ni dépressive ou incapable de faire la différence entre une attirance pour un garçon et mon goût de la vie.

Il me contemple d'un air contrit, comme si mon irritation lui importait. Glissant les mains dans ses poches, il baisse la tête un instant. Puis il la relève, lentement, l'air de détailler mes jambes nues. Je le vois déglutir lorsqu'il parvient au bas de mon tee-shirt, et il remonte ainsi jusqu'à me regarder dans les yeux. Il n'a pas besoin de me parler pour que je sache ce qu'il pense. Apparemment j'ai raison ; un baiser, sans doute, n'y changerait rien. À moins que ça ne nous soulage tous les deux.

J'inspire profondément car j'ai l'impression de tomber au fond de son cœur, là où il n'y aura plus une goutte d'air à respirer. Il pourrait rouvrir la bouche, me traiter encore d'enfoirée, j'aurais tout de même envie d'embrasser les lèvres d'où viendrait l'insulte. Je ne me rappelle plus pourquoi on se disputait, j'ai trop le vertige.

Apparemment, c'est aussi son cas, car il s'avance d'un seul coup, m'attrape contre lui, un bras autour de la taille, l'autre sur ma nuque. Je lève le visage vers lui, dans l'espoir qu'il va se rendre compte à quel point il a eu tort, afin qu'il m'embrasse. J'ai envie d'un baiser vif et ardent, pourtant il ne fait que se rapprocher, lentement.

Il pousse un léger soupir et sa bouche se trouve si près de la mienne que je perçois son souffle sur mes lèvres. Enfin, elle se pose sur la mienne. C'est à la fois inattendu et tardif. Je gémis de soulagement et lui rends aussitôt son baiser.

Dès que nos langues se rencontrent, ça devient si fou que j'en perds la tête. Mes mains s'égarent dans ses cheveux, ma colère s'égare dans ses gémissements. Il me lèche la bouche avec douceur mais se rattrape avec l'ardeur de ses mains. Son bras droit glisse le long de mon dos, jusqu'à ma cuisse, là où s'arrête mon tee-shirt. Il remonte sur ma peau nue, par-dessus ma culotte puis sur mes reins, me pousse contre lui tout en me faisant reculer, jusqu'à heurter le mur derrière moi.

– Mon Dieu, murmure-t-il contre mes lèvres. Ta bouche est extraordinaire.

Je trouve la sienne tout aussi fantastique mais ne réponds pas car je préfère lui abandonner ma langue, pour le laisser m'embrasser plus fort, plus profondément, tout en me pressant contre le mur.

Ce baiser me comble encore plus que je ne l'aurais imaginé. Je n'en reviens pas que sa bouche me fasse tant de bien. Dès qu'il l'a posée sur la mienne, c'est comme si tout mon stress avait disparu d'un coup.

Toute mon angoisse, ma frustration, ma colère, tout s'efface à chacun de ses coups de langue.

Exactement ce qu'il me fallait.

Sa main se promène maintenant sur ma taille mais, avant de monter un peu plus haut, il s'arrête pour reprendre son souffle. Je respire à mon tour, puis l'enveloppe de mes bras, en essayant d'empêcher la chambre de tourner davantage. Je laisse retomber ma tête contre le mur. Sagan promène ses lèvres sur ma joue, puis il m'embrasse sur les lèvres, doucement, délicatement, avant de se redresser pour me dévisager. Il passe une main dans mes cheveux, s'arrête sur ma nuque.

— Carrément dingue, murmure-t-il.

Je souris à peine car il vient de résumer la situation en deux mots. Carrément *dingue*.

Il embrasse le coin de ma bouche, frotte son nez sur ma joue, recule encore pour prendre mon visage entre ses deux mains. Avec un petit sourire qui me fait complètement fondre, il commente :

— Incroyable le bien que peut faire un simple baiser, non ?

— Incroyable.

Il me caresse la joue avant d'ajouter d'un air pensif :

— C'est d'ailleurs pour ça que je ne recommencerai pas, Merit. Il faut d'abord que tu tombes amoureuse de toi-même.

Il me contemple encore, cherche à me fixer dans les yeux.

Je ne réagis pas.

Je suis trop choquée pour bouger. Ou trop blessée ?

Vrai, il m'a juste embrassée histoire de prouver quelque chose ?

Quoi ?

Je reste adossée au mur, incapable de bouger. Comme je ne lui réponds pas, il me lâche et sort calmement de la chambre.

Je suis trop choquée pour pleurer. Trop furieuse pour lui courir après. Trop embarrassée pour reconnaître que, d'une certaine façon, ce qu'il vient de dire n'est pas faux. Ce baiser a emporté tout ce que je ressentais, dans un moment d'euphorie. Je donnerais n'importe quoi pour y retourner. Exactement ce que voulait dire Sagan. Mes sentiments pour lui risquent de dissimuler tout ce qui pourrait se passer dans ma tête.

Ce n'est pas parce que je comprends ce qu'il voulait dire que ma colère disparaît. En fait, je suis encore plus furieuse.

CHAPITRE 13

– Merit ?

J'ouvre les yeux à contrecœur pour découvrir Luck sur le pas de ma porte. J'essaie de réaliser quelle heure il est, quel jour on est.

– Je peux entrer ?

On doit être en plein après-midi. Je m'assieds sur le lit.

– Oui. Je ne voulais pas m'endormir. Quelle heure est-il ?

– On va bientôt dîner.

Son accent me fait sourire ; je n'y faisais plus attention ces derniers temps. Il tire ma couverture sur ses genoux, s'appuie sur le dossier.

– Tu viens de vivre deux sacrées journées, observe-t-il. Tu devais avoir besoin d'une sieste.

– Dans ce cas, dis-je avec un petit rire, ce devait être valable pour tout le monde.

Sauf que ce n'était pas une sieste. Je m'éveille pour la journée, étant donné que j'ai passé presque toute la nuit debout à ressasser ce que Sagan m'a dit. Je ne pouvais pas dormir. J'ai tourné et retourné tout ça dans ma tête, en cherchant les excuses qui pourraient expliquer son erreur. Mais je n'ai plus envie d'y réfléchir. Je regarde Luck, encore dans son uniforme Starbucks. Il est trop bizarre en vêtements normaux.

– Ça va, ton boulot ? lui dis-je.

– Super ! Mais ça me confirme dans l'idée de retourner bosser sur des paquebots.

Il tire sur un fil de ma couverture, jusqu'à l'arracher complètement, puis le porte à sa bouche et le mange.

– Tu as la maladie du pica ?

– Quoi ?

– Laisse tomber.

Il me tapote la jambe et le silence retombe, jusqu'à ce que je soupire :

– Tu es venu me demander pourquoi j'avais avalé vingt-huit cachets ?

– En fait, je voulais te proposer une tranche de bœuf séché. Il m'en reste pas mal dans ma chambre.

– Non merci, dis-je en riant. Ça va.

– Bon, mais puisque tu en parles… ça va, toi ?

Je lève les yeux au ciel.

– Oui, dis-je, agacée.

Pas agacée qu'il me demande où j'en suis, mais plutôt à cause de ma conduite irrationnelle de ces derniers temps, que je préférerais oublier. Seulement j'ai l'impression que personne ne le permettra. Surtout pas mon père ni Sagan.

– Pourquoi tu as fait ça ?
– Sais pas... J'étais épuisée, j'en avais marre. Et j'avais bu.

Il se met à tirer sur un autre fil qu'il roule ensuite entre ses doigts.

– Moi aussi, j'ai tenté de me suicider, une fois, dit-il alors. J'ai sauté du pont d'un paquebot, je croyais qu'à cette hauteur, je serais assommé au contact de l'eau et que je coulerais paisiblement.
– Et tu as coulé paisiblement ?

Il se met à rire.

Je ne sais pas pourquoi je prends à la légère ce qu'il me raconte. Je n'ai jamais été douée pour suivre une conversation sérieuse.

– Je me suis foulé la cheville et on m'a viré. Mais, quelques semaines plus tard, j'avais une nouvelle fausse carte d'identité et je me faisais engager sur un autre paquebot, alors tu vois, ça ne m'a pas trop servi de leçon.
– Pourquoi tu as fait ça ? Tu détestais tant la vie ?
– En fait, non. Ça m'était plutôt égal. Je travaillais dix-huit heures par jour. J'en avais marre de cette monotonie. Et puis je n'aurais manqué à personne. Alors, une nuit, comme je me trouvais sur le pont à regarder l'eau, je réfléchissais à ce que ça pourrait me faire de sauter, de ne plus avoir à me lever le matin pour me remettre au travail. Comme l'idée de la mort ne m'a pas fait peur, j'ai décidé d'y aller. Sauf qu'un ami m'a vu et qu'il a prévenu

l'équipage, alors ils ont jeté un canot à la mer et on m'a récupéré au bout d'une heure.

– Tu as eu de la chance.

– Toi aussi, Merit, dit-il, d'un ton étrangement sérieux. Bon, je sais que c'étaient des placebos, mais tu l'ignorais en les prenant. Et je ne connais pas beaucoup de gens prêts à plonger la main dans la gorge de quelqu'un puis à compter dans le vomi combien de pilules il a recraché.

Je détourne les yeux. Dire que je n'ai même pas remercié Sagan pour ce qu'il a fait. Il m'a sauvé la vie, s'est inondé de vomi puis a tout nettoyé avant de veiller sur moi le restant de la nuit. Et moi, j'ai fait comme si de rien n'était. À présent, je ne sais même pas si j'ai encore envie de lui parler.

– J'ai appris quelque chose, en sautant de ce bateau, reprend Luck. Que la dépression n'implique pas forcément qu'on se sente tout le temps malheureux ou suicidaire. L'indifférence en est aussi un signe. Ça remonte à un bout de temps, pourtant, je prends encore des médicaments pour ça tous les jours.

Là, ça me choque. Lui qui me paraissait l'un des mecs les plus heureux que je connaissais... Et puis, j'ai beau apprécier son effort, il me casse les pieds.

– Quoi ? Tu viens me donner un cours du soir ?

– Pas du tout. C'est juste... Je crois qu'on se ressemble pas mal, tous les deux. Alors, même si tu crois que ce n'était qu'une erreur à cause de l'alcool...

— C'était ça ! Je n'aurais jamais avalé ces cachets si je n'avais pas été bourrée.

Il ne paraît pas convaincu.

— Si tu n'avais pas l'intention de les prendre... alors pourquoi tu les volais ?

Sa question me laisse sans voix. Je détourne les yeux. Il a tort. Je ne suis pas dépressive. C'était un accident.

— En fait, je ne suis pas venu te dire ça, reprend-il, en appuyant les coudes sur ses genoux. J'ai dû prendre trop de caféine au boulot aujourd'hui. D'habitude, je ne suis pas si... nunuche.

— Ce doit être ton expérience gay qui te rend sentimental.

— Arrête tes plaisanteries homophobes, Merit. Tu n'es pas gay.

— Pourquoi, il faut l'être pour pouvoir plaisanter sur les gays ?

— Je ne le suis pas non plus, d'ailleurs.

Là, je m'esclaffe :

— Je te croirais presque. Mais si tu n'es pas gay, tu es sexuellement perturbé.

Il tourne la tête vers moi :

— Pas du tout. Je me sens très à l'aise dans ma sexualité. On dirait que c'est toi que ça dérange.

Là, il marque un point.

— Alors, tu es bisexuel ?

— Tout ça, ce sont des étiquettes inventées pour les gens comme toi qui ne peuvent saisir une réalité en dehors des rôles dévolus aux deux sexes. J'aime ce que j'aime. Parfois, j'aime les femmes, parfois, j'aime les hommes. Il m'est aussi arrivé d'aimer des filles anciennement garçons, et même un garçon anciennement fille. En fait, je l'aimais beaucoup. Mais ça, ce sera un cours du soir pour une autre fois.

– Bon, j'ai l'impression que je suis un peu plus ignorante que je ne l'aurais cru.

– Peut-être, oui. Pas seulement du monde extérieur, mais même de ce qui se passe dans ta propre maison. Comment pouvais-tu ignorer que Utah était gay ? Tu n'as pas vu sa garde-robe ?

– Qui est-ce qui fait des plaisanteries gay, maintenant ? dis-je en lui envoyant un coup sur l'épaule. C'est un tel stéréotype ! En fait, je ne le savais pas parce que personne ne me dit rien dans cette maison.

– Sérieux, Merit. J'habite ici depuis moins d'une semaine et je peux déjà te dire que tu vis dans ton monde à toi.

Il se lève avant que je puisse lui envoyer un deuxième coup.

– Allez, dit-il, je vais prendre une douche, je sens trop le café.

À propos de douche, je pourrais peut-être en prendre une, moi aussi.

Quelques minutes plus tard, je suis dans ma salle de bains, en train de rassembler tout le matériel qu'il me faut pour ma douche, sauf que je ne trouve pas de rasoir. Je cherche dans tous les tiroirs, dans la cabine, sous le lavabo. Mon Dieu ! Qu'est-ce qu'ils croient, tous ?

Tant pis, je garderai mes poils.

En ôtant mon tee-shirt, je découvre une feuille de papier qu'on vient de glisser sous la porte. Ce doit être de la part de Sagan, plutôt discret avec ses dessins ; mais je vois bientôt qu'il s'agit d'un article. Je me penche pour le ramasser quand Luck me dit, de l'autre côté de la porte :

– Regarde ça. Tu pourras ensuite le jeter si tu veux, mais je n'aurais pas eu la conscience tranquille si je ne te l'avais pas donné.

Je m'assieds au bord du lavabo pour lire le titre. C'est une page web.

Symptômes de la dépression.

– Oh non ! dis-je entre mes dents.

Au-dessous s'étale une liste mais je ne lis même pas le premier symptôme. Je plie le papier et le dépose sur le lavabo. Quel idiot, ce Luck ! Il se prend vraiment pour un prof de cours du soir.

Après ma douche, je m'habille puis sors de la salle de bains et reviens prendre le papier ; inutile de le laisser traîner, pour que d'autres gens le trouvent. Je m'assieds sur mon lit et l'ouvre, curieuse des symptômes que peut présenter Luck s'il a bien été diagnostiqué comme dépressif.

À côté de chaque symptôme apparaissent des cases vides. C'est un test. Peut-être le meilleur moyen pour moi de prouver à Sagan et Luck que je ne suis pas dépressive.

J'attrape un stylo et commence :
Vous sentez-vous parfois triste, vide ou anxieux ?
Bon, la question idiote. *Je coche.* Quel ado ne cocherait pas ?
Vous sentez-vous parfois désespéré ?
Encore. *Je coche.* Ils feraient mieux de demander : « Êtes-vous un ado ? »
Êtes-vous irritable ?
Euh… oui. *Je coche.* Mais tout le monde dans cette maison pourrait cocher.
Avez-vous perdu le goût du travail ou des études ?
D'accord. Là tu me tiens, Luck. *Je coche.*
Avez-vous perdu de votre énergie ?
Si ça veut dire dormir à n'importe quelle heure du jour ou de la nuit et, parfois, pas du tout, alors oui. *Je coche.* Mon cœur commence à battre plus fort mais je refuse de prendre cette liste trop au sérieux. Ça vient d'Internet.
Avez-vous du mal à vous concentrer ?
Jusqu'ici, j'y suis parvenue, pour cette liste, alors je peux répondre non. Je laisse la case vide mais, avant de passer à la question suivante, je réfléchis un peu plus à celle-ci. Voilà un moment que je n'arrive plus à faire mes mots croisés aussi vite qu'auparavant. Sans compter que j'ai cessé d'aller au lycée, tellement les cours m'énervaient. Je coche donc la case mais moins vigoureusement que les autres. Je la compterai comme un non s'il le faut.
Avez-vous noté des changements dans votre rythme de sommeil ?

Bon... je n'avais pas l'habitude de dormir toute la journée. *Je coche.* Mais je crois que c'est juste un effet secondaire de l'école buissonnière.

Avez-vous noté des changements dans votre appétit ?

En tout cas, je ne m'en suis pas aperçue. Enfin ! Là, je ne coche pas.

Sauf que... J'ai sauté des repas, dernièrement. Mais là aussi, ce pourrait être un effet secondaire.

Vous sentez-vous parfois indifférent ?
Je coche.
Pleurez-vous plus souvent que d'habitude ?
Je coche.
Avez-vous déjà eu des idées de suicide ?
Juste une ou deux fois, ça compte ? *Je coche.*
Avez-vous tenté de vous suicider ?
Je coche.

Je contemple cette liste la boule au ventre, les mains tremblantes. J'ai coché toutes les cases.

Quelle connerie aussi, cette liste ! Elle n'est pas différente de toutes celles qui mènent les gens à croire qu'ils sont atteints d'une terrible maladie. *Avez-vous mal à la tête ?* Vous devez avoir une tumeur au cerveau ! *Des troubles du sommeil ?* Vous êtes dépressif !

Je la chiffonne et la roule en boule avant de la jeter à travers la pièce. Cinq minutes s'écoulent durant lesquelles je ne fais que la fixer par terre. Je finis par essayer de m'en détacher.

Tiens, je vais aller voir où en est Wolfgang. Au moins, il ne va pas me harceler de questions.

– Tu veux m'aider à nourrir Wolfgang ? demandé-je à Moby, en traversant le living.

Il est assis sur le canapé en train de regarder des dessins animés, mais il saute aussitôt par terre pour courir derrière moi.

– Il est méchant ?

– Non, pas du tout.

Je remplis le pichet de croquettes et ouvre la porte de derrière.

– Papa dit qu'il est méchant. Il dit que c'est un bâtard.

Je descends les marches en riant. Je ne sais pas pourquoi c'est aussi mignon d'entendre un gosse dire des gros mots. Je pourrais sans doute faire partie de ces mères qui encouragent leurs enfants à dire des trucs comme « merde », et « bordel ».

Lorsque nous arrivons devant la niche, nous devons bien constater que Wolfgang n'y est pas.

– Il est où ? demande Moby.

Je regarde autour de nous dans le jardin.

– Je ne sais pas.

On se met à l'appeler, à chercher dans les coins mal éclairés.

– Attends, dis-je, je vais allumer la lampe du perron.

Je remonte vers la maison lorsque Moby m'appelle :

– Merit ! C'est pas lui ?

Il me montre la façade latérale. Je tourne au coin et découvre effectivement Wolfgang avachi sous l'auvent du sous-sol. Je pousse un soupir de soulagement. Je ne sais pas pourquoi je me suis bêtement attachée à ce chien, mais j'étais au bord de la panique. Je retourne vers son bol, l'emplis de croquettes, et il arrive à pas lourds. Il se met à manger.

– Tu retrouves ton appétit ?

Ça prouve au moins qu'il n'est pas dépressif. Je le caresse entre les oreilles et Moby en fait autant.

– Comment va-t-il ?

Je fais volte-face pour découvrir Sagan en train d'arriver, l'air tranquille, comme si de rien n'était. Je n'ai plus qu'à en faire autant.

– Un peu mieux, on dirait.

Il s'agenouille près de moi, passe la main sur le ventre de Wolfgang.

– Oui, on dirait, conclut-il.

Puis il lui caresse la tête, et ses doigts effleurent les miens, ce qui me provoque une vibration dans le bras. Heureusement qu'il fait presque nuit. Il ne manquerait plus qu'il voie à quel point il me trouble encore.

– Il peut dormir avec moi cette nuit dans ma chambre ? demande Moby.

Sagan se met à rire.

– Je ne crois pas que ton papa serait très content.

– On lui dira pas.

Là, c'est moi qui pouffe de rire. Mon père n'est pas au bout de ses peines avec ce gamin-là.

Justement, les phares de sa voiture apparaissent au bout de l'allée.

– La pizza arrive ! crie Moby.

Il est tellement rare que Victoria le laisse manger de la pizza qu'il en oublie Wolfgang pour se précipiter vers la maison. Je ne tiens pas à rester trop longtemps en tête à tête avec Sagan.

– Je meurs de faim !

Là-dessus, j'attrape mon pichet vide, et Sagan me suit vers la porte de derrière. Alors que je vais poser la main sur la poignée, Sagan l'attrape pour m'en empêcher. Je pousse un soupir avant de me retourner. Comme je suis sur la marche supérieure, on se retrouve les yeux dans les yeux.

– Merit, souffle-t-il. Désolé pour hier soir. Je n'ai pas dormi de la nuit à cause de ça.

Il semble sincère. J'ouvre la bouche mais la referme car son téléphone sonne. Il plonge la main dans sa poche tout en reculant vers la pelouse.

– Ah oui ?

Je ne devrais pas être choquée de ne pas l'avoir cru : il n'est même pas fichu de m'écouter avant de répondre à un appel ?

Je le laisse à ses urgences et claque la porte derrière moi.

J'arrive dans la cuisine à l'instant où mon père et Victoria entrent dans la maison avec la pizza.

– Moby, ils n'en avaient pas sans gluten, annonce Victoria. Tu pourras manger de celle-ci ce soir, mais ne t'y habitue pas.

Les yeux du gamin brillent de plaisir alors qu'il grimpe déjà sur un tabouret et ouvre la boîte.

– Ça ne marche pas comme ça quand on est intolérant au gluten, dis-je à Victoria. On peut en prendre ou pas.

Luck me couvre la bouche d'une main.

– Merit. Laisse cette maman autoriser son enfant à manger du gluten ce soir.

Je me dégage en marmonnant :

– Je voulais juste faire une remarque.

À côté de moi, Honor sort des assiettes en carton.

– Tu as besoin d'aide ? lui lance Sagan.

– Non.

Ce n'était pas une réponse aimable. Je me demande si elle n'est pas en colère contre lui, elle aussi. Il s'approche d'elle, attrape quelques tasses. Peu après, on est tous assis autour de la table. Sans Utah.

Franchement, ça fait drôle de ne pas le voir, j'aimerais bien savoir où il peut se trouver, maintenant, où il a passé ces deux dernières nuits, et combien de temps mon père va lui faire la gueule avant de le laisser revenir.

Honor regarde la place vide à côté d'elle.

– Ça ne t'a pas suffi de le mettre dehors ? demande-t-elle. Il a fallu que tu te débarrasses aussi de sa chaise ?

— Elle est cassée, répond-il.

Sans préciser que c'est lui qui l'a balancée contre le mur.

Les minutes suivantes s'écoulent dans le silence. Même de la part de Moby. Il doit sentir que l'heure est grave. J'observe Victoria du coin de l'œil, en me demandant comment elle peut encore rester là, à cette table avec mon père, alors qu'elle sait depuis deux jours ce qu'il fait dans son dos.

— Est-ce que quelqu'un a descendu de la pizza à votre mère ? demande-t-il soudain.

— Moi, c'est fini, dis-je, en secouant la tête. Si elle veut manger, elle n'a qu'à monter se servir.

Mon père me jette un regard furieux, comme si ce n'était pas l'endroit pour dire la vérité.

— Pourquoi tu ne lui en descends pas toi-même, papa ? lance Honor, d'un ton méprisant. Je suis sûre qu'elle serait ravie de te voir.

C'est là que Victoria explose, sans crier, cette fois. Elle se contente de jeter sa part sur son assiette et repousse sa chaise qui grince dans un bruit assourdissant. Personne ne dit rien, jusqu'à ce qu'elle claque la porte de sa chambre.

— On a failli arriver au dessert, observe Luck.

Il souligne ainsi qu'on ne peut décidément pas prendre un repas normal. C'est là que mon père lâche à son tour sa part avec la même attitude que Victoria. Il se lève, part vers sa chambre, hésite et revient finalement à table en nous désignant du doigt, Honor et moi. Il ouvre la bouche pour nous engueuler mais rien ne sort, qu'un grondement irrité. Alors il secoue la tête et part rejoindre Victoria.

Je me penche vers Moby pour m'assurer que tout se passe bien pour lui ; mais il vient d'engloutir une tranche de pepperoni comme si rien d'autre ne comptait. Excellente réaction, à mon avis.

Luck est le premier à rompre le silence :
— Vous voulez venir vous baigner à l'hôtel, ce soir ?

On répond tous ensemble :
— Non. – Moi.
— Non. – Honor.
— Oui. – Sagan.

Il se tourne vers Honor qui le fusille du regard.
— Je veux dire… Non ? bafouille-t-il, l'air aussi décontracté que possible.

J'en suis navrée pour lui, bien que je lui en veuille encore. Et elle, elle lui fait la gueule à cause de moi ? Il faut absolument qu'elle soit au centre de toutes les attentions ?

— Ce n'est pas un concours, Honor, lui dis-je. Il peut être ami avec plus d'une personne à la fois.

Elle avale une gorgée de soda en riant.
— Ami ? lâche-t-elle, en reposant la canette sur la table. Tu appelles ça comme ça ?
— Honor, dit-il. On en a déjà parlé.

Ah bon ?

Pourquoi ? De quoi ont-ils parlé ?

Elle secoue la tête.

– Ce n'est pas parce que tu baises avec elle que tu la connais aussi bien que moi.

Je sens ma colère exploser en moi, j'ai envie de hurler mais j'essaie de me maîtriser devant Moby.

– C'est quoi, baises ? demande-t-il.

– Ho ! dit Luck en se levant, si on allait dans ta chambre, Moby ?

Il saisit le gamin par le bras et l'entraîne loin de la table, non sans que Moby ait attrapé son assiette au passage.

Honor me toise toujours d'un air mauvais. Et moi, j'essaie de comprendre :

– Qu'est-ce que tu as ? J'aurais cru que tu compatirais un peu plus.

– Oh ça va ! marmonne-t-elle, en reculant sa chaise. Si c'était vrai, tu m'en aurais parlé quand c'est arrivé. Pourquoi Utah ferait-il un truc pareil avec toi et pas avec moi ?

Je serre les dents pour ravaler toutes les paroles qui me viennent à l'esprit en ce moment.

– Je croyais que tu compatirais un peu, Honor. Surtout après avoir découvert ce qui s'était passé.

– Tu le provoques après avoir raconté à toute la famille que tu as tenté de perdre ta virginité avec ton oncle ?

– Arrêtez ! ordonne Sagan, en se levant si brusquement que sa chaise tombe par terre. Toutes les deux ! Arrêtez !

Tu arrives un peu tard, Sagan.

Je saisis mon verre d'eau, le jette à la figure d'Honor. Elle pousse un cri, folle de rage. Je n'ai pas le temps de m'esquiver, elle a déjà sauté sur la table en m'attrapant par les cheveux. Je crie, essaie de me dégager, saisis à mon tour sa queue-de-cheval. Les mains de Sagan m'entourent la taille mais je ne veux pas lâcher prise. C'est elle qui tire maintenant sur mon tee-shirt, alors je m'empare de son chemisier.

Plusieurs boutons volent et Sagan essaie toujours de nous séparer quand une voix retentit :

– Arrêtez !

On dirait la voix d'Utah mais je ne suis pas vraiment en mesure de me retourner. D'ailleurs ce serait inutile car le voilà qui saute à son tour sur la table, essayant de s'interposer entre nous. Il écarte les mains d'Honor, tandis que Sagan essaie d'en faire autant avec moi.

– Arrêtez ! hurle encore notre frère.

On n'arrête pas du tout. Je suis sûre de tenir maintenant une grande mèche des cheveux d'Honor autour de mes doigts, mais j'essaie d'en attraper davantage.

– Couvre-lui la bouche ! lance Utah à Sagan.

Là-dessus, lui-même me plaque une paume sur les lèvres et le nez, comme pour m'étouffer. Sagan est derrière Honor, maintenant, et il en fait autant.

À quoi jouent-ils ? Ils veulent nous tuer ?

Je ne peux pas respirer !

Honor écarquille les yeux et on se retrouve obligées de lutter contre eux, tout en refusant de nous lâcher l'une l'autre.

Je ne vais pas tenir une seconde de plus.

Je ne peux pas respirer.

Lâchant les cheveux d'Honor, je saisis la main d'Utah et, dans un même mouvement, ma sœur éloigne celle de Sagan de sa bouche. Quand ils nous libèrent, on se retrouve toutes les deux, face à face, haletantes.

– Vous jouez à quoi, là ? vitupère Honor. À nous tuer ?

Sagan jette un regard à Utah et lève le pouce, après quoi, en posant les mains sur ses cuisses, il se penche en avant pour reprendre son souffle.

– Bien vu, commente-t-il, à l'adresse de mon frère.

Je retombe sur ma chaise, cherche encore de l'air. Je lâche les mèches d'Honor.

– Qu'est-ce qui se passe ?

Mon père est revenu, pour constater qu'il ne reste sur la table qu'un infâme fouillis de pizza. La chemise d'Honor est déchirée, on se retrouve toutes les deux dans un état lamentable. Mais ce n'est pas ce qui semble le préoccuper. Il s'adresse à Utah, en train de nettoyer la sauce tomate sur son jean.

– Qu'est-ce que tu fais ici ?
– Je veux réunir la famille.
– Pas le moment.

Utah ne peut s'empêcher de rire avant de répondre :

— Si tu veux que j'attende le bon moment pour parler du jour où j'ai voulu embrasser ma petite sœur, on en a pour l'éternité. On va faire un conseil de famille. Ce soir.

Ce disant, il passe devant mon père et se dirige vers sa chambre, claque la porte si fort que je sursaute sur ma chaise.

Mon père en saisit une autre par le dossier et la lance assez violemment contre la table pour que je sursaute encore.

— Génial ! marmonne Honor.

Elle regagne sa chambre et claque la porte elle aussi.

Il ne reste plus maintenant que Sagan et moi. Assis de l'autre côté de la table, il me dévisage. Il doit s'attendre à me voir fondre en larmes ou piquer une crise de rage, enfin toute réaction normale en la circonstance. Sauf que je me rapproche de la seule boîte à pizza encore intacte. Ananas et jambon. Logique.

— Le prochaine fois qu'on se bagarre en plein dîner, Honor et moi, tâche plutôt de mettre de côté une boîte avec une garniture pepperoni, d'accord ?

Il part de son petit rire tranquille et attire la boîte devant lui, se sert une tranche et mord dedans.

— Tu es une vraie dure à cuire, Merit.

Ça me fait sourire.

Je n'ai pas envie de lui répondre. Alors je prends une tranche que je vais manger dans ma chambre.

***

Une heure plus tard, Moby dort profondément ; j'ai nettoyé la table et presque toute la famille se trouve rassemblée dans le salon, pour la première fois depuis des années. Utah fait les cent pas en attendant que mon père nous rejoigne. Je me suis installée sur le canapé, entre Sagan et Luck. Je me rapproche autant que possible de Luck afin qu'aucune partie de mon corps n'effleure celui de Sagan. Honor et Victoria ont toutes les deux pris les fauteuils inclinables.

Lorsque mon père fait enfin son entrée, il ne s'assied pas mais s'adosse au mur, près du crucifix, les bras croisés.

Utah pousse un soupir, l'air anxieux.

Il ne peut l'être autant que moi. Je sais que j'essaie de la jouer cool mais j'ai l'estomac noué depuis qu'il est entré ici, il y a une heure. Je ne veux pas parler de ça, surtout pas devant la famille ; ça m'apprendra à tout révéler par lettre.

Utah se tord les mains, les secoue, sans cesser d'aller et venir devant nous. Maintenant qu'on est tous là, il s'immobilise enfin. Juste devant moi.

Je ne lève pas les yeux vers lui. Je voudrais qu'il se dépêche de présenter ses excuses et qu'on puisse de nouveau faire comme si de rien n'était.

— Bon, je crois que je vous dois à tous une explication, commence-t-il.

Il se remet à faire les cent pas, mais je contemple mes mains, crispées devant moi. J'ai encore ce vernis noir sur les pouces, qui me reste du mois dernier, alors je commence à le gratter.

— J'avais treize ans, dit Utah, et Merit douze. Alors c'est vrai... tout ce qu'elle a dit. Pourtant, je ne suis pas comme ça. J'étais un sale gamin, je n'ai cessé de regretter cette histoire depuis.

— Alors, pourquoi tu l'as fait ? lancé-je.

Moi-même choquée par la colère de ma voix, je continue à écailler mes ongles.

— Je ne savais pas où j'en étais, dit-il. À l'école, mes copains n'arrêtaient pas de parler de filles. On arrivait en pleine puberté et nos hormones nous rendaient fous. Sauf que moi, je n'en avais rien à faire des filles. Je ne pensais qu'aux garçons. Et je me disais que quelque chose n'allait pas chez moi.

Il s'arrête de nouveau en face de moi ; je sais qu'il cherche mon regard, mais je ne peux pas. Alors il se remet à marcher.

— Je me disais que si j'embrassais une fille, ça arrangerait peut-être les choses. Seulement j'étais un gamin, je ne savais pas comment m'y prendre. Tout ce que je savais c'était que j'avais envie d'embrasser quelqu'un et que la société ne voulait pas que ce soit Logan.

Finalement, je le regarde parler ; cette fois, il a les yeux ailleurs et il n'arrête pas de bouger.

– J'avais écrit une lettre à Logan, ce jour-là, pour lui dire qu'il me plaisait. Il l'a montrée à tout le monde au déjeuner, puis m'a traité de pédé quand on est sortis de la cafétéria. Ça m'a trop bouleversé. Je ne voulais pas être pédé, je ne voulais pas aimer Logan. Je voulais être quelqu'un de normal. Je ne songeais même pas aux conséquences de ce que je faisais. Il fallait absolument que je me guérisse, alors j'ai obligé Merit à m'embrasser en espérant que ça pourrait... je ne sais pas. Me *soigner*.

Je ferme les yeux. Je ne veux plus rien entendre, ne plus revivre ce moment, ni entendre ses excuses.

– Dès que ça s'est produit, j'ai su que j'avais fait quelque chose de terrible. Elle s'est enfuie de ma chambre et moi j'ai couru vomir dans la salle de bains. J'étais complètement dégoûté, par moi-même, par ce que j'avais fait à Merit. Depuis, il ne s'est pas passé un jour sans que je le regrette. Sans que j'essaie de réparer.

Je secoue la tête en tâchant de retenir mes larmes, mais je finis par lâcher :

– Quel menteur ! Tu n'as strictement rien fait pour réparer ! Tu ne t'es jamais expliqué, et pas une fois, tu ne t'es excusé !

Cette fois, je suis obligée d'essuyer mes larmes.

– Merit.

Je respire un grand coup par le nez et ça fait un bruit furieux.

– Regarde-moi, s'il te plaît !

Je me radosse au canapé et lève les yeux vers lui. Il a vraiment l'air navré, sauf qu'il a eu toute la journée pour répéter son discours. Il se passe la main dans la nuque et s'accroupit soudain devant moi. Je croise les bras pour mieux me fermer.

— Je suis vraiment désolé, dit-il. Chaque jour, chaque heure, chaque seconde depuis ce moment-là, je n'ai cessé de le regretter. Et je ne me suis jamais excusé, parce que...

Il regarde par terre un instant, avant de relever des yeux pleins de larmes.

— J'espérais que tu avais oublié, Merit. Je *priais* pour que tu oublies. Si j'avais su à quel point ça t'avait secouée, j'aurais fait tout ce qui était en mon pouvoir pour réparer, je te jure. Le fait que tu n'aies pas oublié, que tu m'en aies voulu toutes ces années... Je ne peux pas te dire à quel point je regrette.

Une larme me glisse sur le menton, que j'essuie de ma manche.

— Merit, *s'il te plaît* ! insiste-t-il, d'un ton désespéré. Je t'en prie, dis-leur que je n'ai jamais plus rien fait de semblable depuis ce jour-là.

Il se relève en regardant Honor.

— Toi aussi, dis-leur.

Elle se tourne alors vers mon père :

— C'est vrai, papa. Il ne m'a jamais touchée.

Mon père m'interroge du regard, alors je hoche la tête, cependant, je ne peux pas articuler un mot. Trop d'émotions me serrent la gorge. Je vois juste qu'il essaie de s'assurer que je suis d'accord pour qu'Utah revienne.

Maintenant, tout le monde me regarde, même mon frère.

Alors je parviens à bafouiller :

– Je le crois.

Le silence tombe sur la pièce, jusqu'à ce que Victoria se relève :

– C'est bon, dit-elle, en se dirigeant vers la cuisine.

Et voilà qu'elle se retourne :

– J'aimerais bien que vous veniez tous nettoyer le foutoir que vous avez laissé.

Luck pouffe de rire.

– Merci, me murmure Utah.

Je me détourne, parce que je ne veux pas qu'il croie que je lui fais une faveur. Je suis incapable d'oublier des années de colère sous prétexte qu'il vient enfin de s'excuser.

– Fin du conseil de famille ! annonce mon père, en frappant dans ses mains. Vous avez entendu votre belle-mère. Nettoyez votre foutoir.

Le conseil est peut-être terminé, mais ce n'est qu'un des nombreux problèmes que cette famille va devoir régler.

***

On passe le quart d'heure suivant à nettoyer la cuisine en silence. Je crois qu'aucun d'entre nous ne sait que dire. C'était un conseil de famille des plus sérieux. Les Voss ne sont pas habitués à tant de franchise en une seule journée.

– Comment se fait-il qu'il y ait de la sauce de pizza sur la fenêtre ? demande Luck, en essuyant la vitre avec un chiffon humide. On dirait que j'ai manqué une belle bagarre.

Je ferme le lave-vaisselle et le mets en marche tandis qu'Honor se lave les mains près de moi.

– J'en ai sur mon soutien-gorge, annonce-t-elle. Je vais prendre une douche.

Utah se dirige vers l'entrée pour y récupérer la boîte où il range ses lettres pour le panneau. Ce sera bien la première fois qu'il changera un message la nuit. Cependant, il s'arrête devant la porte, se tourne vers moi.

– Tu veux m'aider ?

Je regarde autour de moi et finis par apercevoir Sagan ; je ne sais pas pourquoi c'est sur lui que je compte pour me rassurer. Je ne crois pas avoir été seule un instant avec Utah depuis des années et ça me fait drôle. Sagan m'adresse un léger signe de la tête, l'air de dire que je devrais suivre mon frère. Quand je pense que j'ai besoin de son avis… Je me sèche les mains à un torchon et sors à mon tour.

Une fois dehors, Utah me sourit. Pourtant, on n'échange pas un mot. Une fois devant le panneau, il pose sa boîte par terre puis ôte les lettres déjà affichées. Je m'y mets à mon tour.

– Tu aurais une citation à me conseiller ? me demande-t-il.

Je réfléchis un instant puis :

– Oh oui ! Oui, en effet !

– Alors prends les lettres qu'il te faut, elles sont rangées par ordre alphabétique.

Je me penche vers la boîte et commence à me servir tandis qu'il continue d'ôter les autres.

– Tu ne savais vraiment pas que j'étais gay ?

– Je ne sais pas ce que je savais, dis-je en riant.

Il revient vers moi pour ranger les lettres qu'il vient de récupérer.

– Ça t'embête ?

– Pas du tout, dis-je franchement.

Il n'a pas l'air convaincu. Et là, je m'avise qu'il doit encore penser à ce que j'ai écrit dans mon fichu message de dénonciation.

– Utah, sérieux. Ça m'est égal que tu sois gay. Je sais que j'ai raconté de sales trucs, mais j'étais hors de moi. Je te demande pardon. On était des gosses. Voilà... je viens de passer plusieurs années à nourrir une énorme animosité contre toi.

Je sors la dernière lettre nécessaire à mon message et la pose par terre. Je me relève et Utah en fait autant. On se regarde un moment dans les yeux, jusqu'à ce qu'il lâche :

– Moi aussi, je te demande pardon. Vraiment, Merit. C'est sincère.

Ses excuses me bouleversent et j'en ai marre de pleurer, pourtant je sens encore des larmes idiotes me couler sur les joues. Je n'y peux rien. Voilà si longtemps que j'espérais l'entendre dire ça.

Il me prend la main, me serre dans ses bras et je pose la tête sur son épaule, me laissant étreindre comme on peut l'espérer de son frère, ce qui me fait pleurer encore plus fort. Je l'entoure de mes bras dès que je peux, enfin débarrassée de la colère qui m'habitait.

– Je serai un meilleur frère, promet-il.

– Et moi une meilleure sœur.

Il me lâche en soufflant :

– Bon, on termine ça et on rentre.

Ce qu'on fait tranquillement avant de reprendre le chemin de la maison. Dès qu'on l'ouvre, on voit Luck assis à table, une feuille de papier dans les mains.

– Quel connard ! crie-t-il.

***

Utah ferme la porte derrière nous.

– Qu'est-ce qui se passe encore ? demande-t-il, en rangeant sa boîte dans le placard.

Sagan est assis en face d'un Luck exaspéré qui crie encore :

– Je n'ai pas cette tête-là !

– La prochaine fois, tu ne me demanderas pas de te dessiner si tu n'aimes pas la façon dont je te vois.

Luck repousse sa chaise et lui jette le dessin à la tête.

– Si c'est comme ça que tu me vois, tu es nul.

Il va ouvrir le réfrigérateur tandis que Sagan continue de ricaner. Je m'approche de lui, saisis la feuille de papier. Et là, j'éclate de rire.

– Montre-moi, demande Utah.

Je lui tends le papier et, à son tour, il se marre.

– Ouah ! dit-il à Sagan. Tu te venges de quoi, là ?

Celui-ci glisse le dessin dans son carnet.

– Attends, intervient Utah. Donne-le-moi, pour le faire chanter.

Luck contourne le bar pour essayer de le lui arracher des mains, mais Utah le brandit, avant de se précipiter dans le couloir, Luck sur ses talons.

– J'aime bien le panneau, observe Sagan, pour récupérer mon attention.

Avec Utah, on a écrit : TOUTES LES ERREURS NE MÉRITENT PAS UNE CONSÉQUENCE. CERTAINES N'APPELLENT QUE LE PARDON.

– Je ne sais plus où j'ai entendu ça, dis-je.

J'ai vraiment du mal à le regarder pour le moment, car de tels élans me poussent encore vers lui, sans compter sa façon de me regarder, si difficile à accepter... Comme s'il m'admirait.

Coup de chance, il reçoit encore un de ses appels urgents. Au moins, cette fois, il lève un doigt en disant :

— Une seconde.

Je ne lui accorde pas cette seconde. Pendant qu'il répond tranquillement, je regagne ma chambre. J'en ai eu assez pour la journée et, bien que je l'aie presque entièrement passée à dormir, je suis prête à m'y remettre.

À peine ai-je fermé la porte, je me rends compte que Sagan ne mentait pas en me demandant une seconde. Il frappe doucement et je lui ouvre alors qu'il range son appareil dans sa poche.

Je ne lui demande pas ce qu'il fait là ni de quoi il veut parler, passant directement à la question qui me harcèle le plus :

— Pourquoi tu reçois tant d'appels ?

D'autant qu'il y répond toujours, quoi qu'il soit en train de faire. Je trouve ça mal élevé.

— Ce n'est jamais celui que j'attends, répond-il, en entrant alors que je ne l'y ai pas invité.

— Entre, ne te gêne pas.

Il regarde autour de lui, s'arrête devant mon étagère à trophées.

— Pourquoi tu fais cette collection ?

Je m'assieds sur le lit.

— J'ai commencé par en voler un à mon premier petit ami. Il avait rompu en pleine séance de baisers et ça m'a rendue folle.

Sagan éclate de rire et se met à en examiner quelques-uns.
– Je ne sais pas pourquoi j'apprécie tant ça chez toi.

Je me mords la joue pour cacher mon sourire.

Il remet le trophée en place et se tourne vers moi :
– Tu veux un tatouage ?

Mon cœur bondit.
– Là, tout de suite ?
– Si tu me promets de ne pas le dire…
– Juré.

J'essaie de cacher ma joie, ce qui n'empêche pas Sagan de me faire signe de le suivre. Une fois dans sa chambre, il approche la chaise du lit, m'invitant à m'asseoir. Puis il sort son matériel du placard.
– Qu'est-ce que tu voudrais ?
– Je m'en fiche, à toi de voir.

Il me dévisage, hausse un sourcil.
– Tu veux que je choisisse le tatouage qui va rester gravé sur ta peau pour le restant de tes jours ?
– Oui, ça t'étonne ?
– Tu m'étonnes sans arrêt, dit-il, en sortant du papier calque et un crayon, et c'est ce que je préfère chez toi.

Il se met à dessiner en ajoutant :
– Tu as cinq minutes pour changer d'idée.

Je le regarde concevoir mon futur tatouage mais, de ma place, je ne distingue pas bien de quoi il s'agit. Quand il a terminé, je n'ai toujours pas changé d'avis. Il va fermer la porte à clef.

— Si quelqu'un le voit, explique-t-il, je te conseille de dire que tu l'as fait faire par quelqu'un d'autre que moi.

J'essaie d'apercevoir son dessin quand il se rapproche, mais il le cache.

— Pas encore, dit-il.

— Je n'ai pas dit que je te laisserais me tatouer un truc que je n'aurais pas approuvé d'abord.

Il sourit.

— Je te promets que tu ne le regretteras pas.

Il me fait soulever la manche sur mon avant-bras droit.

— Je peux le faire là ? Ce sera tout petit.

Je hoche la tête puis ferme les yeux, attendant anxieusement qu'il commence. Il s'assied sur le lit avec son équipement à côté de lui. Je regarde ailleurs, je ne tiens pas du tout à voir ce qu'il fait, il devinerait tout de suite ce que j'en pense.

Il transfère le tatouage sur ma peau puis me tend mon oreiller pour m'accrocher au dossier de ma chaise avant qu'il commence. La première piqûre est douloureuse, mais je ferme les yeux en essayant de me concentrer sur ma respiration. Finalement, ça fait moins mal que prévu, bien que ce ne soit pas très agréable. J'essaie de me concentrer sur autre chose et me lance dans une discussion pour me changer les idées.

— Et le tatouage sur ton bras, qu'est-ce qu'il veut dire ? Là où tu as écrit : « Ton tour arrive, Docteur ».

Je sens un souffle chaud atterrir sur ma nuque alors qu'il soupire ; il doit s'interrompre un instant, le temps que mon tremblement s'arrête, puis il reprend son travail en essayant encore de se défiler :

– C'est une longue histoire.

– Ça tombe bien, on a tout le temps.

Il ne répond qu'au bout d'un long moment. J'en suis déjà à croire qu'il ne va rien dire et voilà qu'il reprend :

– Tu te rappelles quand je t'ai dit que le drapeau sur mon bras était celui de l'opposition syrienne ?

– Oui. Et aussi que ton père venait de là-bas.

– C'est vrai. Mais ma mère est américaine, du Kansas. C'est là que je suis né.

Il se remet au travail puis demande :

– Tu es au courant de la crise des réfugiés syriens ?

Je suis contente qu'il accepte de me répondre, car ça commence quand même à faire mal. Je dois me concentrer sur autre chose.

– J'en ai entendu parler, mais je ne suis pas trop au courant.

Pas du tout, en fait.

– C'est vrai que ça ne fait pas la une des journaux, ici.

Il se tait encore et ça me pique de plus en plus. Heureusement, il attaque d'autres points sur mon épaule. Quand il poursuit, je me contente de l'écouter :

– La Syrie est depuis longtemps sous la coupe d'une dictature. C'est la raison pour laquelle mon père a préféré faire ses études médicales en Amérique. Beaucoup d'autres pays autour de la Syrie subissent le même sort. Il y a quelques années, a eu lieu ce qu'on appelle le Printemps arabe. De nombreux citoyens ont organisé des manifestations pour tenter de renverser ces dictateurs. Ils voulaient que leurs pays soient moins corrompus, qu'ils ressemblent davantage à des démocraties, avec un certain équilibre des pouvoirs. Ça a marché en Tunisie et en Égypte, où de nouveaux gouvernements ont été installés. Alors, le peuple de Syrie s'est mis à rêver que ça se produise chez lui aussi.

– Ainsi, ce tatouage est plus ou moins relié à la Syrie ?

– Oui. Selon beaucoup, c'est ce qu'a commencé la révolution. Le dirigeant syrien, Bachar el-Assad, a fait des études d'ophtalmologie avant la mort de son père, et, quand il a pris la tête de la Syrie, on a continué à l'appeler docteur. Enfin... un groupe d'écoliers a peint des graffitis sur un mur avec ces mots : « Ton tour arrive, Docteur ». Ils ne faisaient que répéter ce que nombre de Syriens espéraient silencieusement. Que le docteur allait chuter, comme les dirigeants d'Égypte et de Tunisie, afin d'amener la démocratie en Syrie.

Je lève la main pour intervenir. Tout ça m'intéresse mais j'ai beaucoup de questions :

— Au risque de paraître idiote, c'était en quelle année ?

— Deux mille onze.

— Et le docteur est parti ?

Sagan essuie encore mon tatouage, enfonce de nouveau l'aiguille dans ma peau :

— À vrai dire, il a fait tout le contraire. Les collégiens auteurs des graffitis ont été jetés en prison et torturés.

Je manque de me retourner, mais il pose une main ferme sur mon épaule.

— Il les a fait arrêter ?

— Il voulait prouver au peuple de Syrie qu'aucune opposition ne serait tolérée. Il se fichait que ce soit juste des enfants. Lorsque les parents ont demandé leur libération, ils n'ont pas été entendus. En fait, l'un des policiers en faction leur a répondu : « Oubliez vos enfants. Faites-en d'autres. Et si vous ne savez pas comment on les fabrique, je vais vous envoyer quelqu'un pour vous montrer. »

— Oh, mon Dieu !

— Je n'ai pas dit que ce serait une histoire amusante. Une fois que le Docteur a jeté les enfants incriminés en prison, le peuple de la ville de Deraa est descendu dans la rue. Les manifestations ont commencé mais, au lieu de discuter, le gouvernement a envoyé l'armée contre eux. Beaucoup de gens sont morts. Ce qui n'a fait que propager les protestations à travers tout le pays. Les gens demandaient carrément la démission du Docteur. Bien sûr, il a refusé, répondant chaque fois en envoyant plus de troupes. La violence a grandi pour tourner bientôt à la guerre civile. Voilà pourquoi il y a maintenant une crise des réfugiés. Jusque-là, on compte près d'un demi-million de morts, et des millions de gens ont fui le pays pour garder la vie sauve.

Je n'arrive plus à dire un mot. De toute façon, je ne saurais que dire. Je ne peux le rassurer car il n'y a rien de rassurant autour de telles histoires. Et puis je suis gênée de n'en avoir rien su. Je lis les gros titres en ligne et sur les journaux, sans jamais rien y comprendre. Comme ça ne m'affectait pas directement, je n'ai jamais songé à en lire davantage.

Il a cessé de tatouer mais je ne sais pas s'il a terminé, alors je ne bouge pas.

— On s'est installés en Syrie quand j'avais dix ans. Mon père était chirurgien et ma mère y a ouvert une clinique. Mais, au bout d'un an, quand les choses ont commencé à mal tourner, mes parents m'ont renvoyé ici pour y vivre avec ma grand-mère, jusqu'à ce que mon père obtienne son visa pour revenir à la maison. Ma mère devait mettre ma petite sœur au monde, elle ne pouvait donc pas prendre l'avion à cette époque. Ils m'ont dit que ce serait l'affaire de trois mois. Mais, juste avant leur vol de retour…

Sa voix se casse. Comme il a cessé de me piquer, je me retourne, pour le découvrir affaissé sur lui-même, les bras sur les genoux, la tête basse. Il finit par lever vers moi des yeux rougis. Cependant, il parvient à garder son calme.

— Avant leur retour, toutes les communications ont été coupées. On est passés d'un appel quotidien au silence complet. Ça fait sept ans que je n'ai plus entendu parler d'eux.

Je plaque une main sur ma bouche, horrifiée, incrédule.

Voilà pourquoi il répond toujours au téléphone avec un tel empressement. Il espère recevoir des nouvelles de sa famille. Comment peut-on vivre sept années sans savoir ?

— Je suis vraiment une enfoirée, dis-je à voix basse. Avec mes pauvres petits problèmes, à côté de ce que tu as vécu…

Il me dévisage, les yeux complètement secs. Ce qui ne me rend que plus triste. Dire qu'il est tellement habitué à sa vie que ça ne le fait pas pleurer un seul instant.

— Tu n'es pas une enfoirée, Mer, dit-il, en me caressant les cheveux. Ne bouge plus, j'ai presque fini.

Le silence retombe alors qu'il achève son travail. Je ne peux m'empêcher de repenser à ce qu'il vient de me raconter. J'en ai le cœur serré. Et je me sens vraiment comme la dernière des enfoirées. Il a lu cette lettre où je me plaignais de toute ma famille, de nos petits bobos quotidiens, alors qu'il ne sait même pas si la sienne est vivante.

— Fini ! murmure-t-il.

Il passe un liquide frais pour terminer son dessin, puis il le recouvre d'un bandage.

— Attends, dis-je. Je voudrais voir.

— Pas maintenant. Et tu gardes ce pansement jusqu'à samedi.

— Mais, on n'est que jeudi !

— Il va falloir patienter encore un peu.

J'aime bien le voir sourire après ce pesant échange. Même s'il se force un peu.

— En attendant, je t'appliquerai régulièrement de la lotion, ajoute-t-il.

— Dis-moi au moins ce que c'est.

— Tu verras ça samedi.

Il se met à ranger ses affaires. Je me lève, remets la chaise devant le bureau.

Bouleversée, je le regarde porter son matériel dans le placard. Quand je pense à ce qu'il a vécu... Soudain, je m'approche de lui, glisse mes bras autour de sa taille et pose la tête sur son torse.

Il faut que je l'étreigne après avoir entendu tout ça. Et, comme il me laisse faire sans rien dire, j'en conclus que ça lui fait du bien. On reste là un moment, serrés l'un contre l'autre, jusqu'à ce qu'il me dépose un baiser sur la tête.

— Merci, dit-il, en m'écartant de lui.

— Bonne nuit.

— Bonne nuit, Merit.

CHAPITRE 14

– Tu es content, aujourd'hui ?
– Oui ! s'écrie Moby dans le couloir.
– Très content ?
– Complètement !
– C'est tout ? insiste Utah.
– Trop complètement !

En temps normal, cet échange si tôt le matin me ferait lever les yeux au ciel. Mais ça, c'était avant cette nuit, quand je me suis remise à aimer mon frère.

Mon père ne sait toujours pas que j'ai lâché le lycée. Alors je m'oblige à me lever, à me brosser les dents, à m'habiller, à me coiffer, enfin à suivre le rythme habituel de la matinée. Je lui dirais bien la vérité, mais je ne suis pas sûre d'avoir encore envie d'affronter la suite. J'ai l'impression que toute une vie vient de s'écouler en quelques jours.

Je lui en parlerai la semaine prochaine. Ou celle d'après.

Ou, mieux encore, je lui dirai tout le jour où il m'expliquera pourquoi ma mère prend des placebos.

En entrant dans la cuisine, je trouve Honor et Sagan assis à table en tête à tête. Il vient de dire quelque chose qui la fait rire et je suis plutôt soulagée de la voir de bonne humeur. Peut-être qu'elle m'en voudra moins, maintenant que je me suis réconciliée avec Utah.

Ou pas.

Dès qu'elle m'aperçoit, son sourire disparaît. Elle reporte son attention sur son smoothie qu'elle mélange avec sa paille.

Heureusement, Sagan me sourit. Je lui réponds et me sens complètement ringarde.

– Merit, goûte ça !

Utah essaie de faire entrer dans ma bouche une paille pleine de mousse parfumée.

– Dégueulasse ! dis-je, en le repoussant. Je déteste cette merde.

– C'est bon, insiste-t-il. Je te promets. Goûte-le.

Je prends le verre, y trempe mes lèvres. On dirait une soupe de légumes remplie de vitamines fades. Je le lui rends en grimaçant.

– Dégueu.

– Quelle tarte ! marmonne Sagan.

La porte du fond s'ouvre sur mon père.

– Il y a quelque chose qui ne va pas avec ce chien, annonce-t-il, en se lavant les mains. Il est aussi abattu depuis son retour ici ?

– Il avait l'air d'aller mieux hier, dis-je.

Je sors avec lui et entends Sagan qui nous emboîte le pas. On arrive à la niche et je m'accroupis pour tapoter la tête de Wolfgang.

– Ça va, mon pote ?

Levant sur moi des yeux toujours aussi éplorés, il remue la queue mais ne fait aucun effort pour bouger ou me lécher.

– Il s'est comporté toute la semaine comme ça ? demande papa, en se penchant pour le caresser.

Je n'aurais jamais cru revoir cette image. Mon père et ce chien… réunis.

– Je croyais qu'il était juste déprimé, dis-je.

Du coup, je m'en veux de n'avoir prévenu personne, mais je n'y connais pas grand-chose en chiens.

– J'ai appelé le véto hier, annonce Sagan. Ils ont dit qu'ils pourraient le recevoir demain mais je ne suis pas sûr qu'il puisse attendre jusque-là.

– Quel véto ? demande mon père.

– Celui sur la 30, en face du Goodwill.

– C'est près du boulot, dit mon père.

Il glisse les mains sous le ventre du chien.

– Je vais le déposer là-bas en partant, pour voir s'ils peuvent le prendre avant. Merit, va ouvrir la barrière pour que je sorte mon pick-up.

Je file lui ouvrir puis tiens la porte du véhicule lorsque mon père dépose Wolfgang sur la place passager. Le chien n'a même pas l'air de remarquer qu'on le déplace.

– Tu crois que ça ira ? dis-je.

– Aucune idée, je te tiendrai au courant.

Papa s'installe au volant, se met à reculer mais s'arrête pour me lancer par la fenêtre :

– J'ai oublié de te donner ça, l'autre soir, quand tu me l'as demandé.

Il me tend un sac, que je saisis tandis qu'il repart.

Une fois qu'il a disparu, j'ouvre le sac pour y découvrir un trophée. J'avais complètement oublié lui en avoir demandé un. Celui-ci est une statuette de joueuse de tennis.

– Qu'est-ce que tu as gagné, cette fois ? me demande Sagan.

Je lis la petite plaque sous le fond. « Championne de tennis 2005 ».

– Tu étais une enfant prodige ! s'esclaffe-t-il, en se dirigeant vers sa voiture. Tu veux que je te dépose au lycée ?

Je lui fais les gros yeux. Il sait très bien que je n'y vais plus depuis un moment.

– Bien essayé !

– Ça valait la peine, rétorque-t-il, en montant à bord. Je t'enverrai un texto si ton père me donne des nouvelles de Wolfgang.

– Pourquoi il t'en donnerait ?

– Parce que... je travaille pour lui ?

– Ah bon ?

Première nouvelle. Il se met à rire.

– Tu ne savais pas ?

– Écoute, je savais que tu avais un boulot, mais je ne t'ai jamais demandé lequel.

— Il m'a donné un boulot et laissé m'installer chez vous le jour où je l'ai rencontré. C'est pour ça que je l'aime tant, même si toi tu ne le supportes pas les trois quarts du temps.

Avant de s'engager sur la route, il m'adresse un petit signe que je lui rends.

Je ne sais pas combien de temps je reste ensuite dans l'allée à contempler la route déserte. Je me sens tellement… perdue ? Je ne sais pas. Rien ne tient plus debout, cette semaine.

Je rentre et passe les heures suivantes à perdre mon temps.

D'abord, je regarde la télévision mais ne peux m'empêcher de consulter sans cesse mon téléphone. Toujours aucune nouvelle de mon père. J'ai juste reçu un texto de ma mère qui demande si je compte descendre la voir cet après-midi. J'ai déjà répliqué en disant que j'étais trop occupée. « Bon, alors à demain, peut-être », a-t-elle répondu.

Je sais, j'ai dit que je ne remettrais jamais les pieds au sous-sol, mais j'étais en colère à ce moment-là. J'irai peut-être la voir, seulement là, elle m'énerve encore trop. Tout comme mon père. Je ne comprends toujours pas comment Victoria peut poursuivre une telle vie de couple.

Et je ne comprends toujours pas à quoi servent ces fichus placebos.

En même temps, je m'en veux de ces états d'âme quand je pense à la vie de Sagan. Sauf que ses épreuves n'ont en rien amoindri les miennes. Et je déteste ça. Je déteste que les stupides choix de mes parents puissent encore m'affecter du point de vue émotionnel, alors que je devrais juste me réjouir de les savoir vivants. Du coup, je me sens faible et mesquine.

Je finis par envoyer un texto à mon père :

Moi : Pas de nouvelles du véto ?

J'attends mais rien ne vient, alors je me lance dans un mots croisés. Mon téléphone sonne, je vérifie le nom de l'appelant et souris en découvrant que c'est Sagan.
– Allô ?
– Salut, dit-il, d'un ton sinistre.
– Qu'est-ce qui se passe ?
Il soupire lourdement.
– Ton père préférait que ce soit moi qui appelle. Il, euh… Wolfgang… il est mort en chemin.
Je manque de lâcher mon appareil.
– Quoi ? Comment ?
– Je ne sais pas. Je dirais juste qu'il était vieux.
J'écrase une larme inattendue.
– Ça va ?
– Oui, dis-je dans un soupir. Je… mon père va bien ?
– Oui, sûrement. Il a dit qu'il irait l'enterrer en fin d'après-midi. Peut-être du côté de l'église du pasteur Brian. Alors j'arriverai plus tard que d'habitude. Je t'enverrai un message.

– D'accord. Merci de m'avoir prévenue.
– À ce soir.

Je coupe la communication et contemple un moment mon écran. Je n'en reviens pas d'être aussi triste. Ce chien, je ne l'ai connu que parce que, gamine, je jouais dans le jardin voisin ; sinon, je l'ai vu tout au plus une semaine. Mais cette pauvre bête a connu une fin de vie complètement pourrie. Son maître meurt et il parcourt quelques kilomètres en pleine nuit pour aboutir ici, malade, afin de mourir parmi des gens inconnus. Au moins, je suis contente qu'ils aient l'intention de l'enterrer dans la propriété du pasteur Brian. C'est sûrement la meilleure solution.

Je n'entends plus parler de Sagan ni de mon père durant plusieurs heures. L'atmosphère de la maison est plutôt bizarre, aujourd'hui, alors je reste dans ma chambre jusqu'au soir. Victoria ne prépare même pas le dîner, si bien qu'on mange chacun de notre côté.

Je suis en train de nettoyer les restes de mon repas surgelé lorsque le téléphone d'Utah sonne. Il regarde la télévision avec Luck et Honor mais son appareil traîne à côté de moi sur le bar.

– C'est qui ? lance-t-il du salon.

Je vérifie sur l'écran, seulement ce numéro ne fait pas partie de ceux qu'il a identifiés.

– Sais pas. Un numéro local, mais il n'y a pas de nom.

– Tu peux répondre ?

Je me sèche les mains et décroche.

— Allô ?

— Honor ?

— Non, c'est Merit.

— Où est Utah ? demande mon père.

— Dans le salon. Qu'est-ce qu'il y a ?

Il soupire.

— Eh bien... Il faut que quelqu'un vienne nous chercher.

Je pouffe de rire. C'est une plaisanterie !

— Quoi ? Tu dois posséder quatre-vingts voitures et tu as besoin qu'on vienne te chercher ?

— On est, euh... en prison.

J'éloigne l'appareil de mon oreille, mets le haut-parleur, fais signe à Utah de baisser la télé.

— Comment ça, vous êtes en prison ? Et qui, d'abord ? Sagan aussi ?

— C'est une longue histoire. Je te raconterai quand tu seras là.

— Qui est en prison ? demande Utah, en entrant dans la cuisine.

Je lui fais signe de se taire pour pouvoir entendre mon père.

— Il faut... apporter de l'argent ?

— Non, viens juste nous chercher. Voilà déjà deux heures qu'on attend l'autorisation de passer ce coup de fil.

— D'accord, on arrive.

Je coupe la communication.

– Qu'est-ce qu'ils font en prison ? demande Utah.
– Sais pas. Tu crois qu'on doit prévenir Victoria ?
– Me prévenir de quoi ? demande celle-ci, en entrant dans la cuisine.
– Papa est en prison, lance Utah. Avec Sagan.
– Pardon ?
– J'ignore ce qu'il a fait, mais j'ai hâte de savoir.

Honor et Luck viennent de nous rejoindre et on se regarde tous sans savoir que faire.

– Dis-lui de m'appeler dès qu'il sera dehors, lance Victoria. Il faut que je reste avec Moby.

Je vais chercher mes chaussures dans ma chambre. Qu'est-ce qu'ils ont bien pu faire ?

CHAPITRE 15

Je ne sais pas à quoi je m'attendais, mais lorsque mon père et Sagan franchissent le portail de la prison, ils ont l'air normal. On les attendait autour du pick-up, sur le parking, depuis plus d'une heure, le temps de remplir toutes les paperasses. On nous a juste dit qu'ils avaient été arrêtés pour profanation. Je ne sais même pas ce qu'il faut entendre par là.

Je dois me retenir de sauter au cou de Sagan, mais pas devant tout le monde. Alors j'attends sagement qu'il atteigne la voiture, et là, je lui serre discrètement la main.

– Qu'est-ce que vous avez fait ? demande Utah.

Mon père va s'asseoir sur la place passager.

– On voulait enterrer un fichu chien, voilà tout.

Il claque la portière et on se tourne tous vers Sagan qui semble exaspéré.

– J'ai bien essayé de lui dire que ce n'était pas une bonne idée.

– Quoi ? D'enterrer le chien ?

— Je croyais qu'on allait le faire dans le jardin de l'église mais... votre père avait une autre idée.

— Il n'a pas fait ça... laisse tomber Honor, incrédule.

— Pas fait quoi ? bafouille Utah.

— Il voulait l'enterrer avec le pasteur Brian.

— Dans un cimetière ? s'écrie Luck.

— Vous avez été arrêtés pour profanation de sépulture ? dis-je.

— En fait, précise Sagan, on creusait juste un trou près de la tombe du pasteur Brian mais, quand la police vous surprend dans un cimetière avec une pelle, vous n'avez pas trop le temps de vous expliquer.

— Merde, souffle Utah.

— Tout le monde en voiture ! crie mon père.

On s'exécute, et je me retrouve à l'arrière avec Sagan, mais ça m'est égal. Utah démarre mais on n'a pas quitté le parking qu'une voiture de patrouille vient nous barrer le chemin. Mon père abaisse la vitre.

— Oh non ! souffle Sagan.

— Quoi ?

Il désigne les flics qui descendent du véhicule.

— Ce sont eux qui nous ont arrêtés.

— Papa ! dis-je avant qu'il ne commette une erreur.

— Qu'est-ce que vous faites du chien ? lance-t-il aux agents.

L'un d'eux s'approche de nous.

– On l'a enterré devant l'église du pasteur Brian. Là où vous auriez dû le mettre.

– Oui, bon… rétrospectivement et avec tout ce qui est arrivé… admet mon père.

Il adresse un signe à Utah :

– Allons-y.

Utah repasse en marche arrière et le flic tape sur le toit avant de regagner le commissariat. Par la lunette arrière, je le vois qui rigole avec ses collègues.

– Génial, maugrée Honor. Encore une rumeur qui ne va pas arranger la réputation des Voss.

– Techniquement, corrige Sagan, ce n'est pas une rumeur. On creusait dans un cimetière sans autorisation. C'est illégal.

Honor se tourne vers lui.

– Je le sais, mais maintenant, toute la ville va croire que papa essayait d'exhumer le pasteur Brian. Tout le monde sait qu'il est athée, alors on va prétendre qu'il voulait exercer des rituels sataniques sur son cadavre.

– Ce ne serait pas la pire chose qu'on peut raconter sur nous, lance mon père.

– Je m'en moquerais, rétorque-t-elle, si la plupart de ces rumeurs n'étaient pas vraies !

Il la regarde dans le rétroviseur.

– Tu veux dire que tu as honte d'être une Voss ?

– Non, soupire-t-elle. Juste d'être ta fille.

– Oh merde, souffle Luck entre ses dents.
– Et pourquoi, Honor ? demande mon père.
– Papa, intervient Utah. Arrête, on vient de vivre une semaine épouvantable.
– Pas possible ! raille ma sœur. Peut-être juste parce que tu ignores totalement comment être un bon père ou un bon mari ?
– Arrête la voiture, lance-t-il, en déverrouillant sa portière.
– Quoi ? dit Utah. Non.
– Arrête la voiture ! crie mon père.
À mon tour, j'interviens :
– Arrête, Utah.
Si mon père est au bord de la crise de nerfs, je préfère que ça se passe dehors qu'à l'intérieur du pick-up.

Utah se gare mais il n'a pas le temps de tirer le frein à main que mon père a déjà ouvert sa portière et saute dehors. On le suit des yeux tandis qu'il balance des coups de pied dans le gravier en bordure de la chaussée. Je ne l'ai jamais vu dans cet état. Je me retourne vers Sagan :
– Tu crois qu'il va bien ?
– En tout cas, ça allait quand on nous a arrêtés. Il en a même rigolé.

Utah quitte le pick-up, le contourne, tandis qu'Honor en fait autant à l'arrière. On sort tous afin de se rassembler devant le véhicule. Et mon père s'arrête pour reprendre son souffle et nous adresse un geste de la main :

— Vous croyez que, sous prétexte que je suis un adulte, je sais tout, je comprends tout ? Vous croyez que je n'ai pas le droit de commettre des erreurs ?

Il ne crie pas mais ne parle pas d'une voix calme pour autant. Et puis il se met à faire les cent pas.

— Quoi qu'on fasse, les choses ne se passent jamais comme on veut.

Utah semble nerveux.

— Quand on se plante, papa, le temps ne tourne pas forcément au beau fixe. Tu aurais sans doute dû y penser avant de tromper maman.

Mon père se dirige vers lui, assez vite pour que mon frère se mette à reculer, jusqu'à heurter le pick-up.

— C'est exactement ce que je dis ! Vous croyez tout savoir !

Là-dessus, mon père s'écarte à nouveau de nous, bloque les mains derrière sa tête, respire profondément. Lorsqu'il se retourne enfin, il me regarde droit dans les yeux. Sagan pose une paume rassurante au creux de mes reins.

— Tu veux savoir pourquoi les cachets que tu as volés étaient des placebos ?

Je fais oui de la tête, parce que j'en meurs d'envie depuis un moment.

— Elle ne souffre pas, explique mon père. Ta mère ne souffre pas, elle ne se remet pas d'un cancer. Elle n'a jamais eu de cancer.

Il vient vers nous en répétant :

– Votre mère n'a jamais eu de cancer. Mettez-vous ça dans la tête.

– Tu ferais bien de nous expliquer, gronde Utah en serrant les poings, parce que là, dans cinq secondes, je t'en mets une.

Mon père part d'un rire désenchanté et laisse retomber ses bras le long du corps.

– Votre mère... elle a... des problèmes. Ça remonte à l'époque où elle a eu cet accident de voiture. Cette blessure à la tête... ça l'a changée. Elle n'est plus la même. Je sais que vous ne la connaissiez pas avant, mais...

Il grimace comme s'il tentait de retenir ses larmes.

– Elle était extraordinaire, parfaite... heureuse.

Il se détourne, pour qu'on ne le voie pas pleurer. C'est l'un des moments les plus tristes de ma vie.

Je porte une main à ma bouche, en attendant qu'il se reprenne. C'est tout ce que je peux faire.

Quand il se retourne enfin, il ne regarde aucun d'entre nous, les yeux rivés au sol.

– La voir changer de la femme dont je suis tombé amoureux en cet être si différent a été l'une des pires épreuves de ma vie. Pire que de devoir m'occuper de trois enfants en bas âge quand ses crises la prenaient et qu'elle devait rester au lit des semaines durant. Pire que lorsqu'elle s'est mise à s'inventer ces maladies, à se convaincre qu'elle était mourante. Pire que quand j'ai dû la faire interner, puis vous mentir sans cesse en vous disant qu'elle était soignée à l'hôpital pour ce cancer qu'elle était persuadée d'avoir.

Il nous regarde tous les trois, Honor, moi, et finalement Utah.

– Ce n'est pas la femme que j'ai épousée. Alors oui, je sais que c'était terrible de ma part de m'engager avec Victoria, mais c'est fait et je ne peux pas revenir en arrière. Et, oui, c'est terrible maintenant lorsque votre mère a de rares moments de lucidité. Car, alors, elle se rend compte de ce que sa vie est devenue. De ce que notre couple est devenu. C'est désastreux pour nous deux. Et je fais tout ce que je peux pour la soutenir et lui assurer que je l'aime encore. Que je l'aime toujours.

Il pousse un soupir tremblé, chasse ses larmes.

– Parce que j'aime votre mère. Je l'aimerai toujours. Seulement... parfois les choses ne tournent pas comme on l'aurait voulu. Et, bien que je sois athée, il ne se passe par un jour sans que je remercie Dieu d'avoir une épouse qui me comprenne. Victoria vient de passer quatre ans et demi dans une maison où vit une autre femme que j'aime encore. Elle ne proteste pas lorsque votre mère a besoin de moi. Elle ne reprend aucun de vous lorsque vous l'insultez et insinuez qu'elle est une briseuse de ménage.

Il retourne vers le pick-up pour y récupérer sa veste.

– Je n'ai jamais dit la vérité à aucun de vous parce que je ne voulais pas que vous jugiez votre mère, mais je ne l'ai pas trompée alors qu'elle mourait d'un cancer. Elle n'a jamais été mourante. Malade, oui. Mais personne ne peut rien pour elle.

Il enfile sa veste, la ferme jusqu'au cou.

— Je rentre à pied.

Là-dessus, il part devant nous, en direction de la maison, à cinq bons kilomètres de là. Il s'arrête pourtant, se retourne encore :

— Je n'ai jamais rien désiré d'autre que de vous offrir la possibilité d'avoir une mère qui vous aimerait, comme vous le méritez, et que vous estimeriez. C'est tout ce que Victoria a toujours souhaité. Je ne me rendais pas compte à quel point vous me détesteriez pour ça.

Il repart vers la maison. J'entends Honor pleurer, et aussi Utah. J'essuie mes propres larmes, essaie de respirer un coup.

Nous sommes tous en état de choc, au point qu'il nous faut plusieurs minutes avant de bouger. Mon père a disparu à l'horizon depuis un moment quand Utah reprend la parole :

— Remontez dans le pick-up, dit-il, en se dirigeant vers la place du conducteur.

Sauf que personne ne bouge. Il klaxonne, tape sur le volant.

— Montez, bon sang !

Luck s'installe à l'avant, et nous autres derrière. Sagan n'a pas encore fermé sa portière qu'Utah entame un demi-tour.

— Tu vas où ? lui demande Honor.

— Enterrer ce fichu chien avec le pasteur Brian.

CHAPITRE 16

La nouvelle église du pasteur Brian est beaucoup plus grande que l'ancienne, celle où nous vivons. Du coup, je me sens moins gênée que mon père l'ait rachetée il y a toutes ces années. Le pasteur Brian semble avoir fait beaucoup mieux depuis.

Enfin... jusqu'à sa mort.

– Dépêche-toi, dit Honor.

Sagan creuse la terre fraîche de la tombe de Wolfgang. Utah est resté sur la route pour surveiller les alentours. Quant à Luck... oh, j'hallucine !

– Tu mets les doigts dans ton nez ?

Il s'essuie sur sa chemise en haussant les épaules.

– Trop dégueu ! commente Honor.

Elle me jette un regard mauvais en maugréant :

– Quand je pense que tu as failli baiser avec lui !

Je préfère ne pas relever. Pas envie de me disputer encore avec elle alors que trois d'entre nous portent les pelles toutes neuves qu'on vient de s'acheter. Ça risquerait de mal se terminer. Et puis je me dis aussi que... enfin bon... j'ai effectivement failli baiser avec lui.

– Ça y est ! lance Sagan, en dégageant le drap dans lequel le corps de Wolfgang est enveloppé. Luck, aide-moi.

– Pas question, rétorque celui-ci. Il doit y avoir un mauvais karma attaché à ce que tu fais. Je ne veux pas y participer.

– Oh, c'est bon, vous deux ! dis-je, en allant donner un coup de main à Sagan.

Il finit par le soulever de terre et l'emporter jusqu'au pick-up. J'ouvre la portière arrière et il le dépose sur le sol.

– Il faut remettre la terre en place pour que personne ne s'aperçoive de rien, annonce-t-il ensuite.

– Tu ferais un criminel génial, dis-je en riant.

– Pourquoi ? Tu te laisserais séduire par un criminel endurci ?

Son petit air provocateur me donne des palpitations.

– Je déteste déjà ça, marmonne Honor, en passant devant moi.

Sagan lève les yeux au ciel puis retourne boucher la tombe. Une fois qu'on se retrouve tous à l'intérieur du pick-up, elle continue de ronchonner :

– À quoi ça sert, de toute façon ? Papa détestait ce chien. Je crois qu'il n'en a rien à faire de l'endroit où il peut être enterré.

– Non, réplique Sagan, au contraire. Je ne sais pas pourquoi il tenait tant à lui faire rejoindre son maître, mais l'idée venait de lui.

Utah démarre puis allume les phares.

– En fait, dit-il, je crois qu'il s'en est toujours voulu d'avoir acheté Dollar Voss au pasteur Brian. C'est peut-être sa façon d'exprimer son repentir.

– Il est athée, rappelle Luck. Je parlerais plutôt de remords.

– Quelqu'un pourrait ouvrir une fenêtre ? demande Honor. Ce chien empeste, je vais vomir.

C'est vrai qu'il sent mauvais. Utah abaisse les deux vitres avant mais ça n'y change pas grand-chose. Je cache mon nez dans mon tee-shirt et reste la tête baissée jusqu'à l'arrivée au cimetière.

– Où se trouve la tombe du pasteur Brian ? demande Utah.

Sagan en désigne une pas loin de l'entrée et le véhicule s'engage dans l'allée, fait demi-tour pour se garer en direction de la sortie. Puis il nous demande, à Honor et à moi, de nous installer à l'avant afin de surveiller les alentours.

– Je ne veux pas surveiller, dis-je, en descendant. Je veux vous aider à l'enterrer.

Honor s'installe derrière le volant.

– Je surveille, annonce-t-elle.

Utah et Luck vont chercher Wolfgang à l'arrière, tandis que Sagan me prend la main et la serre.

– Reste à l'intérieur, me dit-il. On n'en a pas pour longtemps.

– Ah non ! Je ne reste pas là toute seule avec Honor. Elle me déteste.

– C'est exactement pourquoi tu devrais rester là, Merit. Tu es la seule à pouvoir régler ça entre vous.

Je croise les bras, penche la tête.

– Bon, je vais lui parler, mais je n'y crois pas…
– Merci, souffle-t-il.

Je regarde les trois mecs s'éloigner en direction de la tombe encore fraîche, puis je grimpe dans ce maudit pick-up.

À l'instant où je claque ma portière, Honor augmente la radio, de façon à ne pas m'entendre si jamais je prends la parole. Je me penche et baisse le volume.

Elle m'imite et le remonte.

Je le baisse.

Elle le remonte.

Alors je coupe le contact, saisis la clef pour lui interdire de rallumer sa fichue radio.

– Va te promener, maugrée-t-elle.

Là, on éclate de rire en chœur. *Va te promener*, c'était une de nos injures préférées quand on était petites. Voilà des années qu'elle ne m'avait plus dit ça.

Utah avait un ami du nom de Douglas qui habitait au bout de la rue. Il venait tout le temps nous voir quand on habitait dans notre ancienne maison. La dernière fois qu'on l'a vu, c'est le jour où il m'a accusée d'avoir triché à la marelle. Qui triche à la marelle ?

Je me rappelle la colère d'Utah devant une telle accusation. Il a dit à Douglas de rentrer chez lui et c'est là que celui-ci a crié :

— Va te promener !

L'insulte n'avait rien de méchant. Je n'avais que huit ans mais je le savais déjà. Ça m'a fait éclater de rire. Et lui en a été si vexé qu'il s'est mis à me menacer du poing.

Il ne se rendait pas compte que notre père était là, juste derrière lui.

— Douglas ? a-t-il lancé, en le faisant sursauter. Tu ferais mieux de rentrer chez toi.

Douglas ne s'est même pas retourné, il a filé aussi vite qu'il a pu sur la route tandis que mon père lui criait :

— Et c'est *Va te faire foutre*, pas *Va te promener* !

Douglas n'est jamais revenu mais ce *Va te promener* est resté notre injure favorite. Voilà longtemps que je ne l'avais plus entendue, au point d'en oublier qu'elle était un peu notre fétiche.

— J'ai entendu ce que tu as dit à papa, hier, soupire Honor, en tripotant le volant.

— Je lui ai dit beaucoup de choses, hier. De quoi tu parles, au juste ?

Elle s'adosse à son siège et regarde par la fenêtre.

— Tu lui as dit que j'étais à deux doigts de devenir nécrophile.

Je ferme les yeux, le cœur serré. Décidément, ça m'arrive un peu trop souvent, ces derniers temps.

Je ne savais pas qu'elle était encore là quand j'ai dit ça.

— À t'entendre, toute ma vie tourne autour de la mort, Merit. Ce n'est pas une obsession. Il n'y a eu que deux mecs depuis la mort de Kirk. Deux.

— Tu comptes Colby ?

— Mais non ! Il est encore vivant !

— Avec Kirk, ça fait quand même quatre. Soit en moyenne deux petits amis morts par an.

— Ça va ! s'écrie-t-elle, exaspérée. J'ai compris. Mais ça ne te rend pas meilleure que moi pour autant.

— Je n'ai jamais dit ça.

— Pas besoin. Je vois la façon dont tu me regardes. Tu passes ton temps à me juger.

J'ouvre la bouche pour protester mais la referme car, au fond, elle a peut-être raison. J'ai des avis très tranchés sur ma sœur. N'est-ce pas une façon de la juger ? Moi, je suis en pétard quand on me juge, mais je n'agis peut-être pas mieux.

D'un seul coup, je regrette d'avoir éteint la radio. Au fond, je n'aime pas cette conversation.

— Tu crois que tu es amoureuse de Sagan ? me demande-t-elle.

— Voilà autre chose !

— Fais-moi plaisir. J'ai un truc à te dire.

Par la fenêtre, je le vois en train de creuser le trou qu'il avait déjà attaqué ce matin.

— Je le connais à peine, dis-je. Mais il y a des choses que j'aime en lui. Je me sens bien auprès de lui. J'aime son rire tranquille et son art morbide, mais aussi sa façon de penser, qui semble tellement différente de celle des gens de notre âge. Cela dit, je ne le connais pas depuis assez longtemps pour dire que je suis amoureuse de lui.

– Oublie le temps, Merit. Regarde-le, là, et dis-moi que tu n'es pas tombée amoureuse.

Je soupire. Tombée est un mot plutôt faible pour ce que j'éprouve. Disons plutôt que je me suis effondrée, écroulée, anéantie devant lui. Tout cela mais pas tombée.

Je remonte mes genoux contre ma poitrine et me tourne vers elle.

– Je me sens un peu idiote de te dire ça, parce que je le connais à peine, pourtant il me semble que je l'aime depuis le premier instant où j'ai posé les yeux sur lui. C'est pour ça que je suis imbuvable, ces temps-ci, parce que je croyais que tu sortais avec lui. Alors j'ai fait tout ce que je pouvais pour me tenir éloignée de vous deux, et, maintenant, plus je le connais, plus je tiens à lui, moins je tiens le choc. Je ne pense qu'à lui. Je n'ai pas envie de penser à autre chose. J'ai trop de mal à respirer quand il est près de moi, et encore plus quand il n'est pas là. Il m'incite à apprendre, à changer, à grandir, pour devenir tout ce dont il me croit capable.

Je reprends mon souffle après cette nausée verbale. Honor éclate de rire.

– Ouah ! D'accord !

Je ne sais plus où me mettre et la vois s'adosser à son siège, les yeux baissés.

– C'est exactement ce que je ressentais pour Kirk, commence-t-elle doucement. Bon, je sais que je n'étais qu'une gamine, mais je ressentais ces choses-là pour lui. Je croyais qu'il était mon âme sœur. Je croyais qu'on passerait toute notre vie ensemble. Et puis… il est mort. Pourtant, tous mes sentiments pour lui restaient là, sans plus pouvoir se référer à quiconque. En même temps, je pensais sans cesse à lui, en me disant que je ne pouvais plus le voir ni le toucher. Et je me disais que, peut-être, là où il était, il se sentait aussi accablé que moi.

Je perçois une sorte de gêne dans sa voix, tandis qu'elle me dit tout ça. Elle finit par hausser les épaules et poursuit :

– C'est là que j'ai commencé à discuter sur Internet avec des membres de groupes de soutien, avec d'autres jeunes comme Kirk, en train de mourir. Et je voulais leur parler de Kirk. Je voulais m'assurer qu'ils sachent combien je l'aimais, ainsi, en arrivant au ciel, ils pourraient le trouver et lui dire : « Salut, je connais ta petite amie. Elle t'aime beaucoup. »

Elle s'appuie sur le dossier de son siège et pose les pieds sur le tableau de bord.

– Je ne crois plus à ces trucs-là, mais c'est ainsi que tout a commencé. Quelques mois après la mort de Kirk, Trevor, l'un des types du groupe de soutien de Dallas, a été hospitalisé. Je ne l'aimais pas autant que Kirk, mais je tenais à lui. Et je savais, depuis l'époque où j'avais assisté Kirk, que ma présence pouvait l'apaiser. Alors, quand Trevor a eu besoin de moi, je suis venue. Et c'était sympa. Ça me faisait du bien de savoir que je rendais sa mort un peu plus supportable. Ensuite, après Trevor, il y a eu Micha. Et maintenant... Colby. Bon, je sais que tu trouves ça épouvantable, comme si je me servais d'eux, comme si j'éprouvais une attirance morbide pour les mecs en stade terminal. Mais tu te trompes, Merit. Je fais ça parce que je sais, quelque part, que je les aide dans la plus terrible épreuve qu'on puisse traverser. C'est tout. Ça me fait du bien de leur apporter un peu de paix. Sauf que toi, tu présentes ça d'une façon abominable, que tu parles sans cesse de thérapie. C'est... *méchant*. Parfois, tu peux être vraiment méchante.

Je n'ai pas articulé un mot depuis qu'elle s'est lancée dans son discours. J'ai juste écouté... enregistré. Maintenant, je contemple ma sœur... ma vraie jumelle... et là, sur le coup, je ne la reconnais pas. Pour la première fois de ma vie, j'ai l'impression de voir en elle une totale inconnue. Comme si tous les avis que je m'étais forgés sur elle n'étaient que de graves erreurs de jugement.

Je me détourne et regarde de nouveau les mecs à travers le pare-brise ; ils sont en train de remplir la tombe de terre. J'essaie d'imaginer ce que je ressentirais s'il arrivait quelque chose à Sagan.

Que se passerait-il si je devais m'asseoir à côté de lui pour le regarder mourir ?

Pas une fois je n'ai compati quand Honor faisait son deuil de Kirk. Je ne comprenais pas ce genre d'amour. On était beaucoup plus jeunes, alors, et je la trouvais ridicule.

Durant toutes ces années, j'ai détesté Utah car il ne faisait aucun effort pour se rapprocher de moi, et voilà que je traite ma sœur jumelle exactement de la même façon.

D'un seul coup, je la prends dans mes bras et la sens soupirer, comme si elle ne demandait que ça. Moi qui en ai toujours tellement voulu à ma famille de ne jamais nous embrasser, je me rends compte que j'avais exactement la même attitude.

– Pardon, Honor, dis-je, en lui caressant les cheveux.

Et je renouvelle la promesse faite à Utah :

– Je serai une meilleure sœur. Juré.

Elle pousse un soupir de soulagement mais ne me lâche pas pour autant. On s'étreint un long moment ; du coup, je me demande pourquoi tout le monde dans la famille refuse de se dire des gentillesses et de s'embrasser depuis si longtemps. Ça ne fait pas de mal. On en est juste arrivés à un point où chacun attend que ce soit l'autre qui prenne l'initiative, sauf que personne ne le fait. C'est sans doute là l'origine de bien des conflits familiaux. On n'a pas le courage de faire le premier pas, d'évoquer nos difficultés.

Honor finit par se détacher de moi ; elle abaisse le pare-soleil pour se regarder dans le miroir de courtoisie et essuyer le mascara qui a coulé sous ses yeux. Finalement, elle se radosse à son siège, me prend la main et la serre.

– Désolée de tout ce que j'ai pu te dire ces jours-ci. À propos de ce qui s'est passé avec Utah. C'est juste... je crois que j'étais en colère contre toi. Parce que tu ne me l'avais jamais dit. Pourquoi tu ne me l'as pas dit, Merit ? Je suis ta sœur.

– Je ne sais pas. J'avais peur. Et plus je gardais le secret, plus ma peur tournait à l'aigreur. Surtout quand je voyais combien vous étiez proches, Utah et toi. J'en voulais autant.

– On est toutes les deux trop têtues.

J'acquiesce et on absorbe toutes les deux le silence qui nous entoure en regardant les garçons travailler dehors. Sagan a ôté sa chemise et je n'arrive plus à détacher mes yeux de lui tandis qu'il se penche, prend une pelletée de terre, la jette dans la tombe, puis recommence...

– Tu lui connais un seul défaut, toi ? dis-je songeuse. Il est trop parfait.

– En trop bonne santé pour mon goût. Je les aime un peu plus fragiles.

– Attends, tu as le droit de plaisanter là-dessus et pas moi ?

Elle éclate de rire.

– Non, reconnaît-elle, il est super. Sois sympa avec lui, d'accord ?

S'il m'en laissait seulement la chance...

— Bien contente de m'être trompée sur vous deux. Je ne sais pas si j'aurais pu supporter de rester ta sœur si tu étais amoureuse de lui.

— Va te promener ! s'esclaffe-t-elle.

Je souris. Mon Dieu, ça me manquait...

— Tu crois, demande-t-elle après un silence, qu'il arrive à ne pas nous confondre ?

Je hausse les épaules. Alors elle me jette un regard malicieux.

— Si on le testait ?

D'un commun accord, on s'en va derrière la voiture, échanger nos vêtements. Je détache mon chignon et tends l'élastique à Honor puis me passe la main dans les cheveux.

— J'ai envie de faire pipi, me dit-elle alors. Tu as remarqué comme ça donne envie quand on veut faire des farces ?

— Pas jusqu'à maintenant.

Dès qu'on s'est rhabillées, on revient s'installer à l'avant, cette fois, moi derrière le volant et elle sur la place passager. On est à peine là que les mecs rappliquent, leur pelle sur l'épaule. Mon cœur se met à battre car, maintenant, j'ai peur qu'il ne s'aperçoive de rien. Qu'est-ce que ça signifierait ? Que tout ce qu'il a dit sur la première fois où il m'a vue n'était qu'un mensonge ? Qu'il ne fait pas vraiment la différence entre nous ? Il l'avait pourtant vite faite sur le canapé, l'autre soir.

Je commence à regretter cette farce.

Utah entre le premier.

— C'est moi qui conduis, dit-il, en me faisant signe de m'écarter.

Avec Honor, on grimpe à l'arrière, et je m'installe sur la dernière rangée, tandis qu'elle s'assied dans celle du milieu. Sagan est en train de parler avec Luck quand il entre, si bien qu'il ne nous regarde pas. Il se met à côté d'elle tandis que Utah démarre et il frappe le siège de mon frère :

— Dépêche. Je n'ai pas envie de me faire arrêter une deuxième fois dans la journée, pour la même chose.

Puis il se repose contre l'appuie-tête en souriant à Honor :

— Tu as faim ?

Après quoi, il se tourne vers moi :

— Et toi ? Quelqu'un a faim ? Moi oui.

Honor fait oui de la tête sans rien dire. Moi non plus. Je sais que nos voix sont semblables mais je ne suis pas certaine que, si on se met à parler, ça ne risque pas de lui faciliter les choses.

— On va au Taco Bell, propose Luck.

— Honor déteste, intervient Utah. Plutôt chez Arby's.

Coup de chance, je suis censée passer pour elle, car j'adore le Taco Bell.

— Le Taco Bell, ça m'irait, en fait. Je veux bien y aller.

Honor me fusille du regard.

— Tu sais quoi ? dit Sagan, en se tournant vers elle.

Il lui prend la main. Oh non ! Et s'il décidait de m'embrasser alors que je ne suis même pas là ? Déjà, il lui caresse la joue.

— Je te trouve trop bizarre avec les vêtements de Merit.

— Mince, marmonne-t-elle. On croyait t'avoir piégé.

Alléluia !

Il la lâche aussitôt pour escalader le siège, venir me rejoindre et me passer un bras sur l'épaule. Il m'embrasse sur la tempe en murmurant :

— Merci.

Il semble ravi qu'avec Honor on s'amuse à lui tendre des pièges. Ça veut dire qu'on l'a adopté.

— Tu sens le chien mort.

— Non, le criminel endurci.

— Non, intervient Honor. Vous sentez tous la mort. Baissez les vitres !

L'odeur devient insupportable. Je me cache encore le visage dans mon tee-shirt, jusqu'à ce qu'on arrive au Taco Bell.

***

Le temps qu'on en sorte, il est minuit passé. Pourtant, malgré l'heure, dès qu'on se retrouve dehors, Honor, Utah et moi recevons un texto de notre mère. Elle a dû nous entendre arriver.

Est-ce que l'un d'entre vous pourrait descendre ? J'entends quelque chose.

Je lève la tête, mon frère et ma sœur m'interrogent tous les deux du regard.

– À qui le tour ? demande Utah.
– À moi, je crois, marmonne Honor. Ça fait plusieurs jours que je ne suis pas descendue.
– Moi non plus, répond-il.
– Et moi non plus.

Alors on y va tous les trois. On trouve notre mère au bout de la pièce, en pyjama, les cheveux en bataille.

– Vous entendez ça ? demande-t-elle, les yeux écarquillés. Ça n'a pas arrêté de toute la journée.

Utah se dirige vers la fenêtre et nous regarde, Honor et moi. On essaie tous de cacher nos sentiments, mais les choses ont changé. Maintenant qu'on sait ce que notre père sait depuis tant d'années, je ne suis pas sûre qu'on considère jamais notre mère de la même façon. Et ce n'est peut-être pas si mal. En fait, c'est très bien. Je compatis beaucoup plus, sans la moindre rancune. Je comprends la situation.

Néanmoins, il me reste un petit soupçon. Je me demande déjà si elle entend vraiment des choses, à présent que je sais quel rôle sa santé mentale peut jouer sur sa vie quotidienne. On a toujours su qu'elle avait des problèmes, mais, à présent, on risque de se méfier davantage de son attitude irrationnelle. Utah reste un instant sous la fenêtre. Personne ne bouge, pourtant on ne perçoit rien.

– Qu'est-ce que tu entends, au juste ? demande-t-il.

– Comme si quelque chose ne collait pas avec ce chien. Il a pleuré toute la journée et je n'arrive pas à dormir.

Honor me lance un regard triste. Notre mère ne sait même pas que Wolfgang est mort et enterré.

– Maman, dis-je. Il n'est plus là.

J'essaie de rester sincère mais, dans ma tête, je ne peux m'empêcher de songer « pauvre malheureuse ».

– Non, insiste-t-elle, catégorique. Il y a quelque chose près de cette fenêtre.

Et elle se met à faire les cent pas.

Utah grimpe l'escalier.

– Je vais voir.

Notre mère se dirige vers son lit, s'assied au bord et Honor vient lui caresser les cheveux.

– Tu as faim ? lui demande-t-elle.

Dès qu'elle dit ça, je me rappelle qu'aucun de nous ne lui a descendu son dîner aujourd'hui. On a reçu l'appel disant que notre père avait été arrêté et on est aussitôt partis sans s'occuper du reste. Je n'ai même pas songé à lui rapporter quelque chose du Taco Bell.

– Non, Victoria m'a apporté un plat. Et vous, les filles, vous oubliez que j'ai mon propre réfrigérateur. Je ne mourrai pas de faim si on oublie un de mes repas.

On se regarde, Honor et moi, plutôt surprises.

– Victoria t'a apporté un plat ?

Ma mère se relève comme si de rien n'était. Moi qui croyais que Victoria n'avait pas mis les pieds dans ce sous-sol depuis que maman s'y était installée.

Pourtant, si j'ai appris quelque chose, cette semaine, c'est que je ne connais pas aussi bien les gens que je le crois.

On frappe à la fenêtre.

– Merit, lance la voix étouffée d'Utah. Viens ici.

Je grimpe les marches quatre à quatre, cours le long de la façade jusqu'à la fenêtre où je trouve mon frère agenouillé.

– Tu ne vas pas y croire, dit-il.

Il soulève quelque chose et me fait signe d'approcher.

– C'est quoi ?

– Un chiot. Il y en a deux.

Je tombe à genoux près de lui.

– Tu rigoles ? D'où ils viennent ?

J'en prends un, noir, minuscule et regarde autour de nous.

– D'après toi, où est leur mère ?

Utah pose l'autre petit contre sa poitrine.

– Je crois qu'on l'a enterrée avec le pasteur Brian.

Attends.

Attends.

– Wolfgang était une fille ?

– On dirait, sourit Utah.

– Mais... Ils doivent mourir de faim ! Comment les empêcher de mourir ?

Il me tend l'autre chiot et se lève.

– Je vais essayer de contacter un véto d'urgence. Apporte ces petits à maman, pour qu'elle sache ce qui l'empêchait de dormir.

Ce que je fais aussi doucement que possible.

– C'est quoi, ça ? lance Honor, en m'en prenant aussitôt un. D'où ils viennent ?

À mon grand étonnement, ma mère prend l'autre chiot.

– Oh, Seigneur ! s'écrie-t-elle en le caressant. Alors c'est toi le coupable ? Que tu es mignon !

– Il s'avère que Wolfgang était une fille. Utah appelle le véto pour voir ce qu'on peut faire pour eux.

– Je veux en garder un, dit ma mère. Vous croyez que je peux ?

– Je ne sais pas, maman, dis-je. Ce sera un peu difficile d'élever un chien dans une cave.

– Oui, renchérit Honor. Mais je suis sûre qu'Utah te laisserait en prendre un si tu retournais dans l'ancienne maison avec lui. Elle sera prête dans quelques semaines.

Sur le moment, elle ne répond pas, en caressant juste le chiot dans sa main.

– Vous croyez qu'il sera d'accord ? finit-elle par demander.

Honor me regarde en souriant.

Je ne sais pas si elle finira par retourner dans l'ancienne maison mais c'est la première fois qu'on la voit envisager de quitter son sous-sol. Fameux progrès.

Utah reparaît dans l'escalier.

– J'ai trouvé un véto qui veut qu'on les lui apporte. Il dit qu'il existe un moyen de les nourrir avec une seringue, mais, la première semaine, on devra le faire toutes les deux heures.

– Je peux m'en charger, s'empresse de dire ma mère. Tu me les ramèneras ici en revenant ?

Utah acquiesce puis prend les deux chiots.

– Bon, mais ça prendra sans doute un certain temps. Je te réveillerai.

– Je vais avec toi, dit Honor, en courant derrière lui.

Restée seule avec ma mère, je la regarde commencer à tout ranger autour d'elle, à se préparer pour le retour des chiots. Ça me fait sourire de la voir soudain si enthousiaste.

Du coup, je me sens nettement moins amère.

– Utah a dit que Wolfgang était leur mère, c'est bien ça ? Ce chien que votre père détestait tant ?

– Celui-là même.

Elle pouffe de rire.

– Je ne sais pas pourquoi, mais ça me rend ces chiots encore plus sympathiques.

Elle se laisse tomber sur un canapé en bâillant. Je l'observe un instant, jusqu'à ce qu'elle s'en rende compte.

– Qu'est-ce qu'il y a ?
– Rien.
– Tu as l'air perturbée.

Alors je viens m'asseoir à côté d'elle.

– Papa estime que je dois commencer une thérapie dès lundi.

Elle me tapote le genou.

– Ton père croit que les médecins peuvent tout guérir. Le mien n'y est jamais arrivé.

Elle me regarde dans les yeux.

– Tu veux que je lui parle ? demanda-t-elle.

Je réfléchis un instant à la question. Et puis je repense à la page de papier chiffonné qui traîne au milieu de ma chambre.

– Tu ne crois pas que tu devrais essayer un autre médecin ?

Elle hésite, et je la vois se tordre les mains, soudain prise d'une anxiété grandissante.

– Il est tard, souffle-t-elle, en se détournant. Il faudrait que je dorme un peu.

Cette réponse me déçoit mais, surtout, m'attriste.

– Alors, bonne nuit, maman.

Elle quitte le canapé pour regagner son lit tandis que je remonte l'escalier. C'est alors qu'elle m'appelle :

– Merit !
– Oui ? dis-je en m'arrêtant.
– Tu me diras ce que tu penses de ton médecin.

Je lui souris. *Nouvelle étape*. Même si elle est minuscule.

En arrivant au rez-de-chaussée, je trouve mon père en train de regarder par la fenêtre et j'hésite un instant, me demande si je ne devrais pas lui parler. Je finis par m'approcher et vois ce qu'il regarde : Utah, Honor et Luck en train de se diriger vers le pick-up. Ma sœur porte les deux chiots dans une boîte.

– C'était une fille ? demande-t-il. Ce maudit chien était une fille !

On les suit des yeux alors qu'ils s'installent dans le véhicule mais, juste avant, Utah attrape la main de Luck et ils s'embrassent brièvement. C'est trop mignon, du moins si on oublie leurs liens par alliance.

– J'espère que ça ne va pas durer, maugrée mon père.

– Écoute, Utah restera gay toute sa vie. Ce n'est pas le genre de chose qui change souvent.

Il se détourne de la fenêtre.

– Je le sais, Merit. Je me fiche qu'il soit gay. Je parle de ce qui se passe entre lui et Luck. Comment veux-tu que j'explique à Moby que son oncle et son demi-frère sont... ensemble ?

– Il pourrait découvrir pire que ça à notre sujet.

– Par exemple ?

– Que tu as été arrêté aujourd'hui pour avoir exhumé un cadavre. C'est pas bien.

Il se met à rire.

– Je crois que ça plairait à Moby, dit-il, en regardant de nouveau par la fenêtre le pick-up qui démarre.

Je mets les mains dans les poches arrière de mon jean.

– Papa ?

Je ne sais pas ce que je vais lui dire. Il en a tellement vu dans sa vie et je ne peux m'empêcher de songer que je n'ai fait qu'aggraver les choses avec mes incartades, au lieu de l'aider. Faut-il que je lui présente mes excuses, que je le remercie ?

En hochant légèrement la tête, il se rapproche, me prend dans ses bras. Ce doit être la première fois depuis longtemps qu'il a l'impression que je le laisserai faire.

– Je sais, Merit, murmure-t-il. Moi aussi.

Sortant mes mains de mes poches, je l'enlace à mon tour. Il appuie la joue sur mon crâne et je ne peux m'empêcher de sourire à l'idée que c'est la plus belle étreinte à laquelle j'aie jamais eu droit. Celle dont j'avais le plus besoin. On reste ainsi un bon moment, comme si on voulait rattraper le temps perdu.

Si quelqu'un m'avait dit, la semaine dernière, qu'on passerait un tel moment ce soir, je lui aurais ri au nez.

Ce doit être un miracle.

Là, j'aperçois le crucifix non loin de nous et je me demande si Jésus n'aurait pas répondu à ma prière. Il ne remonte qu'à quelques jours, ce moment où je me suis agenouillée dans ma chambre pour demander son aide.

Je dirais que ce qui s'est passé ensuite a totalement changé ma vie.

Je lâche mon père et je le regarde dans les yeux :

— Pourquoi tu ne crois pas en Dieu ?

Il jette un coup d'œil vers le crucifix, réfléchit un instant à ma question avant de répondre :

— Je suis quelqu'un de pragmatique.

Dans un sourire, il me caresse les cheveux.

— Ce qui ne veut pas dire que tu ne dois pas croire en Lui. On n'est pas sur Terre pour devenir une copie conforme de nos parents. La paix ne vient pas à chacun d'entre nous de la même façon.

Il me souhaite bonne nuit et regagne sa chambre. C'est là que je découvre Sagan, dans le couloir, un mince sourire aux lèvres.

— Il est minuit passé, annonce-t-il.

En fait, la pendule indique presque une heure du matin. Ce qui signifie... qu'on est samedi.

— Samedi ! Mon tatouage !

Il se met à rire.

— Viens dans la salle de bains, tu le verras dans la glace.

Je le suis, le cœur battant. Je cherche un miroir à main pour me voir de plus près.

— Tu as intérêt à ce que ce soit joli. Si tu m'as fait un émoticône de crotte, je te tue.

Il soulève mon tee-shirt en riant et commence à ôter le bandage.

— Sérieux, tu ne l'as jamais regardé ?

— Je t'ai promis que non.

Il me prend le miroir, le tient derrière moi.

– D'accord. Ouvre les yeux.

Quand je vois ce qu'il a fait, je retiens mon souffle. Deux mots en petites lettres : « Avec Merit ». Je regarde un long moment avant de comprendre.

Les lettres que j'avais envoyées à tout un chacun étaient signées « Sans Merit ».

Sagan a écrit le contraire.

« *Avec* Merit ».

Les larmes me montent aux yeux et je passe les doigts dessus. On dirait presque un emblème de maturité.

– Sagan. C'est parfait.

Il me sourit dans la glace.

– J'ai pensé que ce serait cool avec des pigments de tatouage couleur de l'eau. J'ajouterai d'autres couleurs une fois que j'aurai plus d'expérience.

Il le touche et ma peau me donne l'impression de grésiller.

– Content que ça te plaise.

– J'adore.

Je me retourne pour lui faire face. Il se tient tout près de moi et ne recule pas, l'air de vouloir dire autre chose. J'attends, l'air bloqué dans mes poumons, mais il s'éclaircit juste la gorge et s'écarte. Ma respiration revient.

– Bonne nuit, Merit.

Il sort de la salle de bains et je soupire.

J'entre dans ma chambre, m'assieds sur mon lit, palpe de nouveau mon tatouage. *Avec Merit*.

J'aurais dû demander à Sagan pourquoi il a choisi ça. Pour que je me sente mieux ? Dernièrement, je me suis interrogée sur ce qui le poussait à ne vouloir qu'une amitié entre nous. Bien sûr, au début, notre relation s'annonçait pour le moins étrange, mais il me prenait pour Honor. Après quoi, je me suis montrée plutôt brutale envers lui. Au point qu'il a fini par me dire que plus il me connaissait moins il m'appréciait. Et, malgré tout, il continue à croire en moi. Je ne sais pas pourquoi, je suppose qu'il doit avoir un motif ultérieur. Peut-être qu'il trouve effectivement quelque chose d'attirant dans ma personnalité.

Ou peut-être qu'il ne fait attention à moi que parce qu'il a peur que je n'avale davantage de cachets.

Apercevant la boule de papier toujours au sol, je vais la ramasser, la déplie en me rasseyant sur le lit. En vérifiant toutes les cases que j'ai cochées, je me demande si cette liste a quoi que ce soit de fondé. Je ne connais pas grand-chose en matière de maladies mentales mais je sais que j'ai hérité l'instabilité de ma mère, et ça me fait peur. Et si je finissais comme elle ?

Ça me fait frémir.

Je plie le papier en deux et le pose près de moi, remonte mes couvertures, laisse ma lampe allumée, contemple de nouveau les dessins de Sagan. Je repense à sa famille, puis à la mienne. J'essaie de m'endormir malgré toutes ces idées mais mon esprit en a décidé autrement. Alors je demeure allongée, les yeux grands ouverts, jusqu'à ce que j'entende la porte d'entrée s'ouvrir. Ça y est, ils rentrent avec les chiots.

Je n'arrive toujours pas à croire que Wolfgang était une fille.

Une bonne demi-heure s'écoule encore, durant laquelle j'examine le plafond, les murs. J'entends couler des douches, des portes se fermer. Finalement, la maison s'apaise, jusqu'à ce qu'à ma stupéfaction j'entende frapper à ma propre porte. Je récupère la liste que Luck m'a donnée et la glisse sous ma couverture.

– C'est ouvert.

Luck entre et sa tenue ne devrait plus m'étonner, pourtant je ne peux m'empêcher de rire. Il porte une blouse rose de Victoria.

– Tu manques tellement de vêtements ? demandé-je, en me dressant sur mon lit.

Il vient s'asseoir près de moi.

– Non, je trouve tout ce qu'il me faut dans la buanderie.

Son accent n'est tombé qu'en fin de phrase. Il s'acclimate. Je ressors la feuille de papier froissé et la lui tends :

– Tiens, qu'est-ce que ça veut dire ?

Il la parcourt et j'observe de près son expression, pourtant, il n'exprime aucune de ses pensées.

– Ça veut dire que tu dois être dépressive, lâche-t-il, nonchalant.

Et là, je me laisse tomber en travers du lit :
— C'est peut-être juste parce que je viens de passer un mois horrible ?

Il repose la liste sur ma poitrine, je l'attrape, la roule encore en boule.

— Possible, dit-il. Mais tu n'en sauras rien tant que tu n'en auras pas parlé.

Je lève les yeux au ciel.

— Et si je vais à cette stupide séance de thérapie pour finalement découvrir que je *suis* dépressive ? Quel genre de vie ça me promet, Luck ? Je ne veux pas finir comme ma mère.

Il me regarde dans les yeux :
— Écoute, je n'ai pas encore rencontré ta mère et je ne suis pas psychologue, mais je crois qu'elle souffre de bien autre chose qu'une simple dépression, à commencer par l'agoraphobie.

— Oui, mais ce n'était pas le cas, il y a quelques années, et ça ne fait que s'aggraver avec le temps. Ça risque bien de m'arriver à moi aussi.

À l'idée que j'ai peut-être quelque chose de grave, je ressens comme un vide dans l'estomac. Je ne veux pas y songer. Je n'y ai pas réfléchi depuis que Luck a soulevé cette idée.

— Pourquoi je ne peux pas être juste normale ?

Ma question le fait rire. Je ne m'attendais pas à cette réaction.

— Normale ? s'exclame-t-il. Dis-moi ce que tu entends par normale, Merit.

— Honor est normale. Utah aussi. Et Sagan. Enfin à peu près tous les gens qui n'ont pas le cerveau en miettes.

Il se lève d'un coup, ouvre ma porte :

— Utah ! Honor ! Sagan ! Venez ici !

Il reste sur le seuil de la chambre à les attendre. Je me cache le visage dans les mains. *Qu'est-ce qu'il fait ?*

— Pourquoi tu les appelles ? On est en pleine nuit !

Malgré l'heure, Honor, Utah et Sagan rappliquent l'un après l'autre. Luck leur montre le lit.

— Asseyez-vous, leur dit-il.

Sagan referme la porte sans me quitter des yeux.

— Tout va bien ? s'enquiert-il.

Je hausse les épaules car je n'ai pas la moindre idée de ce que Luck a derrière la tête.

— Sagan, lance-t-il. Qu'est-ce qui se passe quand tu bois du lait ?

Celui-ci part d'un petit rire.

— Je ne bois pas de lait. Je suis allergique au lactose.

Je l'ignorais, mais quel rapport, de toute façon ?

— Tu prends des médicaments pour ça ? demande Luck.

— Oui, parfois.

Il tourne ensuite son attention vers Utah :

— Qu'est-ce qui se passe si tu restes longtemps au soleil sans protection ?

– Je brûle. On ne bronze pas facilement, dans la famille.

– Et toi, demande-t-il à Honor, pourquoi tu portes des lentilles et pas Merit ?

– Sans doute parce qu'elle a une meilleure vue que moi, Einstein.

Il revient alors vers moi :

– Ils ne sont pas normaux. La dépression n'est pas différente de l'allergie de Sagan au lactose, de la peau blanche d'Utah ou de la mauvaise vue d'Honor. Il n'y a rien de honteux, là-dedans. Pourtant, on ne peut l'ignorer ni la réparer seul ; et ça ne te rend pas anormale pour autant, ou du moins juste autant que ces idiots.

Je me sens rougir, gênée d'attirer ainsi l'attention sur moi ; en même temps, je ne peux m'empêcher de sourire car j'apprécie vraiment mon idiot de bel-oncle. Je suis ravie qu'il se soit ainsi pointé chez nous.

– Je souffre aussi du pied d'athlète, indique Sagan. C'est très désagréable, surtout en été.

Ça me fait rire, tandis qu'Honor ajoute :

– Au fait, à propos de ce qui ne va pas chez nous. Vous vous rappelez quand on a diagnostiqué à papa le syndrome de Gilles de la Tourette ?

– Pas vrai ! articule Luck.

– Pas le tic des insultes, précise Utah. Ça, c'est l'obsession de la télé. Non, mais il a sans arrêt des tics, par exemple quand il se racle la gorge. Le médecin a dit que ça provenait du stress et lui a prescrit des médicaments pendant plusieurs années. Je ne sais pas s'il en prend encore.

— Tu vois ? s'enflamme Luck. Ta famille souffre de toutes sortes de choses. Tu ne dois pas te sentir si différente, Merit. On est tous plus ou moins atteints.

J'ai beau rire, je ne sais quand même pas trop quoi dire. Quoi qu'il en soit, ça fait du bien de se sentir soutenue.

— Merit, reprend Honor, avec un air penaud. Je te demande pardon, j'aurais dû... Enfin... te comprendre mieux que ça.

— Attends, c'est moi qui ai tenté de me suicider, et je ne savais même pas que je déprimais.

— Merit a raison, renchérit Luck. Bien des dépressifs ignorent leur état. Les changements se produisent peu à peu. Du moins c'était mon cas. Je me croyais au sommet du monde jusqu'au jour où j'ai eu l'impression d'en être tombé, de flotter à l'intérieur pour finir par me retrouver en dessous.

J'enregistre d'autant mieux ce qu'il vient de dire que ça résume parfaitement mon état, ce qui m'est arrivé toute cette année. Je m'apprête à répondre lorsque je suis interrompue par la voix de mon père dans le couloir :

— Merit, tu n'as pas intérêt...

La porte s'ouvre et il apparaît, referme aussitôt la bouche. Il a dû entendre des voix et songer à quelque chose de plus sinistre. Il nous dévisage l'un après l'autre, l'air ahuri. Voilà trop longtemps qu'Honor,

Utah et moi ne nous sommes pas retrouvés ensemble dans une même pièce.

Il hésite, nous adresse un petit signe puis repart en souriant. Là, on éclate tous de rire, mais il rouvre la porte :

— Je suis content que vous passiez des moments ensemble, mais il est tard. Allez vous coucher.

— C'est le week-end, grogne Utah.

Mon père hausse un sourcil et ça suffit à nous faire tous lever. Sagan est le dernier à quitter ma chambre.

— Aujourd'hui, on a tous envie de t'aimer, Merit.

Je me rallonge en soupirant. Quelle nuit ! Quelle semaine !

J'éteins ma lampe, essayant de me détacher un peu de mes pensées. Et je suis à moitié endormie quand j'entends frapper doucement à ma porte. Il fait vraiment noir mais, lorsqu'elle s'ouvre, un rai de lumière entoure la tête de Sagan.

— Tu dors ? murmure-t-il.

Je m'assieds et rallume.

— Non.

Mes mains tremblent déjà. Il ferme derrière lui et vient s'asseoir sur une chaise près de moi ; il est torse nu et porte un jogging noir. Je garde mes couvertures tirées sur mon ventre. Quand tout le monde est parti, j'ai ôté mon pantalon de pyjama et je suis maintenant juste en tee-shirt. À nous deux, on formerait une personne complètement nue.

— J'avais autre chose à te dire, commence-t-il, mais pas devant les autres.
— Quoi ?
— Tu as dit, l'autre soir, que tu te sentais comme la dernière des enfoirées après avoir entendu mon histoire.
— C'est vrai.
— Ça m'ennuie. Il ne faut pas comparer ton stress au mien. On part de bases complètement différentes.
— Comment ça ?

Il me prend la main, la pose sur ses genoux, dessine une ligne imaginaire sur mon poignet.

— Disons que ceci est un niveau de stress normal. Ta base.

Il remonte jusqu'à toucher mon petit doigt.

— Et disons que ceci est ton niveau de stress maximal.

Il redescend vers mon poignet.

— Ta ligne de base représente une journée normale. Pas trop de stress. Tout se passe gentiment. Et puis, disons que tu te casses la jambe.

Il passe le pouce de la base du poignet jusqu'au centre de la paume.

— Ton niveau de stress grimperait d'au moins cinquante pour cent, car tu ne t'es encore jamais cassé la jambe.

Lâchant ma main il me montre la sienne.

— Tu sais combien de fois je me suis cassé un os ?
— Euh... deux fois ?

– Six fois, dit-il en souriant. J'étais un gamin plutôt remuant.

Il trace une ligne imaginaire sur son poignet.

– Alors, si je devais me casser la jambe, ce serait stressant, mais j'en ai vu d'autres. Donc, ça n'augmenterait mon niveau de stress que de dix pour cent. Pas de cinquante. Tu comprends ?

Je ne vois pas vraiment où il veut en venir.

– Tu veux prouver que tu es plus dur que moi ?
– Non, Merit ! s'esclaffe-t-il. Ce n'était qu'un exemple. Je dis juste que les mêmes choses peuvent arriver à deux personnes sans qu'elles en éprouvent pour autant le même niveau de stress. On réagit différemment, selon nos expériences. Tu éprouves sans doute autant de stress devant la situation de ta famille que moi devant la mienne, bien que ça se passe à des niveaux totalement différents. Ça ne te rend pas plus faible pour autant. Ni plus enfoirée. On est juste deux personnes différentes avec des expériences différentes.

Il me reprend la main, mais cette fois, simplement pour la tenir.

– Ça m'ennuie quand les gens essaient de convaincre leurs voisins que leur colère ou leur stress n'est pas justifié tant que quelqu'un dans le monde a de quoi se plaindre davantage. C'est nul. Tes émotions et tes réactions sont valables, Merit. Ne laisse personne te dire le contraire. Toi seule les ressens.

Il me serre la main et, je ne sais pas à quel moment au juste, pendant son discours, je suis tombée amoureuse de lui, mais c'est fait. J'ai sans doute l'air tranquillement assise dans un lit, près de lui, alors que, métaphoriquement, je viens de fondre à ses pieds.

Entre Luck et Sagan, ces deux dernières heures m'ont permis d'ouvrir les yeux.

Je n'essaie même pas de répondre à tout ce qu'il vient de me dire. Je me contente de poser la tête sur son épaule, et il m'entoure d'un bras. Je repense à ce qu'il a dit tout à l'heure, qu'aujourd'hui ils avaient tous envie de m'aimer. Ça me réconforte car, ces dernières vingt-quatre heures, il a dû voir l'aspect le plus authentique de moi. Je ferme les yeux et me blottis contre lui.

– On a *toujours* envie de t'aimer, soufflé-je, juste avant de m'endormir.

CHAPITRE 17

Bien qu'on soit samedi, jour où je n'ai plus besoin de faire semblant de me lever pour aller au lycée, je suis de nouveau réveillée avant huit heures. J'avais prévu de dormir tard, mais, après avoir émergé, il y a quelques heures, avec Sagan assoupi près de moi, je me suis rendormie plus profondément que depuis des mois.

Maintenant, il n'est plus là. Sur l'oreiller qu'il a utilisé cette nuit, il a laissé un dessin. Je le prends en souriant. Au dos, il a écrit : « Je ne sais même pas ce que ça représente, je l'ai tracé en te regardant dormir. J'ai pensé que tu aimerais. »

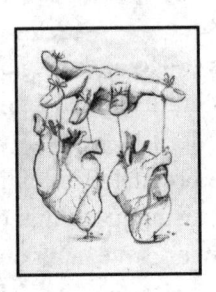

Je ne sais pas moi non plus ce que c'est, mais j'aime bien. Il pourrait faire partie de mes préférés. Je l'accroche au mur.

J'enfile un jean et un débardeur puis me dirige vers la cuisine, non sans jeter un coup d'œil dans la chambre de Sagan en passant. Un désastre. Les tiroirs sont ouverts, tout ce qu'il avait accroché aux murs a disparu. Mon cœur se met à battre la chamade mais j'essaie de contrôler la panique qui me saisit. Je file vers le salon pour essayer de savoir ce qui se passe et là, mon père m'intercepte au passage :

– Où est Sagan ?

– Je l'ai viré.

Je porte les mains à ma tête.

– Quoi ?

– Il a passé la nuit dans ton lit, Merit.

Incroyable !

– Et c'est pour ça que tu l'as viré ? Sans m'en parler ?

Je me retourne, jette de nouveau un regard dans la chambre d'amis, espérant m'être trompée. Tout est parti, ou presque.

– Tu n'as pas de cœur ? crié-je. Tu n'es pas au courant pour sa famille ? À quel point il en a bavé ?

– Calme-toi, Merit !

Il m'attrape le poignet et m'entraîne à travers le couloir, dans la cuisine jusqu'à la porte de derrière. Sagan se trouve presque au bout du jardin, un énorme sac poubelle sur l'épaule. Il se dirige vers notre ancienne maison.

— Oh !

— Je lui ai dit qu'il pouvait vivre ici tant qu'il ne toucherait pas à mes filles. Il a enfreint la règle.

— Il ne m'a pas touchée. On n'a rien fait du tout cette nuit. On s'est juste endormis en parlant.

Mon père hausse un sourcil.

— Alors pourquoi a-t-il accepté de déménager quand je lui ai dit que c'était sa seule option s'il voulait sortir avec toi ?

Je serre les lèvres.

— Il a accepté de déménager ? dis-je.

— Oui.

Ah ! Voilà qui change tout.

— Je peux aller là-bas ?

— Non, tu ne sors pas d'ici.

— Et pourquoi ?

— Déjà parce que tu as laissé un mec entrer dans ta chambre. Ensuite parce que tu as volé les médicaments de ta mère. Et aussi parce que tu as peint ma clôture en mauve. Et puis…

— C'est bon, d'accord ! dis-je, en levant la main.

— Et puis parce que tu sautes tes cours.

Je recule en me frottant le nez.

— Oh, tu es au courant ?

— Ta mère m'a dit avoir reçu des appels du lycée.

Il entre dans la cuisine, ouvre le lave-vaisselle puis me le désigne l'air de dire que j'ai plein de choses à faire ici. Après quoi, il se prépare une tasse de café.

– J'ai rencontré ton proviseur, hier, m'annonce-t-il alors. Il accepte de t'aider à récupérer les cours que tu as ratés, mais tu ne devras plus manquer un jour de l'année. Lundi, je t'emmène et je reviendrai te chercher pour aller voir le docteur Criss.

Je commence à ranger la vaisselle propre.

– On va voir le docteur Criss ensemble ? Ça veut dire que tu vas suivre une thérapie, toi aussi ?

Je plaisantais à moitié, pourtant je suis choquée lorsque j'entends sa réponse :

– On va *tous* en suivre une.

– Nous tous ?

– Moi, toi, Honor, Utah, Victoria, dit-il, en buvant un peu de café. Voilà des années qu'on aurait dû s'y mettre.

Je souris car je suis soulagée. *Tellement* soulagée. J'étais d'accord pour suivre une thérapie, surtout après cette stupide feuille de papier en boule par terre et la conversation ringarde à laquelle ça nous a entraînés cette nuit. Cependant, je trouvais plutôt injuste que personne d'autre dans la famille ne doive y passer. Mon père a raison. C'est toute la famille qui en a besoin.

– Et maman ? Elle va en suivre une, elle aussi ?

– Je vais faire tout mon possible pour l'y pousser. Je te le promets.

– Qu'est-ce que tu promets ? demande Utah, en rentrant du jardin avec Honor.

Mon père se lève, s'éclaircit la gorge.

– Libérez vos emplois du temps pour lundi soir. On va faire une thérapie familiale.

– C'est quoi ce truc ? grommelle Honor.

– Il est trop tard pour réclamer mon émancipation ? demande Utah.

– Tu as dix-huit ans, s'esclaffe mon père. Tu es majeur.

Il s'apprête à sortir de la cuisine quand il s'arrête net.

– Merit ? Qu'est-ce que tu as dans le dos ?

Sentant ses doigts m'effleurer l'épaule, je sursaute. Mince. J'ai mis un jean et un débardeur qui ne cache pas complètement ma peau. *Le tatouage.*

– Euh...

C'est le moment que choisit Sagan pour revenir.

Honor vient regarder mon épaule de plus près.

– Euh... c'est moi qui l'ai fait, lâche-t-elle. C'est juste temporaire.

– Oui, dis-je vivement. C'est... comme du henné.

– Honor ne dessine pas si bien, rétorque mon père.

Je me retourne, ne serait-ce que pour l'empêcher de continuer à regarder.

– Enfin, papa, bien sûr que si ! Sagan lui a appris.

Celui-ci renchérit d'un mouvement de la tête.

– Oui, Honor voudrait en faire son métier. Elle est très douée.

– Archi-douée, ajoute Honor.

Mon père nous contemple tous les trois, l'air de ne pouvoir déterminer qui ment. Laissant tomber, il s'en va.

— Merci, murmuré-je à Honor.

— Ça te dit qu'on prépare un petit déjeuner ? répond-elle avec un clin d'œil.

***

On a presque fini de battre les œufs lorsque Victoria sort de sa chambre.

— Qu'est-ce qui se passe ? demande-t-elle, l'air soupçonneux.

Honor met les œufs de côté tandis que je sors le reste.

— On te fait une fleur, annonce ma sœur.

— C'est une farce ?

— Pas du tout, dis-je, en versant de l'eau dans la pâte à pancakes. On te prépare un petit déjeuner.

Elle n'a l'air qu'à moitié convaincue et se dirige vers le pot à café, se verse une tasse, sans nous quitter des yeux.

— Les œufs, ça se prépare en dernier.

— On apprend, dis-je en souriant. C'est notre première fois.

Elle s'assied devant le bar.

— Continuez, je ne peux pas m'empêcher de vous regarder.

Je fouette encore la pâte lorsque je décide de tout dire à Victoria.

– Écoute, je suis la grande sœur de Moby. Et, parfois, les grandes sœurs préparent des goûters pour leur petit frère. Je ne vais pas arrêter, parce que c'est un rituel entre Moby et moi. Mais... je ne le ferai plus qu'une fois par semaine. Si tu es d'accord.

– C'est très gentil, Merit. Merci.

Et voilà comment on semble parvenir à un accord qu'on aurait dû sceller depuis longtemps.

Je me retourne, verse la pâte du premier pancake dans la poêle, à l'instant où Sagan reparaît après un nouveau voyage vers notre ancienne maison. Il s'arrête pour nous regarder un peu, Honor et moi, en train de faire la cuisine sous l'œil bienveillant de Victoria. Il s'approche, embrasse ma sœur sur la joue.

– Bonjour, beauté.

Puis il me glisse un bras autour de la taille dans un geste beaucoup plus intime, m'embrasse dans la nuque puis pose le menton sur mon épaule en regardant le pancake cuire dans la poêle.

– Tu as gagné des trophées de beauté, de bowling, de course à pied et tu veux te faire passer maintenant pour un chef ? Je sens que je vais te garder, Merit.

– Si je te laisse faire, dis-je, pince-sans-rire.

Ah oui, je le laisserai faire !

– Sagan, regarde ! crie Moby, en surgissant dans la cuisine.

Sagan l'attrape dans ses bras et le dépose sur le bar. Le gamin lui tend un dessin.

— Oh, houlà !

Sagan saisit le papier, le plie en deux et le glisse dans sa poche.

— Qu'est-ce que c'est ? demande Victoria.

— Rien. Rien du tout.

— J'ai dessiné tous les cadavres que le roi a cachés dans la montagne, annonce Moby tout fier.

Victoria interroge Sagan du regard, mais celui-ci se met à rire en répondant à mon frère :

— On ferait sans doute mieux de s'entraîner sur des plantes ou des fleurs avant de passer aux cadavres.

Utah vient prendre le gamin dans ses bras pour l'installer sur une chaise.

— Tu es content, aujourd'hui ?

— Oui !

— Très content ?

— Complètement !

— C'est tout ?

— Trop complètement !

Honor se penche vers moi, regarde les deux pancakes que j'ai trouvé le moyen de brûler.

— Il va falloir nous entraîner. Je crois que je viens de massacrer les œufs.

***

Une demi-heure plus tard, tout est presque terminé et j'achève le dernier pancake lorsque Luck fait son entrée dans la cuisine. En chemise Starbucks… mais avec un kilt vert.

J'entends Utah s'esclaffer au bout de la table.

— Tu essaies de te faire virer ?

Luck prend un mug dans le placard.

— S'ils ne me laissent pas porter ce kilt pour le travail, je les attaque pour discrimination religieuse.

Je dépose le dernier pancake sur le plat tandis qu'Honor apporte le reste des plats à table. Puis je m'assieds entre Sagan et Moby.

— Tu es gay, Utah ? demande mon petit frère la bouche pleine.

Tout le monde se tourne vers lui tandis que mon grand frère éclate de rire. Victoria s'éclaircit la gorge :

— Où as-tu entendu ce mot, Moby ?

— Je sais plus. C'est quelqu'un qui a dit qu'Utah est gay. C'est comme bâtard ?

— Mais non, dit Utah, ça veut dire qu'un garçon pourrait avoir envie d'épouser un autre garçon au lieu d'une fille.

— Ou une fille d'épouser une autre fille, ajoute Victoria.

— Et, complète Luck, il y a des gens qui aiment les filles *et* les garçons.

— Moi, j'aime les Lego.

— Tu ne peux pas épouser un Lego, dit Victoria.

— Pourquoi ? demande Moby tout déçu.

— Parce que ce n'est pas un être vivant, répond mon père, en pointant sa fourchette vers lui.

– Comme les petits chiots que tu m'as montrés hier soir ?

– Non, il faut que vous soyez de la même espèce. Tu ne peux épouser qu'un être humain.

– C'est pas juste. Je veux épouser les chiots.

– Il y a plein de choses pas justes dans la vie, dis-je en riant. J'ai mis dix-sept ans à l'apprendre.

Victoria reprend un pancake.

– Ils sont délicieux, les filles.

– Effectivement, renchérit mon père.

Tout le monde approuve, la bouche pleine, jusqu'à ce qu'on frappe brusquement à la porte d'entrée. D'un coup d'œil par la fenêtre, j'aperçois une voiture de flics dans l'allée.

– Oh, non !

Mon père nous scrute l'un après l'autre mais personne ne soutient son regard.

– Quoi ? Vous avez tous l'air coupables.

Personne ne dit rien. On préfère se gaver, quitte à paraître encore plus coupables. En secouant la tête, mon père va ouvrir.

Personne ne bouge. On écoute en silence.

– Bonjour, Barnaby, lance l'agent.

– Bonjour. Qu'est-ce qu'il y a ?

– Voilà… on a enterré Wolfgang dans le jardin de l'église hier soir, et sa tombe a été rouverte. Ainsi que celle du pasteur Brian. Il semblerait qu'on ait déplacé ce chien.

– C'est vrai ?

— Ça suffit, Barnaby, soupire le flic. Vous avez ressorti le chien alors qu'on vous avait déjà arrêté pour ça ?

— Bien sûr que non ! s'esclaffe mon père. Je suis rentré directement me coucher.

L'agent dit quelque chose mais mon père lui coupe la parole :

— Désolé, mais vous perdez votre temps. Cette chienne est morte et se trouve exactement à l'endroit où le pasteur Brian aurait voulu l'enterrer. Vous n'avez rien de plus important à faire ? Et, d'abord, vous avez un mandat ?

— Non. On venait juste vous parler de…

— Voilà, c'est fait, vous m'en avez parlé. Maintenant, j'aimerais continuer à prendre mon petit déjeuner. Bonne journée, les justiciers.

Là-dessus, il claque la porte puis revient à table. J'aurais du mal à dire s'il est en colère ou non. Il s'assied, reprend sa fourchette, pique un morceau de pancake puis nous regarde tous :

— Vous n'êtes qu'une bande de mécréants.

CHAPITRE 18

– Comment on pourrait les appeler ? demande Moby.

Il est assis à côté de moi dans le jardin. Papa n'a pas précisé si je pouvais y aller ou pas.

– Je ne sais pas. Si tu choisissais le nom de l'un et moi celui de l'autre ?

– D'accord !

Il semble tout content et caresse l'un des deux chiots.

– Celui-là, je vais l'appeler Dick[1].

– Euh... je ne suis pas sûre que ça fasse plaisir à ta maman.

– Pourquoi ? Elle m'a bien appelé Moby. Je veux que mon petit chien porte la suite de mon nom, comme ça, on sera frères.

– Si tu peux lui expliquer ça...

Je vois Sagan sortir par l'arrière de sa nouvelle maison et venir vers nous. Il s'assied sur la pelouse, à côté de moi. Je soulève l'autre chiot.

---

1. Dick est le diminutif de Richard mais désigne également, en langage très familier, le sexe masculin.

– Il faut qu'on lui trouve un nom. Tu as une idée ?

Sagan n'hésite pas :

– *Tuqburni*. On pourrait l'appeler Tuck.

Je souris. *Tu m'enterres*. J'embrasse le chiot jusqu'à ce que Moby essaie de me le prendre.

– Fais attention, lui dis-je.

– Promis. Je veux juste montrer à maman Tuck et Dick.

Il les enveloppe tous les deux dans ses bras et se dirige vers la porte du fond. Je m'aperçois alors que Sagan m'observe du coin de l'œil.

– Tu veux voir ma nouvelle piaule ?

– Peux pas, dis-je en riant. Je suis privée de sortie.

– Ah bon ? Pour combien de temps ?

– Il ne me l'a pas encore dit.

Sagan s'allonge à côté de moi et on regarde le ciel ensemble.

– Mais il est parti faire des courses, tout à l'heure. Je suis sûr qu'il n'est pas rentré.

Je lui souris. J'aime bien son petit côté rebelle.

– Tu as raison. Montre-moi ta nouvelle piaule.

Voilà plus de six mois que je n'ai pas mis les pieds dans l'ancienne maison, depuis qu'Utah s'est mis à réparer les sols. Elle est demeurée vide si longtemps que je n'ai pas aimé quand il a fallu que Sagan accepte d'y vivre. Pourtant, dès mon entrée, je suis agréablement surprise. Les travaux sont loin d'être terminés, mais la transformation est en bonne voie.

— Ouah ! Utah a fait du beau travail !

Il y a du parquet presque partout, sauf dans le salon. Je suis Sagan dans le couloir et il me montre la chambre d'Utah.

— Il va s'installer là, dit-il. Et si on arrive à faire venir ta maman, elle prendra l'ancienne chambre d'Honor.

Ensuite, c'est le tour de la mienne :

— Voilà, dit-il, moi j'ai pris celle-ci.

Il ouvre la porte sur un indicible foutoir. Toutes ses affaires sont encore rassemblées dans des sacs-poubelle, il n'y a pas de draps sur son matelas. Et je retrouve d'anciennes boîtes à moi qui traînent par terre.

Je m'assieds sur le lit.

— C'est terrible, dis-je, avec un sourire.

— Je sais, acquiesce-t-il en souriant. Mais c'est gratis.

À l'instant où il vient s'asseoir, son téléphone sonne. Comme je sais maintenant ce qu'il guette, je suis presque aussi anxieuse que lui lorsqu'il le sort. Je vois sa déception en lisant le nom d'Utah. Il met le haut-parleur.

— Oui ? dit-il.

— Tu as pris le rouleau de sacs-poubelle ?

— Non, il est dans le placard de la chambre d'amis.

— Bon, merci.

Il se laisse alors tomber sur le matelas, regarde un instant son écran, puis le range.

Je cale mes genoux contre ma poitrine, face à lui. J'ai envie de l'interroger davantage sur sa famille… sur ce qui a pu leur arriver d'après lui… s'il garde le moindre espoir de découvrir ce qui a pu leur arriver. Il doit capter mon air désolé car il me prend la main, entremêle nos doigts.

– Je suis sûr qu'à la longue je m'habituerai à ce que ce ne soit jamais eux, souffle-t-il. Pourtant, j'espère encore.

J'essaie de le rassurer d'un sourire mais je lis bien dans son regard qu'il n'y croit plus. Ça me rend triste pour lui. J'effleure le tatouage sur son bras « Ton tour arrive, Docteur ».

Il me caresse le front, descend le pouce entre les deux yeux.

– Ne t'inquiète pas pour moi, murmure-t-il, en effleurant mes sourcils froncés. Voilà des années que je vis avec. Ça ira.

Je hoche la tête, et là, il m'attire près de lui. Je pose la joue sur son torse puis on demeure ainsi un moment, silencieux et immobiles.

J'ai envie de l'interroger sur ce que mon père a dit ce matin, sur son choix de déménager ici pour pouvoir sortir avec moi. En même temps, je préférerais qu'il ne sache pas que je suis au courant.

Alors je rapproche son bras pour examiner un autre tatouage, des numéros.

– Ce sont des coordonnées ?

— Tu imagines… Tape-les dans ton téléphone.

Ce que je m'empresse de faire. J'ouvre Google Maps et tape 33°08'16.8" N 95°36'04.4" W. Lorsque l'endroit jaillit, je le contemple, zoome un peu, regarde encore.

— Mais… Je ne comprends pas. L'autre jour, tu as dit que ça correspondait à ton lieu de naissance.

Il se redresse sur un coude, prend mon téléphone et le dépose à côté de ma tête, puis il se penche au-dessus de moi :

— Ce n'est pas ce que j'ai dit. Tu as demandé si c'est là que je suis né et j'ai répondu « Pas loin ».

— Tu as dit que tu étais né au Kansas. Ces coordonnées mènent au square où tu m'as embrassée. Au Texas. Ça n'a rien à voir avec l'endroit où tu es né.

— En effet, dit-il, en écartant une mèche de mon front. Ce n'est pas là où je suis né, c'est là où tu m'as enterré.

Je le dévisage un instant sans comprendre, me rappelle notre conversation sur tous ses tatouages. Je me souviens parfaitement qu'il disait tatouer les choses qu'il ne voulait jamais oublier.

Je tâche de cacher mon sourire mais j'ai du mal alors qu'il me le rend déjà.

— Ce baiser valait donc un tatouage ?

— Attends, je n'ai pas tatoué ces coordonnées parce que c'était l'endroit où je t'ai embrassée pour la première fois mais parce que c'est là que je t'ai rencontrée.

Il glisse une main dans ma nuque et abaisse lentement sa bouche vers la mienne.

– Pourtant c'était un joli baiser, non ?

Nos bouches se rejoignent, doucement, délicatement. Ça n'a rien d'accidentel comme notre premier baiser, rien de décevant comme le deuxième, ni d'effréné comme le troisième. En fait, c'est le premier vraiment authentique qu'on échange et j'ai envie qu'il dure aussi longtemps que possible. Ses lèvres remuent patiemment sur les miennes et j'aime cette patience plus que n'importe quoi d'autre. Ça veut dire qu'on sait tous les deux que de nombreux autres s'ensuivront.

Il m'allonge sur le lit et, alors qu'on se trouve dans la meilleure position possible pour continuer à s'embrasser, mon téléphone sonne. Sagan rit contre ma bouche puis se redresse à contrecœur. Je sors l'appareil de ma poche. C'est Honor. Pour un peu, je ne répondrais pas, en même temps, je suis contente qu'elle m'appelle. On ne se parle jamais au téléphone ; voilà donc une preuve supplémentaire que les choses ont peut-être vraiment changé entre nous.

– Allô ?

– Vite ! lance-t-elle. Papa vient de rentrer. Tu as intérêt à ramener tes fesses.

Je raccroche, dépose un rapide baiser sur les lèvres de Sagan.

– Papa est là, il faut que j'y aille.

Il m'entoure d'un bras, m'attire contre lui pour me donner à son tour un rapide baiser.

– On se voit au dîner, Mer.

Je lui souris et file chez nous.

Chez nous.

C'est la première fois que je me sens chez nous à Dollar Voss.

REMERCIEMENTS

Ce que j'aime le plus, dans l'écriture, c'est la liberté de rédiger ce qui m'inspire. Parfois, ces histoires sont plus pesantes que les livres qui les rapportent, parfois elles sont décalées et drôles. Mais une constante accompagne chacun de mes romans : le soutien que je reçois de vous, lecteurs. Merci à tous de m'offrir la liberté de pouvoir faire ce que j'aime, année après année.

Un immense merci à CoHorts. 2017 a été mon année préférée avec vous tous. On rit ensemble, on pleure ensemble, on parle bouquins ensemble. Je suis convaincue que nous avons le plus grand groupe Internet qui compte le moins d'abrutis. C'est ce que j'aime en nous.

À ma famille. Cette échéance a été plus prenante que d'habitude, mais aucun de vous ne s'en est plaint. Du moins en face. Merci.

À mon mari, mon cœur, mon âme, mon meilleur ami. Je ne peux rien sans toi. Littéralement. La vie, la lessive, cette carrière. On reste ensemble pour l'éternité, d'accord ?

À Levi. Tu es mon enfant préféré. Je t'adore.

À celles, plutôt rares, que j'ai entraînées derrière moi durant cette expérience d'écriture particulière. Brooke Howard, Joy Nichols, Kay Miles, et ma mère. JE VOUS AIME TOUTES !

À mon éditrice, qui mourrait d'anxiété s'il ne s'agissait pas de son auteur préférée. Franchement, Johanna Castillo, j'apprécierai à jamais ton immense patience.

À Beckham. Tu es mon enfant préféré. Je t'adore.

Un immense merci à mes agents chez Dystel & Goderich. À mes éditeurs chez Atria Books. À mon agent de publicité, Ariele Friedman, toujours prête, même à inventer une nouvelle vie.

À Cale. Tu es mon enfant préféré. Je t'adore.

Et un ÉNORME merci à Brandon Adams, qui a conçu les dessins de Sagan et aussi décoré la bibliothèque avec tout le talent que nous te connaissons. Tu es étonnant, généreux et je suis contente de pouvoir te dire mon ami.

Enfin et surtout, merci à ma minuscule ville de l'est du Texas, et à tous ses habitants. Merci de toujours soutenir ma drôle de petite famille informelle. C'est pourquoi je ne m'en irai jamais. Je me sens et me sentirai toujours chez moi dans le comté d'Hopkins.

Hugo Poche

PETIT FORMAT, GRANDES ÉMOTIONS.

INVINCIBLE
STUART REARDON & JANE HARVEY-BERRICK

7,60€

Hugo Poche

HugoNewRomance-Poche   PocheNewRomance

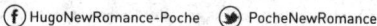

Hugo Poche

LA NOUVELLE COLLECTION
PETIT FORMAT, GRANDES ÉMOTIONS.

7,60€

7,60€

HugoNewRomance-Poche   PocheNewRomance

Fyctia

DES MILLIERS DE SÉRIES NEW ROMANCE DISPONIBLES GRATUITEMENT !

- [ ] + 20.000 SÉRIES ACCESSIBLES GRATUITEMENT

- LA POSSIBILITÉ D'ÊTRE REPÉRÉ ET ÉDITÉ

- LA PLATEFORME DE BEST-SELLERS : ADOPTED LOVE, LE CONTRAT, MAKE ME BAD

APPLICATION DISPONIBLE SUR ET
WWW.FYCTIA.COM

*Composition et mise en pages
Nord Compo à Villeneuve-d'Ascq*